주말 활용법

내 삶의 가치는 주말에 결정 된다

———————

주말 활용법

초판인쇄	2017년 4월 20일
초판발행	2017년 4월 25일
지은이	김원제
발행인	조현수
펴낸곳	도서출판 더로드
마케팅	최관호 조원호 신성웅
표지&편집 디자인	오종국 Design CREO
본문 일러스트	서설미
ADD	경기도 고양시 일산동구 백석2동 1301-2
	넥스빌오피스텔 704호
전화	031-925-5366~7
팩스	031-925-5368
이메일	provence70@naver.com
등록번호	제2015-000135호
등록	2015년 06월 18일
ISBN	979-11-87340-28-7-03810

정가 15,000원

주말 활용법

내 삶의 가치는 주말에 결정 된다

———————

김원제 지음

도서
출판 **더 로드**
The Road Books

"자신의 삶을 진지하게 들여다보며"

사고가 일어난 후로부터 나는 내 삶에 대해 진지한 태도를 갖추기 시작했다.
그리고 다양한 경험과 배움을 통해 날마다 성장하는 삶을 살아가고 있다.

최근 몇 년간, 주말에 집에서 쉬어 본 적이 없다. 때로는
일주일간의 피로에 하루쯤 방바닥에 누워 TV 리모컨을 만지작거리며
시간을 보내고 싶은 적도 없지 않았다. 그러나 매 주말마다 새로운 사
람들을 만나고, 새로운 강연을 들으며 내 자신을 성장시킬 수 있는 뭔
가를 찾아 전국을 누비는 것이 집에서 쉬는 것보다 훨씬 짜릿한 전율
로 다가온다.

프로그램 개발자로 15년째 일하고 있다. 때로는 일상에 지쳐 술로
세월을 보내기도 했었고, 다람쥐 쳇바퀴 도는 듯한 직장생활에 염증을
느끼기도 했었다.

누구나 이렇게 살아가는 거라고 스스로를 위로하며, 삶의 별다른 의미를 찾지 못한 채 그저 하루하루를 보내며 살았다.

중국에 출장을 갔을 때의 일이다.

나는 사고를 당했고, 낯선 외국 땅에서 거의 죽을 뻔 했다. 어느 고마운 분의 도움으로 응급실로 옮겨졌고, 간신히 목숨을 구할 수 있었다.

그 때 처음으로 내 자신에 대해 진지하게 생각하게 되었다.

나는 누구이며, 어디서 왔을까?

지금까지 어떻게 살아왔으며, 앞으로는 어떻게 살아가야 할까?

사고가 일어난 후로부터 나는 내 삶에 대해 진지한 태도를 가지고 다양한 경험과 배움을 통해 날마다 성장하는 삶을 살아가려 애쓰고 있다. 돈, 명예, 성공 등 지금의 사회를 일컫는 수많은 단어들이 있지만 목숨에 위협을 느꼈던 순간을 돌이켜보면 모두가 부질없는 욕심과 집착이란 생각이 든다. 젊은 나이, 그래서 더욱 삶이 영원할 것처럼 느껴지는 청춘의 순간에 더 많은 경험과 배움으로 나를 성장시키는 것이

후회 없는 삶일 거라는 결정을 내렸다.

내 삶은 크게 두 부분으로 나뉜다. 5일 동안의 직장생활, 그리고 황금 같은 주말. 비중을 따로 두고 싶은 마음은 없지만 굳이 선택하라면 주말에 더 무게를 두고 싶다. 나는 주말에 성장한다. 일주일에 이틀, 이 시간이야말로 나를 돌아보고 세상을 알아가는 귀중한 순간이다.

꽤 많은 경험을 했다. 예전에는 전혀 몰랐던 새로운 세상을 접해봤다. 강연도 듣고, 책도 읽고, 독서모임에도 참여하고, 다양한 문화생활도 한다. 유명한 작가나 강연가를 직접 만나러 가기도 하고, 나와 같이 배움에 목마른 사람들과 새로운 모임을 만들기도 했다. 최근에는 글도 쓰고 있다. 대부분의 사람들은 자기계발이란 것에 대단한 결심과 금전적 투자가 필요하다고 여기는 듯하다. 주목해야 할 것은 어떤 일이든 생각보다는 행동이 중요하다는 사실이다.

나는 이 책에서 행동을 말하고자 한다. 주말마다 내가 경험한 모든 것들을 담았다. 주변의 많은 사람들을 직접 만나보고 느낀 것은, 아직도 많은 이들이 행동하고 실천하는 것보다 머릿속으로 고민하고 걱정하는데 더 익숙하다는 사실이었다.

내가 쓴 글을 읽고, 내가 경험한 바를 함께 공유하면서 나도 할 수 있다는 생각을 가졌으면 좋겠다. 아마도 이 책을 읽는 독자라면 누구나 큰 결심 없이도 함께 할 수 있으리라 믿는다.

참고로 나는 대단한 성공을 거두었다거나, 돈이 많다거나, 사회적으로 유명한 사람이 아니다. 그저 젊은 나이에 남들보다 좀 더 다양한 경험을 했고, 지금도 일주일에 한 번씩 성장하는 삶을 지향하는 철학을 가졌을 뿐이다.

그럼에도 불구하고 나의 이야기를 세상에 펼쳐놓는 이유는 오직 한 가지다.

여러 가지 이유로 망설이는 사람들이,
이미 늦었다고 생각하는 사람들이,
용기가 없어 주저하는 사람들이,
아직도 많은 시간이 남아 있다고 생각하며 삶을 낭비하는 사람들이.

이 책을 통해 조금은 자신의 삶을 진지하게 들여다보고, 나의 경험을 함께 나눌 수 있기를 진심으로 바라기 때문이다.

이번 주말, 나는 또 다시 세상 속으로 나아간다.

2017년 새해를 맞이하며

저자 **김원제**

내가 쓴 글을 읽고, 내가 경험한 바를
함께 공유하면서 나도 할 수 있다는
생각을 가졌으면 좋겠다.
아마도 이 책을 읽는 독자라면 누구나 큰 결심 없이도
함께 할 수 있으리라 믿는다.

Contents | 차 례

들어가는 글 _ 4

Chapter 01 | 내가 바라보는 세상 _ 13

01 내가 살아가는 세상은? _ 15

02 나는 이렇게 살고 싶다 _ 21

03 과연, 새로운 것이란? _ 29

04 누군가는 나의 길을 걸었다 _ 37

05 모방은 최고의 창조다 _ 45

06 배울 사람이 너무 많다 _ 53

Chapter 02 | 열정을 다해 살아가기 _ 61

01 열정, 왜 필요한가? _ 63

02 자기계발의 시작, 책을 만나다 _ 72

03 공부하자, 공부! _ 79

04 글쓰기를 시작하는 방법은? _ 86

05 감사로 인생의 전환점을 맞이하다 _ 95

06 진짜 건강은 정신도 함께 한다 _ 104

07 다시 건강해지다 _ 112

08 나를 찾아 여행을 떠나자! _ 119

09 외발 자전거를 타며 인생을 배우다 _ 128

10 타고난 이만 하는 것이 예술이다? _ 136

Chapter 03 | 주말보다 귀한 시간은 없다 _ 143

01 주말이 주는 의미란? _ 145
02 진정한 휴식이란? _ 152
03 활력이 넘치게 살자! _ 160
04 주말이 인생을 바꾼다 _ 167
05 주말 만을 꿈꾼다고? _ 172

Chapter 04 | 토요일과 일요일,
나는 이렇게 살아간다 _ 177

01 학창 시절, 나는? _ 179
02 회사에 충성을 다했다 _ 184
03 나를 찾고 싶었다 _ 193
04 내 삶을 위한 진짜 공부는? _ 199
05 누군가를 만나며 _ 206
06 성장하기 위한 나의 자세를 돌아보다 _ 213

Chapter 05 | 주말오늘이 생의 마지막 날인 것처럼 살아라 _ 219

01 내 삶의 독감 주사를 맞자! _ 221

02 나는 얼마나 더 성장할 것인가? _ 230

03 지금은 후회보다는 가야 할 길이 더욱 중요하다 _ 251

04 후회 없는 삶을 위하여 _ 259

05 포기라는 인생의 한 수! _ 266

06 내 인생의 주인공은 나! _ 272

07 나는 오늘을 산다 _ 281

마치는 글 _ 286

01

[제 1 장]

내가 바라보는 세상

정해진 시간에 비해 많은 것들을 즐기며
효율적으로 살아갈 수 있는 방법의 시작은
새로운 것이 없다는 사실을 인정하는 것이 아닐까?

내가 살아가는 세상은?

하루라는 그림을 볼 때 어쩌면 퇴근 후의
꿈 같은 지금 이 시간을 위해 오전과 오후를 견뎌낸 것은 아닐까?

"띠 띠리리리 띠리리 띠— 띠리리 띠"

어디선가 울려 퍼지는 음악소리이다. 70~80년대 핸드폰 벨소리 같은 단조로운 음이다. 반복되는 소리인 것은 분명한데 어디선가 들어본 듯 익숙하다.

'아... 저기 던져놓은 핸드폰에서 울리는 알람소리'
'다시 아침이다.'
'또, 아침 미팅!'

알람 소리와 함께 머리를 스쳐가는 아침 미팅 건이다. 현재 진행 중인 프로젝트 관련해서 미팅을 진행한다. 타 부서 간 의견 조율에 문제가 있어서 진행이 잘 되지 않고 있기 때문에 미팅이 달갑지 않다.

30분, 10분, 5분만 더, 그렇게 출근 시간이 긴박해져서 부랴부랴 일어나서 씻으러 간다. 시간이 얼마 남지 않았기에 대충 씻는다. 어차피 다녀와서 또 씻고 매일같이 씻는 거고, 특별히 외부 손님을 만날 일이 없어서 적당히 정리해서 출근을 준비한다.

"틱– 틱– 틱–"

"아! 맞다. 블랙박스를 켜둔 채 주차를 했었구나."

덕분에 자동차의 배터리가 방전돼서 시동이 걸리지 않았다. 가입해둔 화재 보험에 연락해서 배터리 충전 서비스를 신청했다. 아침부터 되는 일이 별로 없다. 하루를 모두 놓고 보더라도 딱히 되지 않는 일이 별로 없는 것도 아니다. 그렇게 잘 되는 일이 거의 없기 때문이다. 얼마간의 시간이 지나고 서비스 직원을 통해 시동을 겨우 걸었다. 회사에 가서 늦었지만 별탈없이 자판기 커피 한잔과 함께 회사 사람들과의 수다로 시작하는 하루다. 하루 중 가장 힘든 아침 출근이란 미션을 무사히 넘기는 순간이다.

매일 같이 하는 회의지만 그 필요성과 가치를 찾기 힘들다. 한 번 시작하면 1시간은 기본 2~3시간을 훌쩍 넘길 때도 많이 있다.

'이런 시간에 업무를 진행하면 좋을 텐데, 회의는 이렇게 길게 하면서 그런 이유로 업무 진행이 늦으면 그것에 대해서 큰소리나 치고, 도대체 어떻게 하라는 것인지 모르겠다.'

불편한 아침 출근 시간.
삐걱거리는 주간 회의.
불만 가득한 팀 간 불협화음.

이런 좋지 않은 것들을 이겨내는 데는 술만 한 것이 없다. 그러니 술을 아니 마실 수가 없다. 내일 또 출근을 해야 하지만 마치, 내일은 출근을 하지 않을 것처럼 열심히 부어댄다. 취하는 맛이 일품이다. 세상의 시름을 잊게 해주는 술의 맛이란. 오늘 하루도 열심히 그리고 잘 살았다며 신경 안정제를 놓는 마음으로 나에게 선물하는 마약이다. 세상이 허락한 마약 말이다.

"띠 띠리리리 띠리리 띠- 띠리리 띠."

언제 잠에 들었는지도 모르겠는데 다시 아침이 밝았다.

'오늘 또 시작인거냐?'

오늘이 어제와 별반 다르지 않고, 내일이 오늘과 크게 다르지 않은 나의 일상들, 그 속에서 찾을 수 있는 마음의 평안, 경제적인 안정감, 그러나 나에게 남는 것은 무료함이다. 매일이 똑같은 그림처럼 반복된다는 핑계로 그냥 그렇게 살아간다. 내 인생임에도 불구하고 마치 남의 인생을 구경하는 것처럼 말이다. 식상한 말로 작은 우리 속 쳇바퀴를 굴리는 햄스터를 보듯이 오늘도 나는 그저 그렇게 살아간다. 그게 나의 모습이고 옆에 있는 직장 동료이며 길을 가다 흔히 볼 수 있는 그저 그런 사람들의 모습이다.

출근해서, 점심이나 저녁 등 틈나는 중간에, 퇴근해서, 가질 수 있는 쉬는 시간에 수많은 책들을 들고 읽어 내려가며, 인터넷에 떠도는 자기 계발이나 동기 부여에 관련된 각종 동영상들을 보긴 하지만 그저 그런 이상적인 이야기일 뿐, 내 인생에서의 적용점 따윈 찾기 힘들다. 나는 오늘을 살기 위해 돈을 벌어야 하고, 오늘을 지내기 위해 옆에 있는 직장 동료와 수다를 떨고 상사를 욕하며 갑질하는 고객사를 씹어대야 하기 때문이다.

시무식에서의 우수사원이나 매월 회식 따위의 보상들, 이런 것들

역시 그저 그런 일상 속에 별반 다를 거 없는 조삼모사 같은 작은 이벤트일 뿐이다. 그 정도로 작은 이벤트성 보상은 차라리 독이 될 뿐 나에게 크게 도움이 되지 않는다. 더 하고 싶은 욕구를 불러와서 피곤하게 만들기 때문이다.

오늘도 나는 적당히 그리고, 무사히 넘기기 위해 살아간다. 성격이 좋지 않은 부장과 갑질 고객사의 눈을 피해 저쪽 구석에서 노트북을 펼쳐 업무를 진행한다. 최대한 눈에 띄지 않는 것이 보약이다. 하지 않아도 될 잡다한 일들을 요청하기 때문에 지금 내가 하고 있는 업무의 중요성과 필요성 등을 알리며 지금 내 일에 최선을 다한다.

어쩌다 잡히는 단체 식사나 회식은 그렇게 반갑지 않다. 술자리는 반기지만 윗사람과의 대화는 나를 불편하게 만들기 때문이다. 회사에서 업무 때문에 부딪히는 것도 불편한데 퇴근 후 즐거운 식사를 마다하고 술자리에서까지 마주보며 무언가를 먹어야한다는 사실은 고문에 가깝다. 그 시간에 잠이나 더 자는 것이 훨씬 도움이 되지 않을까?

이렇게 하루 내내 불만을 쏟아내다 보면 어느새 점심을 지나 오후 중반을 넘겨 시계는 퇴근시간을 향해 간다. 머릿속에 가득한 퇴근 시간과 이후의 일정에 대한 계획으로 일 따윈 내려놓은 지 오래다. 정확히 말해서 오늘 업무를 정리하고 나머진 내일 계획으로 세워놓았다.

퇴근 후 식사와 술을 함께 할 마음 맞는 사람을 찾는다. 어제도 마셨기 때문에 속이 좋지 않거나 잔업으로 인해 제때 퇴근하지 못하는 사람들이 많이 있기 때문에 함께 할 사람을 찾는 것도 쉽지 않다. 몇 번의 거절을 겪고 나서야 시간이 되는 동료를 찾았다. 곧 다가올 저녁 시간을 생각하며 남은 시간을 적당히 보낼 수 있다.

퇴근을 하고 재빠르게 약속 장소에 도착해서 제 2의 하루를 보낸다. 어제 먹은 안주에 어제 먹은 술과 함께 하루의 피곤함과 짜증을 홀홀 털어버리는 즐거운 시간이다. 하루라는 전체적인 그림을 볼 때 어쩌면 퇴근 후의 꿀 같은 지금 이 시간을 위해 따분한 오전과 오후를 견뎌낸 것은 아닐까 라는 생각이 든다.

나는 이렇게 살고 싶다

글을 쓰고 책을 쓰는 그런 삶을 살고 싶다.
나 스스로 나와의 대화이기도 하지만 이 책을 읽고 가슴 뜨거워할
단 하나의 누군가를 위해서.

내가 바라는 삶은 모든 것을 해보는 삶이며, 죽는 순간
에 있어서 아쉬워하지 않는 삶이다.

"아, 이렇게 했더라면 좋았을 것을"
"아, 저렇게 했더라면 또 어땠을까?"

라고 말하며 돌이켜 후회하지 않는 삶이다. 그런 삶을 살다 가고 싶
다. 매 순간 순간 최선을 다해서 그 순간이 지나고 돌아봤을 때 여지가
남지 않는 삶이다. 연애와 일 그리고 세상의 모든 것들을 그렇게 해보
고 싶었다. 대학교 학부생 시절에 목숨을 걸고 공부를 한 것도, 대학교

와 회사를 다닐 때 미친 듯이 술을 마신 것도, 그 모든 것은 돌이켜 후회하지 않기 위해서 순간에 최선을 다한 것이다. 시간이 지나서 지나쳤으면 지나쳤지 모자라거나 후회하지 않는다고 자신할 수 있다.

나는 이렇게 살고 싶다. 하늘을 우러러 한 점 부끄럼 없기를. 그래. 한 점 부끄럼 없는 삶도 살아보고, 많은 것을 해 보고 싶다. 이런 생각은 매 순간 순간 그 일에 대해서 영상매체를 통해서 접하거나 글에서 읽거나 혹은 이야기를 들어보고 해보고 싶다는 생각이 들었다면 꼭 해보고 싶다는 것이다.

그렇게 나는 여행가, 작가 그리고, 철인 3종 경기도 해보고 싶다. 강연을 직업으로 세계 청춘들의 귀감이 되며, 매 순간 최선을 다하는 사람이고 싶다. 바른 정신으로 사람들에게 희망을 주고 각자가 살아가는 꿈, 그 이상이 산수 계산처럼 어느 정도는 맞게 돌아가는 당연한 이치의 세상을 만들고 싶다. 누구만을 위한 삶이 아닌 누구나를 위한 그런 삶을 살고 만들어 가고 싶다.

성공하고 싶다. 누구나 나를 보면 나쁜 점보다는 장점을 보고 그걸 자신의 것으로 만들고 싶어 하고 누구나 쉽게 자신의 것으로 만들면서 행복해 하는 세상을 살고 싶다. 매일 상쾌한 아침을 맞이하고 내 가슴이 뛰는 일을 하며 살고 싶다. 내 가슴이 뛰는 삶으로 그 삶을 바라보는 누군가의 가슴이 뛰게 하고 싶다. 내가 원하는 삶을 살기 위해 지금도 나는 글을 쓰고 하루하루에 감사하며 살아가고 있다. 하루에 감사하며 살아가는 것은 내 삶의 원동력이며 사소한 것의 소중함을 깨칠 수 있는 길이다.

책과 벗하며 스승으로 삼고 바른 말이라면 절대 따르고 삶에 녹여 내어 글이 곧 삶이고 삶이 곧 글인 그런 삶을 살고 싶다. 그렇다고 너무 바르지도 악하지도 않은 삶이고 싶다. 맑은 물에는 고기가 살 수 없다는 걸 핑계 삼아 나쁘게 살아가는 것이 아닌 나쁜 것도 관대하게 수용하는 그런 삶을 살고 싶다.

내 마음이 이끄는 대로 살고 싶다. 내 맘이 이끄는 대로 행하더라도 이치에 거리낌 없이 다른 누군가에게 피해를 주지 않는 그런 자유롭고 평화로운 인생을 살고 싶다. 수많은 사람들 속에서 나 자신을 지키며 나를 바라볼 수 있는 그런 여유를 가진 사람이 되고 싶다. 백 살에도 머리가 검고 스무 살의 뜨거운 열정으로 살고 싶다. 언제나 웃음을 잃지 않고 반갑게 웃으며 사람들을 맞이하는 맑은 사람이고 싶다.

하고 싶은 게 너무 많아서 늘 하고 싶은 것을 하면서 살아가는 사람이고 싶다. 누군가에게 얽매이며 구속하기보다 그저 떠다니는 구름처럼, 바람이 잦아들면 그저 잠시 머물렀다 가고 싶다. 여러 가지 이유로 구속하지도 구속받지도 않으며 살고 싶다.

선하고 순수하게 살고 싶다. 세상의 모든 이치를 통달하기도 하고 세속의 모든 때를 경험해보고 싶다. 모든 때를 경험했음에도 불구하고 그런 것들로부터 초연하고 싶다. 이미 모든 것을 해봤기에 그럴 수도 있음을 충분히 인정하는 삶을 살고 싶다. 누군가에게 강요하는 삶을 살아가기보다 그저 내가 살아가는 모습이 다른 이들에게 본보기가 되는 삶이고 싶다.

나의 걸음걸음에 선과 덕이 뚝뚝 떨어지는 그런 삶을 살고 싶다. 휘황찬란한 부귀영화보다 단 한 사람의 마음을 감동시키고 편안한 마음으로 보듬어 줄 수 있는 한겨울에 따뜻한 담요 같은 그런 사람이 되고 싶다. 너무 화려하지 않게 그러나 초라하지 않고 깔끔한 듯 털털한 중에 엄격하고 자유분방한 그런 삶을 살고 싶다. 그 삶 속에서 사람들을 껴안으며 살고 싶다. 그럼에도 불구하고 수많은 사람 중에서도 홀로이고 싶다.

아무 생각이 없었을 땐 그저 돈만 많이 벌고 싶었다. 돈을 많이 벌어서 혼자만 잘 사는 삶을 원했다. 돈을 어느 정도 벌고 그 돈으로 빌딩을 사거나 지어서 임대사업을 하는 것이다. 일하지 않아도 돈이 들어오는 구조를 만들 생각을 했다. 그래야 돈을 목적으로 삼아 살지 않고 하고 싶은 것들을 하면서 살아갈 수 있는 정도라고 생각했다. 오로지 나 하나만의 안위를 추구했다.

회사생활을 하면서 직급이 올라가고 후배들과 식사를 하고 술도 한 잔씩 하게 되었다. 술자리에서 흔히 하는 상사얘기와 회사에 대한 불평과 불만들이 가득했다. 이곳 회사에서만 느낀 것은 아니었다. 그 이전에도 친구들이나 지인들과 만나면 자연스레 불평과 불만을 포함하는 신세 한탄이 주를 이루게 마련이다. 나는 그런 자리에서 함께 할 수가 없었다. 나 역시 회사와 하고 있는 업무에 대한 만족도가 높은 편은 아니었지만 굳이 그런 자리에서 말할 필요는 없었기 때문이다.

주위에서 그런 사람들이 많은 것들을 느끼고 스스로 그런 상황을 헤쳐 나올 수 있는 방안을 제시하고 있는 내 모습을 보게 되었다. 지인들과 후배, 후임들에게 그런 이야기들에 대해 열변을 토하는 나의 모습, 그 모습에서 나는 쾌감을 얻었다. 내가 말을 하고도 감동하는 일이 벌어졌다. 그러던 어느 순간부터인가 내가 조언해 주는 대로 회사에서 나 자신만의 공간에서 그렇게 행동하는 것을 본 적이 있다. 보통 한 번의 조언을 받아 행동을 하는 친구들은 두세 번의 조언을 구한다. 이쯤 되니 나 역시 컨설팅에 자신감을 얻고서 열심히 얘기를 하고 있는 나의 모습을 발견하곤 한다. 당시 출퇴근길은 물론이거니와 집에서 늘 강의 동영상을 보고 있었다. 그 모습을 보며 나 역시 그리 하고 싶다는 생각을 계속해서 했으니 주위의 반응을 보곤 결심을 해버렸다. 강의를 하기로 말이다.

어린 시절에 누구나 한번쯤 그랬을 법한 웅변학원을 다녔다. 대회도 몇 번 나가며 웅변을 재밌어했다. 초등학교 시절, 앞에 나가서 말하기를 즐겨했다. 대학교 2년부터는 일명 족집게 강의처럼 시험 대비 총정리 수업도 하곤 했으며 전국 경진 대회 및 학술, 졸업 작품전 등의 대회에서 프레젠테이션도 즐겨 했다. 그렇다보니 많은 사람들 앞에 나서기가 부끄럽거나 쑥스럽기는 커녕 그런 상황이 오면 기꺼이 반갑게 맞았다. 아니 일부러 그런 기회를 만들며 노력했다.

기본적인 성향이 나서기 좋아하고 앞장서서 이끌기를 즐겼다. 그러던 중에 유투브의 등장으로 쉽게 볼 수 있는 동영상 강의가 많아졌다. 동영상 강의를 자주 접하다보니 자연스레 강의를 하고 있는 나의 모습을 연상하게 되었다. 회사 사람들과의 술자리에서 대화를 나누다보면 강의를 하는 사람의 느낌이 난다던지 하는 식의 말들을 자주 들었다.

내가 살고 싶은 삶은 책을 쓰는 삶이다. 책과 국어를 즐기면서 어법에 맞는 말과 글을 쓰려고 노력을 해왔다. 학습서가 아닌 이상 책을 읽는다는 것은 나에겐 오락거리일 정도로 책 읽기가 너무 좋았다. 책을 읽으며 돈을 벌 수 있는 직업은 무엇일까? 그것은 바로 책을 쓰는 일이다. 책을 쓰려면 책을 읽어야 하고 책을 쓰면 책을 읽을 수 있다. 그래서 책을 쓰고 싶었다.

가끔 텔레비전에서 배우들이 말하곤 한다. 영화나 드라마를 통해서 수많은 인생을 살아본다고. 나 역시 책을 통해서 수많은 인생을 경험해보고 싶다. 3개월에서 6개월 정도의 시간을 가지며 한 분야만을 학습하고 그것에 대해 글을 쓰고 책을 내고 싶다. 여행도 하고 싶다. 새로운 곳에 갔을 때의 가슴 벅찬 느낌이 너무 좋다. 낯선 곳이 주는 불안함이 좋다. 하루하루 안일하게 살아가는 것을 가장 확실하게 벗어날 수 있는 방법이 바로 여행이 아닐까? 여건만 된다면 전 세계를 누비며 여행을 하고 여러 직업을 체험하거나 봉사활동도 다니고 싶다. 그런 삶을 책으로 엮어내는 것 역시 내가 하고 싶은 삶이다.

이런 방향으로 주로 생각을 하다 보니 요즘은 '기승전 글쓰기'로 마무리한다. 많은 사람들을 실컷 만나고 싶다. 그렇게 많은 사람들을 만나고 다니는 이야기도 책에 담고 싶다. 내가 수많은 사람들 앞에서 강연을 하는 것도 좋지만 그보다 더 많은 사람들에게 내가 가진 정보를 알릴 수 있는 방법은 책이다. 글을 쓰고 책을 쓰는 그런 삶을 살고 싶다. 나 스스로 나와의 대화이기도 하지만 이 책을 읽고 가슴 뜨거워할 단 하나의 누군가를 위해서.

과연, 새로운 것이란

정해진 시간에 비해 많은 것들을 즐기며
효율적으로 살아갈 수 있는 방법의 시작은 새로운 것이 없다는 사실을
인정하는 것이 아닐까?

전도서 1장 9,10절

이미 있던 것이 후에 다시 있겠고, 이미 한 일을 다시 할지라, 해 아래에는 새 것이 없나니. 무엇을 가리켜 이르기를, 보라! 이것이 새 것이라. 할 것이 있으랴, 우리가 있기 오래 전 세대들에도 이미 있었느니라.

나는 컴퓨터 프로그램 개발자이다. 스스로가 새롭게 만들려고 애쓰고 시간 낭비하지 말고 이미 만들어진 것들을 잘 활용하는 것이 능력이다. 다시 말해서, 기존의 것을 잘 활용하는 것이 능력이다. 그렇다. 내 머릿속에 없을 뿐 모든 것은 이미 존재한다. 이런 것을 더욱 쉽게

도와주는 것이 요즘 인터넷 환경이다.

일본에 가보고 싶어졌다. 과연 새로울까? 당연히 아니라고 말할 것이다. 그 사실을 모를 수 있다. 새롭다. 일단 나에게는 새롭다. 비행기를 타고 일본을 가니까. 이제 일본을 가야하니까 무엇을 가장 먼저 해야 할까? 여권 만들기? 여행가방 구매하기? 여행경비 마련하기? 그 모든 것에 우선 해야 할 것이 바로 검색이다. 검색의 생활화가 조금 더 편리한 생활을 하게 해준다. 검색을 해보면 이미 다녀온 사람들의 이야기가 가득하다. 이런 이야기들을 기본으로 준비한다면 이미 다녀온 사람들보다 잘 즐기진 못해도 그 사람들만큼은 즐길 수 있지 않을까?

예전에는 텔레비전과 신문 등에서 간접 경험을 많이 했지만 요즘 우리가 많은 경험을 하는 곳은 인터넷을 통한 영상 매체이다. 고전적인 매체가 하나 더 있다. 바로 책이다. 책을 펼치면 새로운 세상이 마구 쏟아져 나온다. 새로운 것이 있으면 과연 어떨까? 이미 한 사람들은 있지만 그것을 무시하고 내가 행동하면 그것은 새로운 것일까 아닐까라는 의문이 든다. 이런 질문에서는 행동하는 목적에 따라 달라질 수 있다. 콜럼부스의 달걀처럼 발상의 전환은 있을 수 있지만 새로운 것은 없다. 어떻게 보면 참 슬픈 일이 아닌가 싶다. 이미 다 만들어진 장난감을 가지고 노는 것이고 누군가는 다 풀어놓은 수수께끼를 내가 다시 풀어가는 것이 아닌가. 어차피 인생은 각자가 만들어가는 새로운 퍼즐이기 때문에 같은 길을 가더라도 사람이 다르면 그 경험과 생각이 다르기 새로운 경험이라고 말하는 것이 옳다.

나의 경험은 새로운 것이지만 그 경험을 이끌어내는 외부적인 요소는 전혀 새롭지 않다. 새로운 것을 해결해나가는 과정은 소중하지만 그 이후에 발전을 생각한다면 이미 지나간 길을 그대로 간 셈치고 그 이후를 가는 것이 조금 낫지 않을까?

걸음마를 떼기 전의 어린 아이처럼 울고 뒤집고 기어 다니고 일어서고 걷고 달리는 것이 습득의 과정이다. 어린 아이들이야 타인의 경험이나 지식을 배울 수가 없으니 비교 대상이 아닌가보다. 예를 바꾸어서 내가 얼마 전 스스로 익힌 외발자전거에 대해서 얘기해보자. 내 인생에서 외발자전거는 새로운 것이다. 하지만 인류에게는 이미 존재한 것이고 경험한 것이라는 사실이다. 주변 사람들에게 말한다. 외발자전거를 스스로 터득했다고. 엄밀히 말하자면 도움을 받았다. 물리적으로 누군가의 도움을 받진 않았다. 그저 인터넷의 동영상을 통해서 다른 사람들이 외발 자전거를 시작하는 영상을 보았을 뿐이다. 경험자들의 영상을 보았지만 외발 자전거를 타는 나의 몸은 숙달을 거쳐야 하는 것이기 때문에 시간은 한 달 정도 걸렸다. 과연 그 영상이 없었다면 나는 한 달 만에 탈 수 있었을까? 여러 가지 영상을 보고 여러 가지 방법으로 혼자 연습을 했다.

외발자전거를 영상 없이 혼자서 3개월 동안 연습해서 마침내 타는 것이 가능해졌을 경우와 영상의 도움으로 1개월 만에 타는 것이 가능해졌다면 옳고 그름의 기준을 떠나 보다 빠르게 습득할 수 있는 방법이 있다는 것이다. 거창하게 얘기하면 이런 방법이 인류가 발전할 수 있는 이유가 아닐까 한다. 한 세대마다 이전의 경험을 바탕으로 하지 않고 매번 새로운 것을 처음부터 시도한다면 이렇게 발전할 수 있었을까 라는 사실이다.

스스로의 위대함을 위해서는 새로운 것이 있다는 발상이 그렇게 나쁘진 않다. 일, 행동 등의 행위에 대한 효율성으로 생각해본다면 새롭지 않다는 것을 빠르게 인정하고 기본을 습득하고 한 차원 높은 수준으로 이르는 것이 지혜가 아닐까?

새로운 것을 추구하는 인간의 욕구를 제대로 반영한 것이 신기록이라는 단어가 아닐는지. 모든 것은 이미 존재하는 것을 인정하되 일에 대한 질과 양을 따져서 기존의 범위를 넘기는 수준이 바로 신기록이다. 신기록 까진 아니더라도 초등학생 수준의 달리기 실력을 고등학교 이상의 실력으로 만드는 방법은 혼자 죽어라고 연습하는 것보다는 어느 정도 요령을 익혀서 연습하는 것이 낫지 않을까?

다시 말해서 새로운 것은 없다. 다만 내가 모르는 방법이거나 아직 찾아내지 못한 경험일 뿐이라는 사실이다. 새로운 것이 없다는 것을 말하는 이유는 새로운 것에 대한 비하가 아니라 빠른 인정을 통한 효율적인 도약을 말하고 있다. 인터넷이 발달하고 영상 등의 매체가 발달하면서 누구나 쉽게 배우는 환경이다. 책 읽는 방법까지 수많은 책들이 있을 정도니까. 더 이상 새로운 것은 없다. 이미 누군가는 나의 길을 걸었다. 모방은 최고의 창조다. 그래서 배울 사람은 너무 많다.

새로운 것은 내가 모른다는 사실이다. 새로운 것은 내가 사람들을 대하는 그 때의 마음이다. 그게 새로울 뿐이다. 온통 세상 속엔 이름지어진 것들이 가득하다. 어쩌다 간혹 미처 발견하지 못하는 행성들이 나오면 이름을 붙이듯 이미 새로울 것이 없는 세상을 살고 있다. 새로운 것이라고 믿어버리는 순간 해결해야하는 수준이 높아진다.

길을 걸었다. 앞에 산이 나왔다. 눈앞에 있는 산에는 길이 하나도 없었다. 그 누구도 범접하지 않았나보다. 내가 만난 새로운 산은 내가 길을 만들어야 한다. 산의 처음부터 우거진 수풀과 나무들을 헤쳐야한다. 그렇게 끝도 없이 헤치면서 나아가야한다. 그 끝을 가늠하지도 못할 정도로 애를 쓰면서.

새로운 것은 늘 설렌다. 설렘의 다른 말은 두려움이다. 잘 알지 못한다는 것이다. 좋은 일이 있을지 나쁜 일이 있을지 모르기 때문에 설레고 두려운 거다. 어떤 좋은 일이 일어날까라고 생각하는 건 설레는 것이고 어떤 나쁜 일이 일어날까라고 생각하는 건 두려움이다. 새로움을 맞이할 때 늘 두려움이 따른다. 새로움을 대하는 동물적인 본능이다. 자기 방어적으로 현상과 사물을 대하고 그 본질을 익히고 나면 비로소 안도하게 되는 것이다.

어찌 보면 새롭지 않아서 다행일 수 있다. 내가 새롭게 대하는 무언가를 대함에 있어서 방어적인 자세로 큰 에너지를 소모하지 않고 미리 학습하고 대응함으로써 빠르고 능숙하게 대할 수 있는 사실이다. 정도라면 지름길을 가서는 아니 되겠지만 익힘에 있어서 지름길이 있다면 그 길로 가는 것이 조금은 효율적이고 지금의 길지 않은 생을 사는데 있어서 도움이 되는 것이 아닐까?

짧은 인생을 살아가면서 많은 것을 해야 한다면 당연히 인정하는 것이 순리다. 그래야지 그 단계를 빨리 해결할 수 있기 때문이다. 그렇다고 시작하는 단계를 무시하라는 이야기는 아니다. 시작하는 단계가 기본적인 것으로써 그 행위의 본질일 가능성이 크고 탄탄한 기반을 바탕으로 숙련된 행동이 나올 수 있을 테니까. 그렇다면 앞서 말한 지름길이란 단어를 조금 바꿔서 생각하자. 시행착오. 수많은 시행착오 끝에 한가지의 방법을 터득했다면 그 뒤를 따르는 우리는 이미 발견한 시행착오를 넘어서 한 가지의 방법을 곧바로 터득하면 된다는 사실이다.

차원의 상승을 위해서는 배워야 한다. 새로운 것은 없다는 것을 인정하고 배워야 한다. 하나하나 알아가는 재미는 저차원에서도 가능하지만 고차원에서도 가능하다. 이미 존재하는 방법을 충분히 터득해서 익힌 다음 수준에 맞게 끌어올려서 즐겨야 한다는 뜻이다.

게임을 예로 들어보자. 이미 나와 있는 게임에서 수도 없는 만렙이 존재한다. 그런 판에 끼이는 것을 추천하지 않지만 껴야 될 판이라면 어찌 해야 할까. 게임을 시작하는 목적에 따라서 만 렙이 수도 없이 존재한다 하더라도 충분히 시작해도 될 명분은 얼마든지 있다. 1등을 위해서가 아닌 즐기기 위한 것이라면 수없는 만 렙 속에서도 충분히 살아남을 수 있을 거라 판단한다.

게임을 시작했다. 어떻게 해야 할까? 간단한 팁은 알고 시작하는 것이다. 새로 나온 게임이고 할 줄 아는 이가 적다면 다 같이 맨땅에 헤딩하듯 수많은 시행착오를 거쳐야한다. 하지만 수많은 만 렙이 존재한다면 그리고 만 렙까지는 아니더라도 약간의 고수만 있다면 그로부터 지금까지의 경험을 기반으로 도움을 얻을 수 있다. 그런 도움 중 나에게 적용할 만한 것들을 충분히 녹여서 수준을 높이는 것이 효율적이다. 그런 방법을 사용하면 엄청난 차이가 나던 그와 나의 차이는 손쉽게 줄일 수 있다. 이것이 바로 새로운 것이 없다는 생각에서 시작되는 보다 빠른 발전이다.

정해진 시간에 비해 많은 것들을 즐기며 효율적으로 살아갈 수 있는 방법의 시작은 새로운 것이 없다는 사실을 인정하는 것이 아닐까?

누군가는 나의 길을 걸었다

지금의 이 길이 바르고 옳은 것은 후대에 알 수 있기 때문이다.
바른 것만이 바르지 않고 바르지 않은 것이 바르지 않은 것은 아니라는 사실을
가끔 잊고 살아가는 오늘 같은 날이 있다.

이제 나는 그의 길을 가면 된다. 여기서 남의 길을 가는 것이 아닌 이미 누군가가 걸어간 그 길을 내가 주도적으로 걸어간다. 이미 있는 길이고 누군가가 걸었던 길이라 할지라도 그 길은 나에게는 새로운 길이다. 세상에 새로운 것은 없지만 나에게 새로운 것은 늘 존재하기 마련이다. 항상 재밌게 즐겁게 살 수 있는 비밀이 이것이다. 세상에서 새롭지 않은 모든 것들은 나에게는 새롭다.

세상에서 새로운 것이 없지만 나에게는 모두 새로운 것이다. 그리고 지금 걸어가는 이 걸음이 마지막 걸음이다. 처음이자 마지막으로 걸어간다. 처음 걸어가는 길에 대한 설렘과 마지막으로 걸어가는 길에

대한 소중함을 모두 가지고 그 길을 걸어간다. 이미 누군가는 걸었기 때문에 가치 없게 느껴지고 하찮을 순 있지만 그런 길을 나는 새롭게 걸어간다.

그 길에 대해서 두 가지 생각이 든다. 하나는 '이미 누군가가 걸었으니 내가 걷는 건 별게 없다.' 라는 생각, 다른 하나는 '누군가 걸었으나 내가 걸어간다.' 는 주도적인 생각이다. 전자는 인생에서 하루를 가볍게 생각하며 쉬이 보낼 수 있는 반면 후자는 하루가 정말 놓치고 싶지 않는 순간이다.

길에 대한 가치를 논하는 것이 아니라 이미 걸어간 그 길에 대한 노하우를 접하고 싶은 거다. 어딘가에 있을 웅덩이나 돌부리 그리고 벌집 같은 것들, 그런 것에 대한 정보를 이미 걸어간 사람으로부터 얻고 간다면 훨씬 빠르게 그리고 안전하게 효율적으로 갈 수 있다. 다시 말해서, 적은 에너지로 그 사람이 걸어간 곳 까지는 갈 수 있을지도 모른다. 그런 식으로 축적한 에너지는 나의 한계점이나 내 수준에 비해 어려운 부분에서 써야 한다. 그래서 앞서 간 사람의 도움을 받는 거다. 혼자 독불장군 식의 진행은 그저 어린 시절의 고집일 뿐 아무런 도움이 되지 않는다.

그렇다면, 과연 누가 걸었을까? 찾아내는 것이 관건이다. 그것 역시 능력에 따라 다를 수 있지만 구글을 통한다면 기본적인 것은 알 수 있다. 앞서 말한 것처럼 여행을 간다던지 외발자전거를 배운다던지 할 때 큰 도움을 얻을 수 있다.

중고등학교 시절 수학문제를 풀 때였다. 문제를 처음 접했을 땐 도저히 무슨 말인지 이해를 할 수가 없다. 문제에 대한 답을 보는 것은 어리석은 행위라는 교육으로 답안지를 펼칠 생각은 하지도 않고 앞서 나왔던 기본 방식에 대한 해설과 해결하지 못하고 있는 문제만을 반복해서 본다. 한글과 숫자로 이루어진 수학문제임에도 불구하고 무슨 뜻인지 이해가 되지 않는다. 이렇게 구해 봐도 저렇게 구해 봐도 보기에 나오는 답은 없다. 몇 시간째 한 문제만 잡고 있으니 이젠 졸린다. 내 머리가 나쁜 것인가? 라는 고민에도 빠지게 된다. 한참을 망설이다가 답안지를 펼쳐보고 '아!' 라는 생각과 함께 다음 문제로 넘어간다.

대학교 시절 술에 빠져 살던 1학년을 제외하고 2학년부터 졸업 때까지 All A+, 4.5 만점에 4.5를 받으며 학과 수석으로 전액 장학금을 받으며 다녔다. 1학년을 마치자마자 군대를 갔다가 제대하고 2학년 1학기 학비를 위해 야간 알바를 했다. 몸이 정말 피곤했지만 그렇게 학비를 모아 2학년 1학기를 시작했다. 수업시간에는 교수님으로부터 수업을 듣고 남는 시간에는 도서관에서 예습과 복습을 했다. 초, 중, 고등학교 시절을 통 틀어 배운 적이 없는 예습과 복습 방법이다. 아니 그 시절에는 그저 책이나 문제집에 대한 문제와 개념을 선 예습, 후 복습을 하라는 이야기만 들었을 뿐, 그땐 그게 전부였다.

대학교 도서관에서 시작한 것은 예습이다. 2학년 복학이라 아는 사람도 없고 섞여 있는 선배들 덕분에 심적인 부담이 꽤 심했다. 그러니 공부에 대한 마음가짐이 엄청났다. 그런 마음가짐으로 도서관에 앉았다. 수업에서 배우는 책을 펼쳤다. 하나도 모르는 소리다. 3년 동안 군대에서 책과는 거리가 먼 몸을 쓰며 살았으니 모르는 게 당연하다. 수업에서 배우는 책은 설명이 제대로 되어 있지 않은 경우도 많았다. 내가 도움을 받을 수 있는 곳은 도서관 내 비치되어 있는 책과 선배 그리고 교수님이었지만, 갓 복학한 시기라 친분이 하나도 없는 선배와 교수님은 후보선상에 올릴 수조차 없었으니 남은 돌파구는 책 밖에 없었다. 일단 비슷한 전공 서적, 다른 출판사에 나온 것을 꺼내들고 살펴봤다. 그러다가 또 모르는 게 있으면 다른 책을 찾았고 그렇게 한권씩 찾아다니는 게 귀찮아서 출판사 종류별로 죄다 꺼내들고 도서관 책상에 펼쳐 놓고 정보의 바다를 헤엄쳐 다니곤 했었다.

예를 들어, 디지털 논리회로라는 과목에서 카르노 맵이라는 부분을 각 책마다 설명을 읽고 문제를 분석했다. 같은 과목, 같은 논리임에도 설명해놓은 글과 문제, 그리고 풀이방법이 제각각이었다. 정확하게 배운 것이 없었기 때문에 내가 가진 기준이라는 것이 없다는 것이 차라리 도움이 되었다. 기준이 없으니 모든 것이 옳다는 가정과 모든 것이 잘못 풀이한 것이라는 생각을 가질 수 있었다. 누구의 간섭이나 선입견 없이 혼자만의 생각으로 수많은 책들 사이의 서로 다른 해법과 이론들을 퍼즐을 맞추듯 맞추어가니 신기한 현상이 생긴다. 개안이라고 표현하는 것이 맞을 거 같다. 공부법을 배우지 못한 채 그저 한 권의 책으로만 배웠던 지난 날, 하나의 이야기만 듣고 배우고 질문을 무시한 채, 주입식 교육을 했던 과거가 이렇게 말이 안 되게 다가올 수가 없었다. 아니 그런 과거가 있기에 이런 경험을 할 수 있었으니 차라리 감사했다.

한 가지 책으로만 배우던 습관과 틀에 갇힌 사람들과 수많은 다른 종류의 책들에서 서로 다른 이야기를 혼자서 조합을 하고 분석을 했으니 그 이론의 체계가 비교가 되었을까? 과연 이런 학습법을 과거에 배웠다면 감당해낼 수 있었을까? 아니면 당장 문제 하나 풀기가 급급한 때에 그런 것 따위는 권하지도 않았을까?

이렇게 접한 학습법은 내 삶에 큰 영향을 가져왔다. 하나의 사실만을 바라보지 않는다. 하나의 현상에 다방면으로 접근하는 방법을 터득했다. 한 가지의 책만을 가지고 가르침을 받았던 선후배 그리고 동기, 지금까지 배워왔고 연구했던 방식만을 고수해서 살아가고 있는 교수님들, 과연 그분들의 교수법이 옳다고만 할 수 있을까? 그런 깨침을 통해 개안이 이루어졌으나 직접적인 발언 보다는 조금 돌려서 말하는 방법으로 큰 미움은 사지 않았다.

한 가지 과목에 대한 학습 시간을 적게 잡고 수많은 책을 무시하고 간과했다면 있을 수 없었던 경험이다. 아무리 명언과 정설이라도 그것을 대할 때는 충분히 비판적이어야 한다. 설사 바른 말이라 할지라도 시대와 상황 그리고 사람에 따라 바뀔 수가 있는 세상살이이기 때문이다.

누군가 걸어간 이 길을 대함에 있어서도 맹신은 버려야 한다. 그렇다고 무시한다거나 하는 것은 아니다. 앞서 간 사람의 지혜와 경험을 존중하고 인정해주면 되는 것이다. 그 사람은 그 사람만의 방법으로 살아간 것을 나는 참조하는 것이다. 내가 주축이고 그 사람의 경험을 참고로 하는 거다. 그 사람은 그 사람의 눈, 생각, 그리고 그의 발로 걸어간 길이기 때문이다. 나는 내 눈으로 보고 본 것에 대해 판단하고 내 발로 걸어갈 것이기 때문에 누가 같다고 말을 할 수 있으랴.

이미 선행된 것을 대함에 있어서는 늘 트인 사고와 넓은 안목을 가져야 할 것이라. 미처 그럴 여유가 없다면 차라리 의심을 하고 현상을 받아들이는 것이 조금 더 발전할 수 있는 계기일거라 믿어 의심치 않는다.

내 주변의 많은 사람들은 이미 존재하는 방법과 생각을 고집하며, 나의 변칙적인 생활과 생각 등을 바꾸려 애를 썼다. 수많은 사람들이 걸어갔고 그 길을 가고 있는 사람들, 그 사람들은 나를 그 속으로 끌어당기고 나의 생각 따윈 이해할 필요나 여유도 없이 그저 나를 같은 색깔로 만들 생각뿐이었다.

이미 누군가 걸어갔던 길이라 할지라도 내가 즐겁게 갈 수 있는 이유는 내가 걸어가는 길이기 때문이다. 그 길에 도움이 될 많은 사람들의 경험과 이야기들이 존재하기 때문에 앞서 간 사람들보다 더욱 즐겁고 적은 힘으로 갈 수 있으리라. 그러니 지금 가는 이 길에서도 앞서 간 분들에 대한 존경심과 감사함으로 지금에 충실하게 임한다. 그렇게 하는 것이 앞서 간 분들의 조언에 대한 보답이 아닐까? 충분히 많은 경험을 하고 갔기에 나는 더 멀리 그리고 더 새로운 아니 다른 길을 갈 생각을 할 수 있는 게 아닐까. 새로운 것이 없기에 새롭게 걸어간다. 그게 지금 이 길을, 누군가가 걸었던 이 길을 가는 이유이다.

돌이켜 생각해보면 중, 고등학교 시절 수학문제를 풀 때가 참 아쉬운 순간이다. 어차피 지금은 그런 시절이 있었기에 대학교 때 그런 개안의 효과를 얻을 수 있었다 위로하지만 현상에 집중한 나머지 주변 상황을 관찰하지 못했던 지난날이다. 하나를 알면 열을 아는 것이 뛰어난 것이지만 하나를 알면 열을 생각해낼 수 있는 응용력 그리고 그게 아니라면 열 가지의 응용법 등을 미리 배우는 것도 나을 것 같다.

누군가는 걸었을 이 길을 나는 오늘도 의심하면서 걸어간다. 지금의 이 길이 옳고 바른 것은 후대에 알 수 있기 때문이다. 옳다고 믿어 왔던 것이 그렇지 않을 수 있고, 옳지 않다고 믿어 왔던 것이 옳을 수도 있다는 사실을 가끔 잊고 살아가는 오늘 같은 날이 있다. 그럴 수도 있는 가능성이 충분함에도 불구하고 그런 가능성 따위 생각하며 살기엔 오늘은 너무 지쳤으니까, 그런 생각보다 이미 짜인 각본의 그 길이 더 편하고 안전하니까 나 역시 같은 색을 띠며 그 길을 가는 거다. 다르다고 큰소리치며 다른 색을 가지기 위해 노력하지만 나 역시 때론 같은 색을 지닌 무리 속의 한 사람일 수도 있으니까.

모방은 최고의 창조다

지금은 모방을 뛰어넘어선 융합의 시대이다.
과학과 사람을 합치고 IT와 자동차를 결합하는 등 수많은 것들을 조합한다.
융합을 위해 가장 필요한 것은 과연 무엇일까?

　　　　　　모방과 창조라는 의미에서 요즘 새로 생긴 단어가 하나 있다. 바로 '카피캣(CopyCat)' 이다.

카피캣(CopyCat):

잘 나가는 제품을 그대로 따라 하는 미투(me too) 제품을 지칭한다. 2012년 3월, 애플의 최고경영자(CEO)였던 스티브 잡스가 아이패드 신제품 발표장에서 삼성전자, 구글, 모토로라를 '카피캣' 이라고 비난한 것이 계기가 되어 대중에게 알려졌다. 16세기 영국에서 경멸적인 사람을 일컫는 고양이(cat)라는 단어에 복사(copy)한다는 의미가 더해져 모방자를 지칭하게 되었다는 설, 새끼 고양이가 어미의 사냥하는 모습을 흉내내면서 생존기술을 익히는 모습에서 나왔다는 설 등이 있으나 어원은 분명치 않다. 19세기에는 모방범죄(copycat crime), 모방자살(copycat suicide) 등의 단어로 많이 쓰였다. [네이버 지식백과]

지금은 모방을 뛰어넘어선 융합의 시대이다. 과학과 사람을 합치고 IT와 자동차를 결합하는 등 수많은 것들을 조합한다. 융합을 위해 가장 필요한 것은 과연 무엇일까? 모방능력? 창조력? 지식이다. 다방면에 대한 지식을 말한다. 융합을 하기 위해서 많은 조합할 수 있는 많은 것들에 대해 알아야한다. 뭘 알아야 조합을 할 게 아닌가.

모방은 최고의 창조이자 창조의 어머니이다. 이와 비슷한 말로 실패는 성공의 어머니라는 말이 있다. 다시 말해서 모방은 창조의 어머니이다. 실패도 성공의 어머니이다. 그러므로 실패는 모방이다. 라는 궤변을 만들 수 있다. 실패란 무엇일까?

실패:
일을 잘못하여 뜻한 대로 되지 아니하거나 그르침. [네이버 지식백과]

일을 잘못한 것과 일을 따라하는 것을 같다고 말하는 것은 정말 앞뒤가 맞지 않는다. 하지만 모방은 실패다. 모방만으로 원하는 것을 이루어 내는 것이 아니기 때문이다. 내가 모방을 해서 나만의 모방이 되면 또 다른 하나의 이야기가 생겨나고 그것은 창조다. 즉 성공이라는 뜻이다. 그렇다면 앞서 세운 가설은 아주 적절하게 들어맞는다. 모방은 실패이고 창조는 성공이다. 수많은 실패 가운데 성공이 생긴다. 수많은 모방에서 창조가 일어나는 것과 같은 이치이겠다.

신을 제외한 세상의 그 누가 모방 없이 창조만을 했을까? 하물며 우리는 어렸을 때부터 기고 서고 달리는 것을 누군가로부터 보고 배웠으리라. 우리는 배운다. 배운다는 뜻은 무엇인가?

배우다:
1. 새로운 지식이나 교양을 얻다.
2. 새로운 기술을 익히다.
3. 남의 행동, 태도를 본받아 따르다.
4. 경험하여 알게 되다.
5. 습관이나 습성이 몸에 붙다. [네이버 국어사전]

보시다시피 '배우다' 라는 뜻은 모방을 전제하고 있다. 모방이라는 말은 다른 것을 본뜨거나 본받음을 뜻한다. 다시 말해 모방이라는 단어는 창조라는 기준에서 얕잡아 부르는 의미이지 보는 시각에 따라 배운다는 의미를 가지고 있다. 이제부터라도 모방을 얕잡아 부르지 말도록 해야겠다. 모방은 창조를 위해 배우는 과정이라는 사실을 되새겨 본다.

모든 사람들이 어린 시절부터 기고, 서고 걷는 것을 배우고 익혔다. 밥 먹는 것도 따라했고 '가나다라'를 눈으로 익히고 글로 쓰고 말로 하는 것 역시 따라한 것이다. 이쯤 되면 인간은 모방의 역사라 해도 과언이 아니다. 어린 시절, 어린이집에서 만들기를 배우고 친구를 만나는 법, 어른을 공경하는 법 등을 배운다. 학습 역시 풀이과정과 모든 것을 배운다. 따라한다. 어찌 보면 우리의 교육과정은 온통 모방만을 강조해왔기에 창조성이 결여되었는지도 모른다. 모방에서 반발되는 질문이나 성질 등을 철저히 묵살하고 자제하기만을 교육받았으니 우리가 창조적인 천재가 되지 못한 것은 우매한 국가의 교육 탓이라 하자.

그렇다면 지금부터는 다르게 살아야하지 않을까? 아주 오래전부터 문제시 되어왔던 청년실업. 도대체 청년실업이 문제가 아니었던 적은 있었나 싶다. 그런 청년실업의 핵심은 수많은 사람들이 정해진 직업을 함께 추구한다는 사실이다. 60억 명의 인구가 10개의 직업을 가지려고 하니 실업이 생길 수 밖에 없다. 그것은 아주 당연한 논리이다. 우리의 교육은 60억 아니 6천만 인구 모두가 10개의 직업을 가지고 입신양명 하는 것이 나라와 부모 나아가서 후손을 위한 일이라고 교육을 했으니 청년실업은 당연한 결과이다. 수많은 직업을 창출을 해보라. 그러한들 그 직업을 향할 이가 얼마나 될 것인가?

정리를 하자면 모방은 창조로 가기 위한 필수과정이다. 모방은 배우는 과정이라는 것을 인지해야한다. 혹자는 말할지도 모른다.

"그것은 너의 길이 아니잖아. 다른 사람의 길이잖아"

이쯤에서 스포츠 하나를 예로 들어보자. 트라이애슬론. 철인 3종 경기이다. 이 경기의 유래를 살펴보자. 내가 막연하게 생각해보면 이 경기는 마라톤을 열심히 하다가 지겨워서 수영을 해보고 자전거를 타게 된다. 그렇게 다양하게 즐기다보니 세 가지의 공통점을 발견한 거고 그것을 접목하여 하나의 스포츠 경기로 탄생시킨 것이다. 마라톤을 하던 사람에게 마라톤만을 해야 한다고 강요했다면 철인 3종 경기는 탄생할 수 있었을까? 우리나라가 그렇다. 우리나라에 이 사람이 있었다면 이 사람은 정봉주가 되는 것이지, 철인 3종 경기를 만들 생각은 결단코 하지 못했을 것이다. 그것이 좋게 말하면 장인 정신이요. 나쁘게 말하면 한눈을 파는 것이고 나의 일에 집중을 하지 못하는 미개한 사람으로 비춰질 수 있기 때문이 아닐까.

대한민국에서는 이런 사상이 통하지 않는 것이 일반적이다. 각각의 분야에서 서로의 전문성을 인정하라고 가르칠 뿐 우리가 상상만으로 하던 태권브이와 마징가, 메칸더가 싸우면 누가 이길까라는 생각이다. 수학이 우수하다, 과학이 우수하다, 의학이 우수하다를 '각자는 각자의 영역에서 우수한 것이다' 라고 결론을 내버리면 더 이상 발전의 여지가 없어진다는 사실이다.

이렇게 생각을 정리하면서 나는 처음에는 강연만을 하고 싶었다. 강의를 위한 강연을 하고 싶었다. 사람을 대하고 강의를 하는 법을 배운 적이 없고 책을 통해 자기계발에 대해서는 많이 읽고 생각을 했으니 충분하다 생각한 것이다. 몇 백편이라고 하지만 그저 흘려들은 것이 대부분일 것이다. 그렇게 많은 동영상 강의를 접하고 내가 하고 싶고 할 수 있을 것이라는 생각으로 나를 둘러싸고 있던 세상의 껍질을 깨고 나왔다. 나와보니 이런 초보가 또 없다. 그러니 어쩌겠는가? 배웠다. 배우고 또 배우고. 실제로 강의하는 법을 위해 스피치 수업을 듣기도 했다.

지금 내가 말을 하고 싶은 것은 모방은 필수라는 사실이다. 지금 하고 있는 것을 반대로 하거나 아예 하지 않거나 하는 많은 생각들을 틀 속에 두지 말라는 사실이다. 나는 어린 시절을 자유분방하게 살았다. 그럼에도 불구하고 나란 사람은 흔히들 얘기하는 고리타분하고 보수적인 사람이다. 어린 시절부터 외부에서 가르쳐주는 정보보다는 스스로 익힌 바르게 살아야 하는 기준을 많이 가지고 있어서 유연한 생각을 가지지 못했다. 어린 시절 부모님을 비롯한 친인척, 그리고 친구들은 당연히 제하고 학교의 선생님들조차 제대로 된 방향을 제시해주지 못하고 있었으니 인격의 틀과 생각, 행동의 범위를 스스로가 생각하고 정했으니 그 벽을 누가 허물 수 있을까?

과거의 내가 가진 틀의 생각은 주변을 철저히 무시하고서 내가 설정한 것이라 주변에서 어떤 조언을 하더라도 이미 가진 생각들은 무너질 리가 없었다. 그런 사람들을 철저히 무시하고 설정한 것이었으니 난 이미 그런 것들을 다 고려해서 설정한 것이라 말할 수가 없다. 이미 내가 가진 생각은 누가 보기에도 충분히 도덕적이고 그럴 듯한 것이었기에 뭐라고 하는 사람이 없었다. 그렇다보니 그 벽은 점점 단단해졌고 나는 나만의 벽속에서 그렇게 오랫동안 살아왔다. 어린 시절 배운 것에 비해 최근 5년 동안 보고 듣고 익히고 배운 것들이 내가 가졌던 생각의 벽을 무너뜨렸다. 아니 스스로 붕괴되었다고 표현하는 것이 옳다. 가랑비에 옷이 젖듯이 나도 모르는 순간에 무장해제를 해버렸기 때문이니까.

　과거에 내가 가진 생각과 그런 틀로 인해서 내가 가야하는 길만을 고수하면서 협소한 길에서 애를 쓰면서 살았다는 사실이다. 그러한 목표에서 벗어난 지금 나는 아주 자유롭다. 또한 많은 것을 하고 있고 그런 중에도 전혀 힘이 들거나 고통스럽지 않다. 많은 사람들이 나의 건강상태나 피곤정도를 걱정해주지만 나 스스로는 아주 건강하고 상쾌한 정신으로 즐겁게 하루하루를 열심히 살아가고 있다. 마치 주말 낮엔 여자 친구랑 데이트하고 저녁엔 동네 친구랑 술 한 잔하고 밤엔 또 다른 친구랑 피씨 방에서 게임으로 밤을 새듯 지금 하고 있는 모든 것들이 너무 재밌고 설렌다. 매일이 감사하고 설레는 순간들의 연속이다.

배울 사람이 너무 많다

배우는 것은 우리가 흔히 아는 문자,
말 등을 통해서 배울 수 있지만, 그런 지식의 전달 과정에서 강사의 열정,
장소의 느낌, 참석자의 기운 등도 큰 영향을 끼친다.

내가 하고 싶은 것은 간단히 정리해보면 일단 책읽기, 글쓰기, 강연하기를 시작으로 공부, 감사, 운동, 여행, 강연, 예술, 봉사 등의 큰 분류로 나눌 수 있다. 여기서 배운다는 의미는 강의를 통한 사람에게서 배우는 것과 책을 통해 스스로 학습하는 것 그리고 사람과의 대화를 통해서도 가능하다는 아주 포괄적인 의미이다.

앞서 언급한 것처럼 모방과 유사한 의미로 배우는 것이기도 하지만 수많은 사례를 통해 나만의 방법을 재생산 및 창조하는 것이 배움의 궁극적인 목적이라고 말할 수 있다. 혼자 해내는 것은 창조적인 행위로 스스로에게 큰 의미를 가져올 순 있지만 그 진행도를 따져 봤을 선

행 혹은 함께 하는 것과 비교해보면 낮을 수가 있다. 그래서 함께 하는 것이다.

논어(論語) 술이편(述而篇) 7-22,

子曰 "三人行 必有我師焉, 擇其善者而從之, 其不善者而改之."

자왈 "삼인행 필유아사언, 택기선자이종지, 기불선자이개지."

공자왈, 세 명이 걸어가면 반드시 내 스승이 있다. 그 사람의 선을 택해서 쫓고, 그 사람의 불선을 택해서 고친다.

라는 말처럼 혼자 하는 것보다는 함께 하는 것이 효율적인 발전을 가져올 수 있는바 언제나 배우는 것이 중요하다. 배운 것을 자신의 것으로 만드는 것도 중요하지만 외부의 다른 요소를 자기 것으로 만들기 위한 밥을 많이 먹이는 것이 중요하므로 살아있는 문답이 가능한 강의와 사람이 그 첫째요, 그것이 불가능할 경우에는 책과 다른 매체를 활용하고 차선으로 혼자만의 연구 및 개발이 필요할 것이다.

인류와 함께 해 온 책의 역사만큼이나 많은 것이 독서법이다. 독서법은 특별히 존재하기보다 개개인의 특성에 따라 자신이 개발하는 것이 가장 효율적이라고 본다. 독서법이라고 하는 것 자체가 독서를 적게 한 사람이 보다 효과적으로 하는 방법이지 실질적인 독서법은 많은 책을 오랫동안 계속해서 읽다보면 자연스레 개발되는 특성이긴 하다.

책을 읽는 방법에 대해서 배운다고 하면 무엇에 대해서 배워야 할까? 책을 읽어나가는 방법. 책을 읽어나가는 방법이라면 책을 고르는 방법도 한꺼번에 포함하는 걸까? 그렇다면 책의 표지부터 책에서 얻을 수 있는 모든 정보에 대해 보다 효율적으로 습득하고 판단할 수 있는 모든 방법이 독서법이 아닐까 싶다.

글을 쓰다. 역시 기본적인 초중고 과정을 거쳤다면 누구나 할 수 있다. 특정 직업을 제외하곤 말을 하고 글을 쓰는 데 대해서 이상한 편견이 존재해서 일반인들이 글을 쓰는 행위는 낯설게 받아들여지는 것이 사실이다. 글을 쓰는 것 역시 그림을 그리거나 음악을 하는 것처럼 창조, 창작의 영역이기에 아무나 할 수 있다는 사실을 받아들이기 어려워한다.

왜 이런 현상이 일어나는 것일까? 아주 자연스러운 현상이다. 우리는 동물이기 때문이다. 지겹긴 하지만 옛말에 '모난 돌이 정 맞는다.'라는 말이 있다. 동물들은 생존 본능에 따라 같은 색을 지니려고 노력한다. 조금 다른 특성을 지니면 외부 세력의 눈에 쉽게 띄는 것은 물론 같은 무리에서도 쉽사리 배척을 당한다. 이런 본능이 기본적으로 적용

되다보니 사람들은 의도치 않았음에도 세포 속에 각인되어 있는 본능에 따라 같은 성질을 가지려고 노력하고 그렇지 않은 존재에 대해서는 배척하려고 애를 쓴다. 본능이기 때문이다.

보다 평범한 것을 추구하고 많은 사람들이 인정하는 것들을 하려는 성향을 지닌다. 다시 말해서 글을 쓰는 사람들은 별난 사람들이다. 그렇기에 배워야 하는 영역일수도 있다. 처음부터 가지고 있던 능력이었으나 쓰지 않으면 퇴화하는 당연한 자연의 법칙 때문이다.

글을 읽는데 가장 필요한 3가지를 꼽으라면 대부분 다독, 다상, 다작을 꼽는다. 책을 읽고 글쓰기를 배웠으니 이젠 생각하는 법을 배워야 할 것이다. 생각하는 법을 배운다고? 도리어 질문을 하실 분도 있어 보인다. 생각하는 법, 당연히 배워야 한다. 그 이유 역시 그렇게 연습한 사람들이 있기 때문이다. 생각하는 방법 속에 들어가는 것이 우리가 흔히 아는 마인드맵이고 브레인스토밍이다.

마인드맵은 하나의 주제로부터 여러 가지로 나뉘어 뻗어나가는 생각을 그림 혹은 글자로 도식화시켜 놓은 것이다. 보통 마인드맵의 앞에서 실행하는 것이 '브레인스토밍'이다.

마인드 맵 (mind map):

마인드맵이란 문자 그대로 '생각의 지도' 란 뜻으로 자신의 생각을 지도 그리듯 이미지화해 사고력, 창의력, 기억력을 한 단계 높인다는 두뇌 개발 기법이다. 간혹 어떤 문제에 대하여 창조적으로 사고하고 있을 때, 시간이 흐르거나 연속적인 사고의 연상이 진행되면서 그 사고한 내용의 일부는 잃어버리게 되고 재생하기가 어렵게 된다. 마인드맵은 유기적으로 연결되는 일련의 생각을 훌륭하게 상기시켜준다.

영국의 토니 부잔이 1960년대 브리티시 컬럼비아대 대학원을 다닐 때 두뇌의 특성을 고려해 만들어냈다. 부잔은 일부 사람들은 그림과 상징물을 활용해 배우는 것이 훨씬 더 효과적이라는 생각이 들어 '마인드 맵 '을 고안해 냈다고 한다. 학습법과 기억력 뿐 아니라 기업 업무 능력 향상 등에도 효과가 있는 것으로 알려져 각국의 학교들뿐만 아니라 IBM, 골드만삭스, 보잉, GM 등 우수한 기업체들이 마인드맵 이론과 교재를 사원교육에 활용중이다.[네이버 지식백과]

브레인스토밍(Brainstorming):

여러 사람이 모여 문제 해결을 위한 다양한 아이디어를 자유롭게 제시하고, 이러한 아이디어들을 취합, 수정, 보완해 정상적인 사고방식으로는 생각해낼 수 없는 독창적인 아이디어를 얻는 방법을 말한다. 브레인스토밍을 성공시키기 위해서는 ① 타인의 아이디어를 비판하지 말고, ② 자유분방한 아이디어를 환영하며, ③ 되도록 많은 아이디어를 서로 내놓도록 해야 한다. [네이버 지식백과]

내 기억 속에 배운 것은 과연 언제일까? 자라오면서 처음 배웠던 걸 놀라면서 뇌리에 남아있을 법도 한데 기억나는 것이 없다. 내 기억 속의 배운 것이라. 학교 수업 시간에 배운 것이 너무 많아서 기억이 나지 않는 것인가? 아무래도 어린 시절에는 주체적으로 배웠던 적이 없고 주입식 교육이라 좋지 않은 기억으로 판단해서 모두 지워진 듯하다.

한때, 창업을 하면서 지금까지 남도록 제대로 배운 것이 하나 있다. 그것이 바로 '브레인스토밍' 이다. 그 당시에는 둘이서 열심히 아이디어를 짜냈다. 아이디어를 브레인스토밍이란 과정을 거쳐서 끄집어 냈던 것이다. 창업 당시의 기억 역시 그리 좋은 게 없다. 그럼에도 불구하고 브레인스토밍은 내 인생의 혁신적인 것 중에 하나였기에 지금까지 기억되고 있는 게 아닌가.

언젠가 스포츠 댄스를 배운 적이 있다. 실제 수업에서 상대 파트너와 함께 호흡을 맞추는 것이라 실력의 상하가 확실히 드러나는 활동이다. 남들에게 지기 싫어하다보니 수업에서 배울 때도 집중해서 익히고 집으로 돌아와서도 인터넷을 뒤져서 비슷한 자세와 순서 등을 혼자 연습하며 익혔던 적이 있다. 반복 숙달을 통해서 어느새 몸이 기억하는 학습법을 스스로 터득했던 것이다.

어찌 보면 이 학습법은 대학교 시절 예습과 복습을 위한 도서관 학습법에서 비롯된 것으로 보인다. 다량의 정보를 한꺼번에 주입해서 그 정보들에서 공통점과 차이점을 분석하여 숙달하는 특성이다. 이런 것들을 정리해서 학습법으로 정리해도 될 거 같은 생각이 든다.

수많은 책들을 통해서 스스로 배운 시기는 대학교 때가 맞다. 대학교 2학년 복학 후 2학기부터 동기들의 요청에 의해 전공과목 중 이해가 어려운 부분에 대해서 강의를 하기 시작했다. 처음부터 강의를 했던 것은 아니었다. 도서관에서 혼자 공부를 하고 있으면 하나, 둘씩 물어보는 사람이 너무 많아져서 나만의 공부시간과 집중도 하락에 대한 방편으로 생각해 낸 것이 바로 일 대 다수의 강의였다. 이런 강의의 과정을 통해서 충분히 이해하고 있지 않으면 설명하기 어렵다는 사실과 알고 있던 내용을 칠판에 쓰고 말로 하는 순간 이론과 이해가 머릿속에서 재조합이 일어나는 현상도 경험할 수 있었다.

배우는 것은 우리가 흔히 아는 문자, 말 등을 통해서 배울 수 있지만, 그런 지식의 전달 과정에서 강사의 열정, 장소의 느낌, 참석자의 기운 등도 큰 영향을 끼친다. 사회생활 속에서 그 동안 나는 책에서 배운 내용을 회사 동료들에게 다시 설명하는 과정을 거치면서 제대로 다시 배우게 된 것인지도 모를 일이다.

관계를 배우다. 그 모든 것보다 가장 어려운 것이 사람이 아닐까? 오죽하면 '열 길 물속은 알아도 한 길 사람 속은 모른다.'는 말이 있을까. 나 역시 어린 시절에는 아주 무지했다. 사람을 알아야 함의 차선책으로 사람을 철저히 무시할 수 있을 만큼 능력을 쌓자는 생각도 했었다. 사람과 만나면서 그 즐거움을 알았고 시간이 흐르면서 하나 둘 관계의 중요성을 깨치고 배려하는 법을 배웠다.

나의 경우는 제도권 교육에서의 강압적인 분위기가 트라우마를 만들어서 지금까지 습성으로 자리하고 있다. 강압적인 교육은 나에게 아무런 도움이 되지 않는다는 것이다. 의도하지 않은 정보의 주입은 과감히 차단해버리는 아주 놀라운 학습효과가 아닐 수 없다. 학습법과 자아 정체성, 행동분석 등 꽤 다양한 정신적 분석이 가능해진 요즘 배우는 것들이 너무 재미있다.

02

[제 2 장]

열정을 다해 살아가기

틀에 맞춰서 운동을 해야 한다.
틀에 맞춰 운동을 하다가 그 틀에 맞추질 못해서 운동을 포기하는 사람들이 생긴다.
그렇다면 틀에 맞추지 않고 운동을 즐기는 것이 좋을까?

열정, 왜 필요한가?

사람이든 동물이든 약해지는 이유는 보장 때문입니다.
치열한 싸움 없이, 전투력의 상실에도 불구하고 얻을 수 있는
무엇이 이미 존재하기 때문입니다.

여느 날과 다를 바 없이 일상적인 업무처럼 중국 출장길을 올랐다. 며칠이 지난 후 프로젝트가 종료되어 팀 전체가 저녁을 먹었다. 그렇게 저녁을 먹곤 헤어져 혼자서 바람을 쐬러 나왔다가 상가 건물 2층 높이, 실제 2.5에서 3층 정도의 높이다. 발을 잘못 디뎌 추락했다. 해는 저물었고 주변엔 인적이 없었다.

'이젠 끝이다.'

드라마, 소설 그리고 영화 속에서 보던 삶.

낯선 외국 땅, 늦은 시각, 나는 상상하지도 못했던 사고를 당했다. 사고로 인한 부상과 그에 따른 고통 뿐 아니라 그 순간에는 중국이라는 낯선 곳과 컴컴한 어둠 속에서 나를 덮쳤던 두려움이 더욱 컸다.

'이대로 너무 오랜 시간 방치되면 어떤 일이 벌어질 것인가?'
'나쁜 목적을 가진 사람들에 의해 잘못되는 일이 일어나는 것은 아닐까?'

중국에 대한 수많은 나쁜 루머들과 함께 시작한 중국 출장이었기에 맘이 그리 편하지 않았다. 성인이 된 이후 병원 근처라곤 가본 적이 없었다. 헌혈한다고 맞았던 주사, 군대에서 맞았던 파상풍 주사, 그리고 고등학생 때 맹장수술이 전부였다. 어린 시절 산동네에서 살았던 덕분에 웬만한 산을 다닐 때도 산 다람쥐처럼 뛰어다니던 나였는데 도대체 무슨 일이 벌어진 것이지? 왜 나에게 이런 일이 벌어진 것일까?

정신이 아찔했으나 이내 정신을 차리고 일어섰다. 아니 일어설 수가 없었다. 오른쪽 아니 왼쪽, 둘 다 힘이 들어가질 않았다. 설 수가 없었다. 여기는 중국이다. 한국이 아니다. 다급한 마음에 핸드폰을 켜서 함께 일하던 동료들에게 전화를 했다. 하지만 받지 않았다. 두세 군데 더 시도를 했으나 역시 응답이 없어 포기해버렸다. 119를 눌렀다. 될

리가 없었다. 중국에서 국가번호도 없이 단순히 119를 눌렀으니 가능할 리가 없었다. 그 당시 핸드폰 주소록에는 한국대사관 전화번호도 있었다. 당황한 것일까? 도무지 기억나지 않았다. 컴컴한 어둠 속에서 다친 채로 내가 할 수 있는 것은 없었다. 아니 고함을 쳤다. 두세 번 발악하듯 시도해보다 이내 그만 두었다. 언제까지 어떻게 버텨야할지 모르는 상황에서 그렇게 에너지를 소모할 수 없다는 판단이었다. 최대한 몸을 편안히 하고 잠을 자려고 했다. 에너지 소모를 최소화시키고 고통을 무마시키는 방법이었다. 하지만 다리가 아파 잠을 이룰 수가 없었다.

해외, 부상, 밤 그리고 주위에 아무도 없었다. 이대로 죽는다 해도 전혀 이상하지 않을 환경이었다. 몇 시간이 흘렀을까? 얼굴도 기억나지 않는 남성분께 도움을 받아 구급차에 실려 중국에 위치한 응급실로 향했다. 말도 통하지 않는데다가 부상 부위를 마구 주물러대기까지 했다. 고통에 신음이라도 마음껏 내질렀다. 그 순간 할 수 있었던 것은 신음이라도 내지르는 것이었다. 그게 다였다. 아픈 부위를 부여잡고는 좌우로 번갈아가며 뒤척였지만 고통은 쉽게 가시지 않았다. 잠이라도 들면 고통을 잊을까 했지만 그 순간 잠마저도 나에게는 허락되지 않았다.

수많은 형광등들이 빛을 발하고 알아듣지도 못할 언어로 떠드는 소리들, 쉴 새 없이 어디서 들어오고 어디론가 나가는 침상들, 워낙 민감한 스타일이라 모든 것들은 나에게 고통을 가중시킬 뿐이었다. 지금 내가 할 수 있는 것은 그저 지금을 견디는 것이다. 아니 아프지만 그 아픔을 참고 싶지 않지만 그냥 그렇게 있을 수밖에 없었다. 아비규환 속에 떨어지면 이런 느낌일까? 살아있는 채 고통을 겪으며 살려 달라 소리쳐도 없어지지 않을 고통. 고통으로 인한 쇼크로 정신을 잃었다면 조금은 수월하게 지나갔을 수도 있었을 것을, 그런 순간에는 또 어찌나 잘 견디는 것인지.

두 다리가 부러졌다고 상황을 비관하진 않았다. 이미 벌어진 것이고 그것을 탓해봐야 더 이상 나아질 이유는 없었기 때문이다. 오늘 나에게 일어난 일은 천운이었다. 그렇게 다친 것도 다리만 다쳤던 것도. 그 상황에서 허리를 다쳤을 수도, 머리를 다쳤을 수도 있었다. 하지만 두 다리 그것도 발목을 다쳤으니 불행 중 다행, 천만 다행이었다. 뭐 그렇게 생각하는 사람은 나 뿐 주변 사람들은 그저 나를 안타깝게 볼 뿐이었다. 또 하나의 천운이 있다. 사고가 일어난 덕분에 나를 제대로 돌아볼 수 있었다. 회사, 업무, 출장, 그리고 술에 둘러싸여 나의 모습을 제대로 되돌아 볼 수가 없었다. 이렇게 다치고 나니 하나씩 되짚어 볼 수 있었다.

'회사 업무로 인해 나에 대한 발전이나 계획이 없음을 회사의 탓으로 돌릴 수 있을까? 출장은 어쩔 수 없었던 현실이었으나 불규칙한 출장과 야근이라는 업무 속에서 그럼에도 불구하고 과연 나는 나를 위해 최선을 다했는가?

누구나 생각하듯이 답은 '아니다' 였다. 그냥 그렇게 살아가고 있었다. 나의 인생임에도 불구하고 드라마 속 남의 인생을 구경하듯이 그렇게 살아간다. 내 인생이 그랬다. 이 정도로 다친 것도 감사할 일이니 이제는 정신만 차리면 되는 거다. 준비 중이었던 기술사 시험공부를 시작했다. 책을 펼쳐들고 공부를 시작했으나 좀처럼 쉽지 않았다. 계속해서 오랜 시간 앉아 공부를 했으나 머리에 들어오질 않았다. 그렇게 시간은 흘러갔다. 거창한 계획 속에서 이룬 것 없이 그 해가 지나버렸다. 끓어올랐던 마음도 그리 길지 못했다. 공부를 해야 한다는 강박에만 쌓인 채 시간을 보냈다. 지금 생각해보면 하루고 이틀이고 그냥 그렇게, 공부를 해야 한다는 생각으로 시간만 보냈다. '무엇을 위해 살아야 하나' 라는 생각조차 없었다. 그저 시험만을 생각했는데 어린 시절 수능시험처럼 마음의 부담만 커졌다. 여름의 초입에 다쳤는데 가을, 겨울을 지나 어느새 이듬해 봄이 와버렸다.

지루한 어느 날 유투브를 열었다. 유투브에서 인기연예인, 걸그룹

이며 잡다한 것들을 수도 없이 보았다. 그러던 중에 '세바시'라는 프로그램을 우연히 보게 되었다. 잘 알려져 있지 않은 사람들부터 유명한 연예인까지, 다양한 분야의 많은 사람들이 나와서 각자 자신의 삶을 이야기하고 '열심히 살자'라는 식의 메시지를 전하고 있었다.

많은 사람들 중 유독 한 사람이 그런 색깔이랑 어울리지 않았다. 외모는 장동건이랑 비슷한 느낌이다. 잘 생겼다. 근데 조금은 가벼운 느낌이다. 자신의 과거를 웃으며 재밌게 얘기한다. 그 순간엔 어땠을까 라는 생각이 잠시 스쳤지만 이내 넘기고 다른 동영상을 열심히 봤다. 그러던 어느 날 평상시처럼 세바시 영상을 보려고 하는데 김창옥 교수의 관련 영상이 꽤 많이 뜬다. 그래서 그것들을 열어봤다. 그렇게 해서 나는 김창옥 교수를 만났고 세바시, 만사형통, 소나기 그리고 십장생 등의 영상을 모조리 섭렵해버렸다.

그러던 어느 날 평소처럼 포프리쇼를 보고 아니 듣고 있었다. 나의 뇌리를 때리며 가슴을 쥐고 흔드는 말이 있었다. 바로 '남산 위의 독수리'에 관한 이야기이다.

포프리쇼[22회] 05:40-08:30 / [123회] 08:50-10:30

독수리와 항구 이야기 부분

남산 동물원에 커다란 독수리가 있었습니다. 사람의 몸만한 독수리는 그 위용이 세상을 압도 할 만큼 멋졌습니다. 그런데 어느 날 독수리 우리 바닥에 생닭 한 마리가 떨어져 있었습니다. 그것을 본 순간 독수리는 더 이상 멋지고 용맹한 맹수가 아니었습니다. 단지 인간의 손에 길들여진 불쌍한 동물에 불과했습니다.

사람이든 동물이든 약해지는 이유는 보장 때문입니다. 치열한 싸움 없이, 전투력의 상실에도 불구하고 얻을 수 있는 무엇이 이미 존재하기 때문입니다.

"배는 항구에 있을 때 가장 안전하지만, 배를 항구에 정박시켜 놓기 위해 만든 것은 아닙니다. 배는 항해를 위해 만들어진 도구입니다."

나는 이때부터 다시 발버둥을 치기 시작했다. 보장받는 내 삶을 깨우치고자 일어서려고 했다. 뜻이 있는 곳에 길이 있다고 했던가? 매달 스무 권 정도의 책을 평소처럼 사서 읽었다. 대부분 베스트셀러 위주의 자기 계발서들이었다. 그 중 《일독일행 독서법》을 골랐다. 많은 책들 중 그 책이 먼저 손에 잡힌 것 또한 인연이었으리라. 책에서 말하는 대로 책을 읽고 오랜만에 서평을 남겼다. 그 서평에 대해 메아리가 울렸다. 그래서 내가 움직인 것이다.

'왜? 도대체 왜일까?'

'나의 서평에 저자가 남긴 댓글이 얼마나 큰 영향을 줄 수가 있지?'

라는 생각이 들 수도 있다.

여기서 필요한 배경지식이 있다. 나는 IT전문가이다. 초등학교 때부터 컴퓨터를 사용하고, 중1 때부터 밤새 채팅하고, 8비트 컴퓨터부터 베이직, 도스, 다양한 고전의 역사를 함께 했다. 그렇게 나는 네이버 블로그를 일찍 시작했었다. 그저 나의 기록용으로 썼는데 그러던 중에 최적화라 불리는 블로그가 되어 있었다. 어느 날 블로그를 통해 마케팅을 하는 업체로부터 의뢰가 들어왔다. 한 번도 해본 적이 없었기에 용돈 삼아 시작했다. 수입이 꽤 괜찮았다. 어차피 그땐 소통 목적이 아닌 단순 나의 포스팅이었기에 신경쓸 부분이 거의 없었다. 두 세 군데의 마케팅을 동시에 하던 1~2주 사이에 블로그에 이상이 생겼다. 일 방문수가 1000명을 넘기던 블로그가 10명 이하로 떨어졌다. 저품질에 대해 검색해보고 저품질이 의심스러워 테스트를 해보았다. 전체 제목을 넣었음에도 불구하고 검색이 불가능한 이른바 '저품질 블로그'가 되어버렸다. '저품질 블로그' 사건이 있은 후 새로운 블로그로 갈아타려고 생각은 했으나 귀찮아서 내버려두었다.

이런 저품질 블로그를 가지고 서평을 포스팅했던 것이었다. 그런 곳에다가 책을 쓴 작가가 직접 댓글을 남기는 일이 일어났다. 이러니 놀라지 않을 수 있겠는가? 그 후 수많은 특강과 각종 단체들의 모임에 참석하게 되었다. 그것도 순식간에 말이다.

자기계발의 시작, 책을 만나다

하루에 한 권, 주말에는 두세 권에서 다섯 권 정도의 책을 읽었다. 수많은 책을 읽으며
다른 사람과 소통도 더욱 원활해졌고 책을 읽는 방법도 조금씩 바뀌어갔다.

어린 시절 책을 멀리 했다. 아니 가까이 할 수 없었다.
나는 바깥에 나가 노는 게 좋았다. 중학교 때 친구들과 어울려 열심히
농구를 하고 가끔씩 만화방을 들렀다. 돈 천원으로 사이다 1병과 과자
하나 그리고 만화책 몇 권으로 몇 시간씩 시간을 보낼 수 있으니 이보
다 더한 즐거움이 없었다. 그 시절에는 담배도 안 피웠는데 담배 연기
자욱하던 곳에서 그렇게 만화와 라면을 먹을 수 있었던 과거가 신기할
따름이다.

만화에 푹 빠져 읽다 보니 양이 늘어나고 자연스럽게 글자가 많은
것을 찾았다. 어느 날 친구가 읽던 판타지 무협소설을 재미있다고 추

천하기에 빌려서 보았고 이내 무협지와 판타지 소설에 빠졌다. 만화책에서 책으로 독서의 스타일이 바뀌는 순간이었다. 학교 공부에 시달리던 때라 1년에 한두 권 읽을까 말까였다.

대학교에서도 상황은 달라지지 않았다. 술을 마시고 잠을 자고 출석하고, 술을 마시고 자고 출석하는데 책 읽을 시간이 어디 있겠냐는 말이지. 대학교 1학년, 꿈 많던 신입생 시절은 순식간에 지나갔다. 군대를 다녀와서 복학하고 공부하고 졸업을 했다. 취업하고 퇴사하고 창업을 해봤고 대학원을 갔다. 대학원을 졸업하는 순간까지 책을 거의 못 봤다. 늘 일에 대한 생각과 궁리로 시간이 남는 적은 없었다. 그 당시엔 그렇게 일에 목숨 아니 목을 매고 살았나 보다. 삶에서 주체적이라 생각했는데 적당히 살아왔다는 걸 인정하지 않을 수 없다.

취업을 하고 출퇴근 시간이 1시간 가까이 걸리면서 가끔 책을 읽기 시작했다. 일주일에 5일을 술을 마시고 드라마와 영화 등 잡다한 것에 빠져 있느라 많은 책을 본 것은 아니었다. 1년에 한 두 권이 한 달에 한 두 권으로 바뀐 것은 있었다. 그러다가 2012년 천안으로 회사를 옮기면서 외근, 출장, 해외출장, 점심시간 등의 틈새시간이 많이 생기면서 책을 집어 들었다. 한 권, 두 권 읽었다. 읽어야지 하고 읽은 게 아니라 그냥 읽는 거다. 게임을 할 때와 마찬가지로 처음 할 때는 재미와 호기심이었지만 어느 순간은 그냥 하게 되듯이 책도 그냥 읽었다. 보통 출근하면서 두 권 정도 챙겼다. 주차를 하고 업무를 보러 걸어가는 거리도 1시간 정도 되어서 책을 읽었고, 점심시간에도 딱히 할 게 없기 때문에 책을 읽었다. 저녁을 먹거나 야근, 밤샘할 때도 틈틈이 계속해서 읽었다.

2012년 겨울, 어느 날 짧은 일정으로 중국출장을 갔는데 책 한 권을 들고 갔다. 일정이 터무니없이 몇 달로 늘어나는 바람에 책 한 권을 읽고 또 읽었다. 그러다 어느 날 문득 생각이 달라지는 것을 깨달았다. 글자들의 수많은 조합으로 머리가 트이는 느낌이다. 글도 눈에 잘 들어오고 작가의 생각도 훨씬 잘 보인다. 이 순간을 맞이하면서 한 달에 20~30권 정도의 책을 한 번에 구매해서 읽어보곤 했다. 처음엔 카카오스토리에 후기를 남기다가 귀찮아서 이내 그만두곤 읽기만을 계속했다. 일상을 살아가며 술을 즐기면서 책 읽기라는 행위만을 돌파구로 생각했었다. 그렇게 생각만 계속 했다. 그러다 사고가 일어났고 다시 또 정신을 차렸다.

스마트폰으로 인한 거북목이 이슈가 되면서 스마트폰 뿐 아니라 책을 읽을 때도 최대한 고개를 들고 읽으려 노력한다. 고개를 들기 위해서는 보고 있는 것을 높게 들어야 한다. 다 큰 나이임에도 나는 책을 들고 읽으며 다닌다. 간혹 위험하지 않느냐고 묻는 사람들이 있다. 책을 정면에서 약간 옆으로 비켜 들고 책을 주로 바라보고 정면은 주변 시로 바라보기 때문에 크게 문제는 없었다. 간혹 뜨거운 햇볕이 내리 쬐는 날이면 태양을 가리기 위한 무지개 우산을 펼쳐 들곤 당당하게 걸었다. 책이 좋아서 책을 읽으려 하는 것이었지만 눈에 확 띄는 스타 일을 견딜 수 있어야 함은 당연했다.

2016년 3월 내 인생 운명의 책을 만났다. 그 달에도 어김없이 온라 인 서점에서 많은 책을 주문했다. 저렴한 중고서적 몇 권과 신간 베스 트셀러 그리고 스테디셀러 등으로 구성된 구매목록으로 결제를 했다. 며칠 뒤 가슴을 설레게 만드는 택배 한 박스가 도착했다. 제법 무거운 것이 내 기대를 충족시켜 줄 무게인 듯 했다.

스무 권이 넘는 책 중에 한 권을 먼저 집어 들었다. 나를 잡아 끈 문 구가 바로 '문제아를 국내 제일의 독서 컨설팅 CEO로 만든 기적의 독 서 공부법' 이다. 수많은 책과 매체에서 어두운 길을 걷던 사람들이 밝 은 세상으로 나와 기업의 대표로 성공하는 경우가 무수히 많다. 하지 만 '문제아' 가 '독서 컨설팅' 을 한다는 사실이 나에게는 너무나 신기 하게 다가왔다. 수많은 메시지를 담고 있는 책, 유근용 작가의 《일독일 행 독서법》에서 책의 제목처럼 일독일행, 1독 후 1행을 위해 한 가지를 골라야 했다.

2002년부터 자료 저장용으로 블로그를 사용하고 있었기에 한동안 그만두었던 서평 포스팅을 택하고 간단하게 글을 올렸다. 그리곤 또 다른 책을 집어 들고 읽었다. 하루가 지났는데 댓글이 하나 달렸다. 유근용 작가의 댓글이었다. 이 날부터 1일 1독을 목적으로 수많은 책들을 읽고 서평을 남기기 시작했다. 블로그 이웃들도 점차 늘면서 소통도 함께 했다.

지금까지와는 조금 다르게 더욱 열심히 읽었다. 바라보는 사람들도 있으니 초기에도 대충하진 않았으나 그보다 더 신경을 쓸 수밖에 없었다. 하루에 한 권, 주말에는 두세 권에서 다섯 권 정도의 책을 읽었다. 수많은 책을 읽으며 다른 사람과 소통도 더욱 원활해졌고 책을 읽는 방법도 조금씩 바뀌어갔다. 많은 책들이 '인문고전'에 대해 이야기를 하고 있었기에 나도 계속해서 읽고 싶었다. 매일 쏟아지는 책들을 읽으려 하다 보니 인문고전은 뒷전이 될 수밖에 없었다. 머릿속으로 계획하고 제쳐둔 채 읽던 책들을 계속해서 읽었다.

혼자만의 자만심으로 세상을 살았다. 내가 책을 내어보진 않았으나 꽤나 많은 책을 읽었기에 그 눈높이가 수준급이라 스스로 생각했다. 이런 마음으로 책을 들고 읽었으니 그 책들이 소중하게 다가올 리 만무하다. 처음 책을 읽으면 가볍게 대하는 경향이 생겼다.

'그래, 무슨 말 하는지 한번 보자.'

'뭐야? 뻔한 이야기잖아'

'이 얘기, 저 얘기 너무 많은 걸 붙여놨네.'

이런 생각으로 책을 봤으니 책을 덮고 나면 머릿속에 남는 내용이 하나도 없었다. 소중하다, 좋다는 생각을 하지 않았으니 남을 리가 없는 게 당연했다. 책들을 읽으며 어느 순간 이런 마음을 버렸다. 다시 펼쳐 들고 작가가 생각하는 것, 말하고자 하는 것 등 감정이입 등을 통해서 최대한 작가의 입장이 되어 책을 읽고 생각하기 시작했다. 그 전에는 정말 건질 게 없는 책들에서 한 줄 한 줄 머리와 가슴에 박히는 명언들이 되는 신선한 경험을 했다.

대학교 2학년 4.5만점을 받으면서 공부를 하면서도 책을 깨끗이 썼다. 그 이유는 다시 볼 때도 새 책을 볼 때처럼 맑은 마음으로 볼 수 있기 때문이 아니었을까 생각한다. 이런 이유로 시중의 책을 볼 때도 아주 깨끗이 보는 스타일이다. 앞서 말한 대로 다시 볼 때 깨끗함을 느껴보고 싶었기 때문이다. 또 하나는 중고로 팔 생각도 있었던 것 같다. 그렇게 책을 보다가 《일독일행 독서법》을 시작으로 줄을 긋고 생각을 기록하면서 독서하기 시작했다. 수차례 많은 책들을 그렇게 읽었고 많은 책들에서 줄 긋고 기록하는 독서법을 강조하곤 했다.

책을 읽는 속도가 빠르고 그 읽어가는 길에 흐름이 끊기는 느낌을 계속 가지면서 다시 깨끗이 읽는 습관으로 바뀌었다. 서평을 적어야 했기 때문에 중간 중간 인상 깊은 문구나 중요한 지점 등에 인덱스 탭을 붙여두곤 줄긋기를 대신했다. 가끔 줄긋기가 실제 있는 책의 글을 가려 가독성이 낮아지는 경우도 발생했다. 좋다는 방법을 실제로 적용하면서 써보고 불합리하거나 불편한 부분이 있으면 다시 나의 방법을 변형하기도 하면서 하는 것이 유용한 것 같았다.

보통 책을 읽을 땐 한 권을 통째로 빠른 시간 내에 읽었다. 쇼핑을 하듯 한 번에 훑어보는 느낌이다. 그러다가 독서모임을 통해 ≪슬로리딩≫을 만났다. 슬로리딩을 만난 김에 내가 가진 스타일에는 맞진 않았지만 한번 해보기로 했다. 자유롭게 읽다가 한 문단, 한 줄, 한 문장, 한 단어 등에서 멈춰서 그 내용을 가지고 하루를 사는 것이다. 뭐가 될까 싶었는데 단번에 완독을 해버리는 책은 한 권이라면 슬로리딩을 하면 읽는 날수만큼의 책이 되는 새로운 경험이었다. 책을 읽기 어려워하는 사람은 물론 책에서 얻어내는 것이 부족한 사람들에게 충분히 권할만한 방법이었다.

공부하자, 공부!

중국어 회화를 3개월간 배워왔다.
3개월간 학원을 다녀온 동료는 입도 뻥긋 못하고 있는데 도리어 내가
통역을 해주고 있었으니 무슨 말이 더 필요할까?

　　　　　공부하는 사람들은 이미 성공한 사람들이며, 앞으로 성
공할 사람들이다. 자신의 삶을 사랑하는 사람이다. 공부라는 범위가
넓다. 여기서 말하는 공부는 말 그대로 학교에서부터 배워왔던 그런
부분을 말한다. 국, 영, 수 그리고, 각종 자격증 등에 대한 공부를 말한
다.

　공부? 초중고 시절에는 어떻게 라는 것을 몰랐다. 그냥 공부했다.
어린 시절에는 과연 어떻게 공부를 했던가? 어린 날에는 그냥 외웠다.
머릿속에 막 집어넣은 것이다. 그것이 공부였다. 이해 따윈 없었다. 그
냥 머릿속에 넣었다. 지금 생각해보면 정말 어리석은 학습법이다.

수업시간은 한국말 듣기 수업인가? 드라마의 쇼였던가? 나는 그 수업시간에 도대체 무엇을 보고 있던 것일까? 초등학교 나의 성적은 올 '수' 가 기본에 가끔 '우' 가 한 개씩 껴 있던 게 전부였다. '우' 하나가 어찌나 아쉬웠던 시절인지 지금 생각하면 웃음이 난다. 초등 시절 공부하면서 고개를 끄덕여본 적은 없는 것 같다. 초등학교 시험이라고 해봐야 산수와 받아쓰기, 암기가 전부였던 걸로 생각된다. 초등학교 시절은 그냥 놀았던 게 전부였다. 공부라는 느낌이 없었으니 말이다.

중학교에 들어가면서 심화 학습을 시작했다. 초등학교 전교 부회장으로 중학교를 진학했던 것이라 중학교에서 초기에 주목을 받았다. 1학년 때부터 수학선생님이 담임선생님이라 담임선생님의 관심과 지도 덕분에 수학경시대회 준비반에 들어가면서 수학을 심화해서 배울 수 있었다.

국, 영, 수, 물, 생, 화, 지, 미, 음, 체.

이 정도의 수업이었던 것으로 기억한다. 국어를 공부할 때 어땠을까? 소설이나 시를 읽으며 작가가 전하고자 하는 느낌, 문체, 전달하는 방법 등을 공부했는데 충분히 이해한 것으로 판단된다. 국어는 원래 좋아했고 고1 때 이과, 문과를 선택하면서 철학과나 국어국문과를 고민할 정도였으니 국어는 충분히 이해한 것으로 생각하자.

중학교 때부터 수학경시대회를 준비하고 이과를 선택해서 대학을 진학할 정도면 보통은 된다고 생각한다. 거기다 수학은 흔히 말하는 아웃풋, 눈에 보이는 결과가 선명하기 때문에 문제를 푸는 재미가 있다. 문제를 풀거나 못 풀거나 혹은 중간 과정의 오류 등 확실하게 확인할 수 있기 때문에 보다 좋아하지 않았을까?

영어는 암기다. 수학도 암기과목이긴 하지만 좋아하는 과목의 암기는 가볍게 외우고 관심 없는 분야의 암기는 생각보다 힘이 든다는 사실이다. 영어의 기본인 문법은 참 어렵다. 내가 국어를 배울 때도 이렇게 어려웠던가? 언어에 대한 학습법도 세월이 지나서야 깨달았는데 이때의 영어 공부는 정말 불합리하게 여겨지는 오늘이다. 그 시절은 수백 명의 학생들이 같은 목표를 향해 함께 암기하고 있으니 그나마 할 수 있었던 게 아니었던가 한다. 영어 공부는 고등학교를 졸업하고 나서도 계속해서 인생의 공부로 나를 따라다녀서 토익 책이며 각종 학습법을 살피고 노력했으나 좀처럼 쉽지 않았다.

세월이 지나 언어는 배우는 것이 아니라 익히는 것이라는 것을 깨달았다. 2012년 난생 처음으로 해외 출장을 가게 됐다. 출장지는 중국이다. 현지에도 조선족 동료들이 있어서 중국어를 몰라도 충분히 생활이 가능했다. 그럼에도 불구하고 나는 중국어를 연습했다. 함께 간 동료가 중국출장 다닌 지 몇 년이 되었는데도 불구하고 현지 동료들에게 큰 불편을 주었던 것이다.

"형님, 그렇게 계속 하시면 놔두고 갑니다."
"너무 버티시면 중국 친구들한테 얘기합니다."
"뭐 그런 걸로 나를 불러요? 그런 것 정도는 알아서 하면 안돼요?"

이런 식의 반응은 나를 상당히 불편하게 했다. 나는 누군가에게 신세를 진다던가, 도움을 받는 데 익숙치 않았다. 다른 사람들에게 하는 행동들을 보고 있자니

'에라이, 더러워서 내가 배워서 반드시 혼자 다닐테다.'

라며 다짐을 하며, 한국에서 가져간 중국어 동영상과 음원 파일을 매일같이 듣고 다녔다.

〈중국에서 학습 시간〉
아침 출근하는 택시 안에서 1시간 정도

업무 대기하는 시간 30분

점심 먹고 쉬는 시간 1시간

저녁 식사 시간 1시간

퇴근 하는 길에 1시간

잠에 들면서 30분 정도

듣고 또 듣고 하며, 어제 익힌 한 마디, 그 한 마디를 입 밖으로 꺼내어 던져본다. 중국이었고 한국인이 몇 안 되었기에 중국인에게 말을 던지면 모두 받아주었다. 하루에 한 단어, 한 문장을 익혀가면서 회식 자리에서는 짧은 중국어로 몇 마디도 나눠보면서 출장시간을 보냈다. 그렇게 하기를 3개월이 지났다. 함께 일하던 동료 중 하나가 한국으로 들어가 중국어 회화를 3개월간 배워왔다. 3개월간 학원을 다녀온 동료는 입도 뻥긋 못하고 있는데 도리어 내가 통역을 해주고 있었으니 무슨 말이 더 필요할까? 이렇듯 우리나라의 외국어 학습문화는 실제로 사용하는 언어를 배우는 것이 아닌 영어라는 학문에 대해서 배우는 것이 아닌가라는 결론 같지 않은 결론에 도달하게 된다.

물리, 생물, 화학, 지구과학, 역사, 세계사, 정치, 경제 등은 이해보다는 시간 및 연도, 상황별 발생을 이어 암기하는 것이 목적인 것으로 이해도 와 응용도 보다는 암기가 더욱 필요했던 과목으로 생각된다.

글자 많은 건 좋아하지 않았기 때문에 적당히 했던 것으로 생각된다.

과거 중고등학생 시절 이런 공부에 빠져 있다가 드디어 깨친 것이 스무 살도 아니고 군대를 제대하고 난 뒤인 대학교 2학년 부터였다. 하나의 문제에 대해서 다양한 시각과 관점으로 접근하는 방법을 깨쳤다. 암기하는 것이 아닌 개념을 깨치고 원리를 분석해서 응용하는 실질적인 공부를 할 수 있었다. 서브노트라고 불리는 노트를 이유도 모르고 그저 시키니까 쓰던 고교 시절과는 딴판으로 내가 필요해서 서브노트를 만들어 활용했다.

기존 논리는 분석하고 테스트해서 결과를 정리하고 실수나 잘못에 대해 다시 한 번 학습하고 별도로 정리를 하였으니 성적이 올라가는 것은 물론 수업에 대한 집중도, 그 수준을 뛰어넘어서 교수와 대화나 토론하는 수업을 이끌 수 있게 되었다. 공부를 억지로 하던 학생이 공부를 알고 이끌게 되었던 사실이다.

사물을 보는 눈을 조금 뜬 후에 수학에 대한 접근을 테스트 해보고 싶은 마음이 커졌다. 지금의 기분 같아서는 수학책을 들고 설명보고 예제를 바로 풀어버릴 듯한 느낌이지만 설마 그럴 수 있으랴. 기초는 가볍게 뛰어넘고 중급부터 심화까지 개념분석부터 응용을 하는 재미가 기대된다.

영어 학습은 신문, 영화, 드라마 등을 보면서 학습하는 다양한 방법들을 접해보았기 때문에 그런 것들을 학원을 다니기보다 스스로 익혀보고 싶다. 다른 교육과정을 거치지 않고 스스로 중국어 학습이란 것을 이루어낸 전력이 있기에 다른 외국어도 충분히 해낼 수 있다는 자신감과 희망이 있다. 예전에는 영어를 떠올리면 지겹다는 생각이 먼저 떠올랐는데 지금 여러 가지 방법들을 활용해서 학습할 생각을 하니 소개팅을 기다리는 마음처럼 지금도 설렌다. 물론 영어 뿐 아니라 일본어, 중국어 심화, 불어, 독어 등 최소 5개 국어에서 10개 국어 정도의 다양한 외국어를 계획 중이다.

역사, 세계사, 경제, 정치 등의 암기를 위주로 하는 것들은 익숙치 않아서 나에겐 또 다른 모험이다. 강제성을 벗어나 스스로만의 의지로 시작하는 학습, 자유로운 학습이기에 이 또한 기대가 크다. 3개월 동안 하나를 공부하고 그에 대해서 책을 쓰는 것? 한번 해보고 싶다.

글쓰기를 시작하는 방법은?

눈 위를 걸어가다 뒤돌아 나의 발자국을 바라보듯
지금까지 내가 써내려간 글들을 바라본다. 다시금 마음을 추슬러 나머지를 쏟아낸다.
그렇다. 쏟아낸다는 표현이 맞다. 짜낸다는 표현은 아니니까.

나에게 글쓰기란 무엇인가? 고1에서 고2로 올라가면서 적성을 선택해야했고 이과와 문과를 고민할 정도로 국어에는 제법 관심이 높았다. 수능 시험에서도 언어영역에서는 높은 점수를 얻었다. 사람들 앞에서도 조리 있고 분별 있게 말을 하였으며 문자나 편지를 쓸 때도 큰 문제가 없다. 아니 문자와 편지는 주특기 중에 하나다. 글쓰기라고 하면 문자, 편지를 포함해서 리포트라고 하는 과제도 포함할 수 있다. 대부분의 글쓰기라고 불리는 항목들에 대해 잘한다는 평을 받았다.

글쓰기를 가장 잘 활용한 분야는 연애편지와 업무 간 메일을 쓸 때였다. 연애를 할 때, 잘 보이고 싶고 맘에 드는 이성의 마음을 얻고 싶을 때, 가끔 편지를 썼다. 자주 쓰진 않고 아주 가끔 선물을 선사하듯이 연애편지를 선사했다. 장소나 여건이 허락하지 않을 경우에는 문자로 대신 하기도 했다.

잘 쓴다는 특징은 무엇인가? 큰 고민 없이 머릿속에 쓸 거리가 떠오르고 이내 술술 써내려가는 게 아닐까? 내가 바로 그러했다. 말을 하고픈 대상을 떠올리고 그에 대한 주제를 찾으면 크게 막히지 않고 써내려갔다. 간혹 막히고 쓰기 힘들어질 땐 머리를 싸맨다는 행위를 하지 않고 손을 놓고 다른 것들을 한다. 다른 약속을 나가거나 잠을 자는 행동이다. 이후 다시 펜을 잡으면 언제 그랬냐는 듯이 잘 써내려간 적이 많았다.

어떻게 해서 내가 글을 잘 쓰게 되었을까? 책을 많이 봤을 뿐 아니라 문자, 자체를 즐겨 많이 보았다. 여기서 문자는 만화, 소설, 신문, 잡지 등 글자가 들어간 모든 것을 말한다. 그런 문자들을 두려워하지 않고 거리낌 없이 대한 것도 글을 쓰는데 한 몫 하지 않았을까? 중학교 때는 일기를 계속 썼고 군대에서도 누군가를 그리는 마음을 담아 '수양노트'라고 불리는 공책에 늘 글을 썼다. 일기 형식이나 편지 형식으로 계속해서 써내려갔던 경험이 있다. 가상의 내 애인을 향한 하루하루의 푸념이었다. 남자들만의 세상에서 유일한 돌파구였다. 그 역시 아주 많은 도움이 되었다.

게임을 많이 한 것도 다양한 환경에 대한 판단력 향상에 큰 도움이 되었을 거다. 한 가지 방법만을 고민하던 생각의 흐름이 게임을 접하면서 한 가지가 아닌 가능한 모든 방법 뿐 아니라 불가능한 방법들도 여러모로 구상하고 시도하는 과정들에서 자연스레 사고의 확장이 이루어졌다고 본다. 그런 면에서 게임을 옹호하는 입장을 가진 사람이기도 하다. 게임은 집중력과 사고의 확장을 가져올 수 있는 아주 좋은 교보재라는 사실이다.

앞서 말한 다양한 활동으로 글쓰기와 늘 친하게 지냈다. 그로 인해 남들보다 수월하게 내 생각을 말하고 표현하는 단계까지 성장했다. 회사를 다니면서 업체 간 혹은 회사 상사와의 메일을 주고받을 때도 그 능력은 점점 향상되었다. 모든 상황이 게임이라는 가정에서 승리한다는 조건으로 보고 앞뒤 상황을 분석하고 몇 가지 가능성을 확인 후 다양한 대응방법을 분석한다. 과거를 돌이켜 중2 때 좋아하던 여학생에게 공중전화로 전화를 하면서 할 말을 메모를 했던 것을 보면 사전에 계획하고 차선, 차차선을 준비했던 치밀함은 겸비하고 있었다. 어린 시절부터 빠른 눈치로 얍삽하다는 말을 즐겨 들었다. 나이에 맞지 않게 빠른 상황판단을 통해서 유리한 고지를 점령하는 것은 늘 있어왔기에 나에겐 일도 아니었다. 그런 상황판단을 글로 표현하는 능력만 있다면 업체나 상사와의 메일을 주고받기 역시 어렵지 않았다.

책, 논문, 리포트, 메일 등을 늘 곁에 가까이 하면서 기본적인 글쓰기에 대한 능력을 유지해 온 게 아닐까? 2016년 3월 진정한 나의 길을 위한 여행길에서 다양한 정보들을 접하다가 나 역시 글을 쓰고 책을 내야겠다는 생각을 가졌다.

하나의 목표를 설정하면 가능한 방법을 최대한 떠올려서 조사를 하고 그에 따라 분석을 수행한다. 책쓰기를 위해서 다양한 방법을 조사 및 분석을 했다. 생각하는 것만큼이나 결단도 빠르기 때문에 성급하다는 이야기도 종종 들을 정도이다. 그렇게 빠른 결정으로 실행하려 했으나 현재 하고 있는 회사일과 지역적인 특성으로 인해 진행을 계속할 수 없었다.

그러던 차에 글쓰기 프로젝트를 시작했다. 누구나 그렇듯 초기에는 나 역시 엄청난 열의에 불타올라 나에 대한 믿음으로 열심히 글을 쓰려고 노력했다. 어디서 잘못된 것일까? 글쓰기가 생각처럼 쉽지 않았다. 매일 같이 큰마음을 먹고 글을 쓰려 했으나 진도가 나가지 않았다.

블로그에 여러 가지 글들은 계속 쓰고 있었지만 정작 중요한 책을 만들기 위한 글쓰기는 '멈춤' 상태였다.

매일 아침 한 자, 한 줄씩 쓰려고 노력했지만 이내 계획했던 주제를 포기하고 다른 주제를 찾았다. 다른 주제 역시 금세 떠올랐고 목차를 뽑았다. 다시 힘을 내서 글을 쓰려는데 써지지 않았다. 뇌가 멈춘 듯했다. 아무 생각이 없었다. 그렇게 하루 이틀, 몇 달을 보냈다. '놓았다'는 표현이 맞을 정도로 편하게 살았다. 차라리 편하게 사는 것이 글에 대한 압박도 없이 잘 사는 게 아닐까 라는 생각을 할 정도였다.

글쓰기라고 하면 블로그 이웃들 중 창원과 부산에서 하고 있는 글쓰기 특강이 있었다. 다른 것보다 '자동기술법'이란 단어를 사용해서 표현하는 것이 참 궁금했었다. 다른 것은 몰라도 그것만은 한번 들어보고 싶던 찰나에 서울에서 기회가 생겼다. 천안에 살고 있지만 서울은 지척이기에 언제든지 갈 수 있었다. 과감히 선택을 하고 수강을 진행했고 수업을 시작한 이래 매일 같이 A4 2장 반의 글을 계속해서 써오고 있는 게 현실이다. 큰 부담 없이 자연스레 써내려가는 것이 목적이었다. 부담을 가지는 순간 더 이상 써지지 않는다는 것을 1차에서 경험해보았기에 가능할 수 있지 않았을까? 한번 실패를 해봤기 때문에 재도전이 수월하고 피해가야 할 최악의 단계를 미연에 방지하는 방법 등이 아닐까 한다.

지금 내가 글을 쓰는 데 있어서 중요하게 생각하는 부분을 정리해 보자. 처음엔 그냥 쓴다. 주제만 머릿속에 넣어두고 그에 관해서 막 쓴다. 안 써진다는 글들까지 포함해서 막 써내려간다. 생각은 마음대로 일어나고 글은 생각대로 써지지 않기 때문에 그렇게 생각나는 대로 써내려가다 보면 '소 뒷걸음에 쥐 잡듯' 원하는 글들이 틀에 맞춰지는 것들이 생겨나는 현상이다.

두 번째, 마감을 설정한다. 지금도 마감 30분을 남기고 글을 쓰고 있다. 매일 매일을 마감과 싸우고 있는 것일지도 모른다. 지금의 이 마감은 내가 설정한 것으로 큰 제약은 없으나 지키면 조금 수월한 그런 마감이 아닐까 한다. 약간의 강제성을 지닌 마감을 마음속에 가지고 있으면 생각보다 수월하다. 인간은 목표를 이루려는 습성을 가지고 있기 때문에 시간을 정해두면 실천과 실행이 쉬워지는 마법을 경험할 수 있다. 결론적으로 막 쓰고, 마음에 기한을 둔다. 한 번씩 멈춰 서서 뒤를 돌아본다. 눈 위를 걸어가다 뒤돌아 나의 발자국을 바라보듯 지금까지 내가 써내려간 글들을 바라본다. 다시금 마음을 추슬러 나머지를 쏟아낸다. 그렇다. 쏟아낸다는 표현이 맞다. 짜낸다는 표현은 아니니까.

세 번째, 함께 하는 것도 상당한 도움이 된다. 이전 글쓰기에서는 나 혼자만 독주했다. 다른 사람들은 자포자기의 상태였으니 나 혼자 열심히 한 것이다. 그러다가 제풀에 지친 격이 되었다. 게임이나 경주 등 모든 활동과 비슷하다. 대통령을 뽑는 대선에서도 일명 '러닝메이트'라 해서 경합을 벌이는 대선 주자를 같은 편에 하나 더 선택해서 분위기를 끌어가다 대선 직전에 사퇴 및 밀어주기를 시도한다. 독주는 힘들고 외롭다. 1등을 계속 유지하는 것보다 2등, 3등이 그나마 달리기가 편한 것은 눈앞에 보이는 목표가 있기 때문이다. 1등은 혼자만의 목표로 달리면서 자기와 싸워야 하는 것이기 때문에 정말 힘든 싸움이다. 이런 사례들로 볼 때 나의 글쓰기 1차는 완패였다. 첫 글쓰기였고 여러 주자들 중 혼자 치고 나가 독주를 했다. 나머지는 뒤쳐졌고 나 역시 힘을 잃었다. 이미 알고 있던 교훈을 다시 한 번 깨달았다.

'빠르게 가기 위해서는 혼자 가고, 멀리 가기 위해서는 함께 가라.'

나 혼자 치고 나가는 순간, 비슷할 거라는 예측은 빗나가고 포기하는 순간이 찾아올 수도 있다는 사실이다. 내가 가고 있는 길과 파트너 등을 제대로 분석해서 독주를 할지 보조를 맞출지 정확히 판단해야하는 걸 깨달았다. 그런 시각으로 지금의 글쓰기를 바라본다면 누군가와 함께 한다는 것이 큰 힘이 된다. 앞에서 이끌어주는 누군가보다는 옆에서 어느 정도 보조를 맞추며 가고 있는 누군가가 진정으로 고마운 경우이다.

　그냥 쓴다, 기한을 둔다, 함께 쓴다. 그리고 마지막으로 재밌게 쓴다. 글을 쓰는 데는 앞서 말한 바대로 짜내는 행위가 아닌 쏟아내는 행위가 필수이다. 마음이 일면 자연스레 행동으로 옮기듯 문구 하나, 단어 하나로 떠오르는 모든 생각을 담아낸다는 뜻이다. 이때는 아무 제약 없이 마치 '프리 라이팅'인 것처럼 막 쓴다. 마구 달리다보면 적당히 쏟아내고 어느 정도 호흡이 잦아들면서 뒤를 돌아볼 여유를 갖게 된다. 더욱 여유가 생기면 과거의 한 장면을 가져와서 대화를 섞은 화면으로 넣을 수 있게 된다. 독자를 생각하면서 글을 쓰라고는 하지만 지금은 독자 보다는 막 쏟아내고 있는 중이다. 퇴고를 할 때 독자를 상상하며 맞춰 수정하면 될 게 아닌가하는 생각으로.

　이미 다 커버린 성인의 입장에서 나는 가르치기가 쉽지 않다는 사실을 믿는다. 그만큼 배우기도 어렵다. 지금의 나는 단순한 팁을 하나 가지고 내 습관 100에서 1만 바꿔서 연습하는 형태로 타인의 장점을 수렴한다. 굳을 대로 굳어버린 몸과 마음을 한꺼번에 바꾸려다보면 그렇게 시도하는 마음이 먼저 지치기 때문에 '1'을 행하는 것만으로 만족하며 그 '1'이 만들어내는 마법을 지켜볼 뿐이다. 지금의 글쓰기가 그와 같다. A4 2장 반을 채우려는 욕심보다는 시작하는 데 의의를 둔다. 최소 한 줄만 쓰자는 목적이다. 다 채우지 않아도 좋다는 가정을 하고 시작한다. 이미 앞서 나간 분들이 있지만 그에 대한 마음의 부담도 버리는 것이다. 그렇게 한줄 한 줄이 모이면 문단이 되고 장을 이룬다. 머리에서 이는 것을 끼적인다. 끼적이면 글이 되고 그 글을 내가 보는 순간 나는 다시 생각을 한다. 그 생각은 다시 글이 되고 글과 생각은 쳇바퀴처럼 돌고 돌지만 같은 그림을 그리지 않는다. 한 자리에서 맴돌 때가 있을 법도 하지만 같은 자리인 경우가 없다. 글을 쓰고 있다고 적는 순간부터 이미 그 글은 존재하고 다음이 시작되기 때문에 그렇게 걱정 없이 글을 쓰는 것이다. 막 쓰는 행위를 계속할 정신과 힘만 있다면 계속 쓸 수 있지 않을까 하는 착각에도 빠져본다. 나는 그렇게 오늘 그리고 지금 글을 쓰고 있다.

05

감사로 인생의 전환점을 맞이하다

지금까지 함께하고 앞으로도 만날 많은 사람들을 생각하며
감사를 전달하고 매일을 감사하는 감사일기까지 감사일기와 감사편지로
알찬 하루를 만들어 가지 않을까?

나에게 감사란, 감사합니다. 이런 말은 누군가 나에게
충분히 감사한 일을 해줬을 때 하는 인사말이다. 누군가에게 감사하
기, 왜? 내가 잘해서 일이 잘 되는 건데 왜 다른 이에게 감사해야하지?
2016년 3월까지 나는 까칠남이다. 까도남, 까칠한 도시남자라는 단어
가 나오기 훨씬 전부터 까칠했다. 까칠하기보다는 '냉정하다' 라는 표
현이 더 맞지 않을까 싶다.

'나는 세상의 중심이다.'
'나는 나'
'내가 나인데'

스무 살부터 늘 가지고 살던 생각들이다. 그 생각의 원류를 찾아보려 기억을 더듬어보지만 기억나는 게 없다. 분명히 책이나 영화, 드라마 등을 통해서 영향을 받은 것으로 생각되지만 떠오르는 게 없다. 스무 살 이전에 정확히 기억에 남는 드라마나 영화는 '비트'가 전부인 거 같다. 깡패의 인생을 살아가는 젊은 시절의 정우성과 유오성의 모습, 그것이 전부인 거 같다. 이유를 찾지는 못했지만 스무 살의 나는 주체성을 강조하면서 넘치는 자존감으로 살아가고 있었다.

흔히들 하는 말로 '헛똑똑'의 인생을 살았지만 그 당시엔 깨닫지 못했던 철없던 지난날이다. 그런 날에 나는 나만 생각하고 버릇없는 한 집의 아들로 그리 살았다. 가끔 부모님의 감사함을 깨닫는 순간들이 아예 없진 않았겠지만 지금 생각해보면 자기 방어기제라 해서 낮은 자존감을 지키기 위한 가식적인 행동이었다는 사실이다.

《일독일행 독서법》을 읽고 처음으로 시작한 감사일기, 2016년 3월 29일부터 블로그에 처음으로 쓰기 시작했다. 시작한 지 300일이 다 되어가는 시점이라 처음이 기억이 나지 않아 다시 살폈다. 처음 쓴 감사일기를 읽었는데 그 당시의 느낌을 떠올려본다. 감사일기를 쓰는 게 어색하지 않다는 느낌이다. 자존감이 넘치게 살았으나 감사하는 마음은 늘 가지고 있었나보다. 겉으로 표현하지 않았지만 늘 감사하는 삶을 마음으로는 실천하고 살았다 생각한다. 잘난 척을 가끔하기는 해도 착한 사람이라는 말이 무색하지 않을 만큼 후원도 하고 봉사 등도 많은 관심을 가지고 있었기 때문이라 판단한다.

2012년부터 시작한 해외아동 후원이 있다. 중국 해외 출장을 오가는 아시아나 항공에서는 내리기 직전 유니세프 후원 모금을 늘 한다. 출장 중 필요 없는 잔돈을 모조리 후원에 보태주기도 했으니 말로 표현하지 않는 감사하는 삶을 살았던 것 같다.

겉으로 눈에 띄게 행동한 감사일기, 2016년 3월 29일부터 시작했다. 어색하지 않았던 감사일기였기에 무턱대고 썼다. 눈을 뜨면서부터 글을 쓰는 중간 중간 모든 감정들에 대해 감사하며 감사일기를 썼다. 전날 있었던 일에 대해서, 지금 기분에 대해서, 그날의 날씨에 대해서도 반복되는 같은 말에 대해서도 별 부담을 가지지 않고 써내려갔다. 가끔 감사라는 단어가 나오지 않을 때는 '에라이, 감사합니다' 라는 표현까지 쓸 정도였다. 그런 시간들이 흘러서 300일을 목표로 다시 달리고 있는 지금은 감사일기 쓰는 게 그리 어렵진 않다. 매 100일 마다 새로운 형태를 시도하는 등 변화를 두려워하지 않고 같은 방법을 고수하지 않으며 감사한 마음을 멋지게 담아내고 있다 자신한다.

100일을 목표로 시작한 감사일기였다. 100일이 다 되어갈수록 뭔가 색다른 것을 찾았다. 꼭 뭔가 새롭게 시작해야할 것 같은 기분이었다. 세상의 모든 것에 관심을 가지며 감사할 거리를 찾아 헤매었다. 그러던 어느날, 2016년 7월 2일 《땡큐레터》를 만났다. 이 책을 만난 것도 참 영화 같은 날이었다. 7월 1일 저녁 6시에 부산고등학교 동문회가 있었다. 금요일이었고 나는 회사에서 업무를 봤다. 반차를 내어서 점심을 먹고 천안 버스터미널에서 부산으로 출발했다. 내려가는 길에 비가 너무 많이 와서 야구응원 모임이었기 때문에 취소가 되었지만 친구를 만났다. 밤 11시 정도에 어머니와 저녁을 조금 먹고 12시에 집을 나와 1시 서울 강남을 향하는 버스에 몸을 실었다. 버스가 출발하고 이내 잠에 들었다.

"으음..."

시끄러운 소리를 내며 버스 안의 불빛들이 깨어났다. 그 녀석들이 너무 빛나서 나도 어쩔 수 없이 눈을 떴다. 어느새 강남 고속터미널이다. 얼마나 다녔는지 이제는 반가운 터미널이다. 가방과 신발을 정리하고 부랴부랴 내렸다. 어서 뭔가를 해야지 오늘을 또 잘 풀어갈 수 있으니까. 대충 씻고 갈 수 있지만 워낙 깔끔한 스타일이라 그냥 지나치지 못하고 찜질방으로 향했다.

"변신~!!!"

해냈다. 깔끔하게 변신을 하곤 오늘을 시작해야겠다. 부산에서 어제 만난 친구가 하도 살 빠졌다고 해서 먹지 않던 아침을 국밥으로 챙겨 먹었다. 잠도 개운하게 잘 잤고 배도 든든하니 이제 오늘을 멋지게 살면 되겠다. 모든 걸 다 끝내고 지하철을 타고 논현역에서 내렸다. 토요일 이른 아침이라 사람들이 적어서 그건 좋았다.

약도를 살펴서 올라간 특강 사무실. 좁은 통로가 주는 느낌은 드라마에서 나오는 다단계 사무실 느낌이었다. 그 문을 들어서는 색다른 느낌이었다. 무협지에서나 나올 법한 그런 느낌. 동굴을 들어갔는데 동굴 안에 그 작은 동굴 안에서 있을 수 없는 세상이 펼쳐지고 있는 것이다. 바로 거기가 그랬다. DID라고 들이대, Do it Done. 코칭 센터이다.

그렇게 조금 일찍 속 편하게 끝자리에 앉아서 분위기를 느끼고 있었다. 토요일 아침 7시. 평일도 아닌 주말 토요일 아침이다. 그런 시간에 오는 사람들이 궁금했던 것이다. 그래서 선호하던 앞자리가 아닌 가장 뒷자리에 앉았던 것이다. 아침 7시부터 의도적으로 오는 사람들은 에너지로 넘친다. 이 사람들에게 지금 시각은 벌써 낮 1시나 되는 느낌이다. 참 신기하면서 정말 좋은 기운이다.

매주 토요일 의도적인 서울행을 해야 한다.
어차피 할 거라면 조금 더 일찍 움직이자.
가격도 1만원으로 저렴하다.
좋은 기운까지 나눌 수 있으니 금상첨화가 아닌가.

7시부터 7시반정도 까지는 송수용 대표의 간단한 소개와 각자의 소개 그리고 꿈 이야기 등을 얘기했다. 그렇게 수업 초반에 소개를 하고 나니 분위를 조금 알 수 있었다. 아침이라 기운이 잦아들 수 있기 때문에 보다 깨우기 위해 함께 외치는 모습이 참 신선했다. 나도 응용해봐야겠다는 생각이 들기도 했다. 《땡큐레터》, 신유경 작가의 강연이 시작되었다.

절박함으로 쓰기 시작한 365통의 감사편지!
그 기적 같은 변화에 관한 생생한 기록!

실제 오프라인으로 처음 만나기 전부터 작가와는 블로그 이웃으로 하루 동안 나눈 대화가 조금 있었다. 대화체에서는 아주 조심스런 화법이었기 때문에 강연 역시 조용할 줄 알았다. 그런데 시작하는 순간부터 목이 힘들어 보일 정도로 쏟아내는 에너지가 넘쳤다. 그녀는 말하고 있었다. 감사하라고 그리고 그 감사함을 표현하는 편지를 전달하라고. 그러면 어느 순간에 당신도 지금보다 나은 길을 갈 수 있을 것이라고 목이 갈라져라 소리치고 있었다.

그 느낌, 내가 너무 잘 안다. 물질적인 무언가를 제외하고는 당장의 사람들에게 알리기가 정말 힘이 든다는 것을 잘 안다. 솔직히 책을 읽어도 끓어오르는 감정이나 있으면 다행이었다. 그런 것들에도 무뎌지는 현대인들도 많을 것이다.

나는 기적을 믿지 않는다. 다만 내가 일들을 해낼 수 있음을 믿을 뿐이다. 그 일들이라는 제한이 없는 모든 것이라는 게 기적이라면 기적일 순 있다. 아무튼 나는 나를 믿는다. 그리고 지금 말하고 있는 그녀의 외침도 믿는다. 내일이면 감사일기 100일을 완료한다. 그 이후에 또 다른 형태의 감사를 하고 싶었다. 그래서 일주일 정도 계속해서 고심을 했던 것이다.

"짠~!"

그녀가 내 앞에 나타났다. 《땡큐레터》라는 메시지를 전달하기 위해 내 앞에서 소리치고 있다. 나는 계획을 바로 세웠다. '365일간 1일 1인 감사편지 쓰기', 내가 추구하고 있던 목표와 그녀가 소리치는 것이 99% 정도의 매칭률을 가지고 현실이 되었다. 서른 명 정도 되는 사람들 중에 내가 지목되어 신유경 작가 앞에서 특강을 듣고 소감을 얘기했다. 나는 많은 얘기를 하지 않았다.

"좋은 특강 잘 들었고 듣는 순간 계획을 세웠습니다. 그건 바로 당장 365일간 1일 1인 감사편지 쓰기라는 목표입니다. 좋은 말씀 감사합니다."

그렇게 자리를 마무리하고 《땡큐레터》 그냥 그렇게 사라질 수도 있었다. 하지만, 내가 올려놓은 그 날의 책들을 보고 한 분이 《땡큐레터》라는 책에 대해서 평을 부탁했다. 읽을 책이 많았고 우선순위에 없었던 책을 읽은 이유였다. 그렇게 다시 만난 감사편지는 또 다른 느낌이었고 나에게 실행력을 이끌어 냈다. 그래서 실천으로 옮기게 된 아주 마법같은 순간들의 연속인 것이었다. 지금의 이 여행을 시작하게 된 것도 아주 마법 같은 순간들의 연속이었는데 《땡큐레터》도 나에게 오는 순간순간들이 절묘한 마법들이었다.

그래서 억지로라도 최선을 다해 감사편지를 나눠주고 싶은 마음이었다. 이야기를 하다 보니 '기승전 감사편지'가 되었는데 아직은 알수 없지만 감사편지가 나에게 주는 파문은 꽤 클 거라는 느낌이 든다. 지금도 시간은 어김없이 흐르고 있다. 어제 스치듯 보게 된 세줄 일기, 가볍게 정리했는데 오늘 미뤄뒀던 아쉬운 일들을 모두 정리했다. 비워냈으니 다시 채울 일만 남았다. 나는 오늘도 감사하며 내 길을 간다.

2016년 7월 2일부터 시작한 감사편지이다. 감히 '기적을 만드는 1000통의 감사편지'라는 타이틀을 세우고 닥치는 대로 감사편지를 쓰기 시작했다. 목표 천 명 중에 하루 단위니까 아직 한참이었다. 더욱 열심히 썼다. 어머니부터 시작해서 회사의 몇 분과 주위의 몇 분 그리고 버스기사 분들까지 감사편지를 전달하며 지금까지 지냈다. 2016년 내에 1,000통을 달성하는 것을 목표로 삼았으나 생각보다 쉽지 않았다. 이 글을 쓰는 순간까지 88통의 감사편지를 전달했다.

지금까지 함께하고 앞으로도 만날 많은 사람들을 생각하며 감사를 전달하고 매일을 감사하는 감사일기까지 감사일기와 감사편지로 알찬 하루를 만들어 가지 않을까? 또 다른 감사를 할 수 있는 방법, 한번 찾아볼까? 하는 생각이 스친다.

진짜 건강은 정신도 함께 한다

중고등학교 시절 왜소하고 약골이었던 신체로
조용히 살았음에도 제대 후 만든 몸으로 인해 학교 후배들로부터 학교 시절에서
꽤 놀던 아이로 보여지기도 했던 적이 있을 정도 였다.

내 인생에 운동이란? 나는 약골이었다. 어린 시절 괴팍한 성격으로 식사를 거르는 습관 때문에 성장발달이 별로였다. 먹는 것에 비해 밖에서 뛰어 노는 것을 좋아해서 체력은 좋았다. 체력이 좋다보니 집에서 조용히 있기보다 늘 밖으로 쏘다녔다.

중학교에 들어가면서 같은 학교 다니는 친구들을 동네 학원에서 만나면서 함께 하는 시간이 많아졌다. 함께 공부하고 놀고 농구도 했다. 농구드라마 '마지막 승부'에서부터 만화 '슬램덩크'까지 엄청난 인기의 스포츠가 바로 농구였다. 주말은 물론, 평일에도 가끔 농구를 즐겼다. 방학 때는 아침 6시부터 내가 솔선수범하여 주위 친구들을 모두

깨워서 대여섯 명이서 농구를 즐기곤 했다. 아침부터 밤늦게까지 비를 맞으면서 농구를 했을 정도니 얼마나 좋아했을지 지금은 상상이 안 될 정도이다.

농구를 열심히 하긴 했지만 기초 체력은 좋지 않았던 걸로 기억한다. 환절기에 감기는 달고 살았고 명절이나 제사 때마다 음식을 먹고 급체에 고생하고 어린 나이에 편두통으로 피곤한 삶을 살았다. 건강이 늘 좋지 않다보니 신경도 날카로웠던 것으로 판단된다. 환절기 감기, 급체, 편두통 이란 기본 질병을 가지고 살았으면서도 산동네에 살았기 때문에 산책은 물론 달리기, 등산 등에서 두각을 드러냈다.

"왜소하다."
"어딘가 아파보인다."

라는 말을 언제나 수식어처럼 달고 다녔다. 이런 내가 군대를 다녀오면서 확 변했다. 군대를 가기 직전에 담배를 피우기 시작했으나 군대에서의 규칙적인 식사로 환절기 감기와 급체, 편두통은 역사 속으로 보내버렸다. 병장을 달고 제대 준비를 하면서 시간이 날 때마다 '웨이트 트레이닝'을 즐겨하면서 몸을 키웠다. 아침, 점심, 저녁의 기본 식단에 점심과 저녁 사이, 저녁과 취침사이에 PX의 냉동식품과 라면을 즐겨먹으면서 체중이 신병시절 60킬로에서 75킬로까지 증가했다. 건강한 몸을 가지고 제대를 했다. 제대를 하자마자 학비를 구하기 위해 야간 알바를 하면서 약간의 체중감소가 있었으나 지금까지 70킬로그램을 유지하고 있다.

제대를 하면서 나의 인생은 조금 달라졌다. 왜소한 체격이 제법이 멋진 몸으로 바뀌어 있어 건강한 신체의 표본이었으며 여름이면 적당한 근육으로 다른 이들의 부러움도 사며 지냈다. 이런 경험이 있다 보니 운동을 놓을 수가 없다. 중고등학교 시절 왜소하고 약골이었던 신체로 조용히 살았음에도 제대 후 만든 몸으로 인해 학교 후배들로부터 학교 시절에서 꽤 놀던 아이로 보여지기도 했던 적이 있을 정도였다.

어려서부터 산동네에서 살면서 기초체력을 다졌고, 군대에서 몸을 만들었기 때문에 운동에 대해서 늘 관심이 많았다. 지금까지 내가 접해본 운동을 정리해보자면 태권도, 택견, 웨이트 트레이닝, 농구, 족구, 축구, 야구, 탁구, 등산, 수영, 스포츠댄스, 인라인 스케이트, 보드, 자전거, 외발자전거 등이다.

어린 시절 아버지를 따라 약수터와 등산을 즐겨했던 탓으로 고등학교 때 번화가 학원가에서 오락하느라 버스비를 모두 써버리고 걸어왔을 정도로 걷는 능력은 어느 정도의 수준급이었다. 중고등학교 때는 공부 때문에 딱히 산을 탈 일이 없었으나 거주하는 집 자체가 산꼭대기쯤에 위치해 있었으므로 매일 같이 등산을 했다고 해도 무리는 없다. 지금 검색해보니 살고 있던 집이 있는 산은 홍곡산으로 높이는 122미터였다. 그런 산을 매일 걸어 다녔고 술을 마시고 지쳐 쓰러질 것 같아도 걸어 다녔다. 심지어 뛰어 다니기까지 했으니 그 체력은 감히 상상도 못할 것이다. 허허벌판 평지 투성이 천안에 살고 있는 지금은 가끔 내려가는 부산 집을 들릴 때면 헉헉 거리는 나의 모습에 놀라곤 한다. 잘난 집이 아니었으나 이런 곳에 살았던 덕분에 나의 기초체력이 길러질 수 있었던 놀라운 비결을 지금은 깨달았다.

2007년 대학원을 들어가서 한 달에 한 번씩 교수님을 따라 등산을 다니면서 그 체력은 멋지게 드러났다. 모두들 힘에 겨워 걸어 오르던 산을, 그런 산을 달리면서 등산을 하는 나였으니 등산만큼은 지금까지도 우습다. 2014년도 부상 후 걸어 다니는 것에 대해서 상당한 부담을 가지고 있었다. 당연히 등산도 꽤나 두려웠다. 불편한 다리 자체가 부담이다. 트라우마 라고 표현하기도 하듯 부상 이후 다리를 사용하는 모든 행위에 대해 두려움이 생겼다. 거기다가 사람들이 많이 있는 곳도 부담스러웠다.

그럼에도 불구하고 회사에서는 2015년 가을 등산대회를 개최했다. 당연히 회사 입장이었으니 나의 입장을 고려할 이유가 없었다. 불참하겠다는 생각을 가지고 불참에 타당한 핑계거리를 계속해서 찾았다. 고민하고 또 고민할수록 한번 부딪혀보고 싶다는 생각이 점점 치고 올라왔다. 참석하겠다는 의사를 비쳤다. 등산 당일 상황을 보고 포기할 수도 있다는 가정을 머릿속에 두고 한 행동이었다. 수능을 치던 날보다 더욱 긴장이 되었다. 전날 잠도 못 잤다. 아침 일찍부터 계속해서 화장실을 들락날락했다. 내가 불안해한다고 시간이 멈추겠냐만은 그렇게 흘러가는 시간이 야속하기만 했다. 산을 향하는 버스에 올랐다. 버스 안에는 친한 동료들 덕분에 불안한 마음이 그나마 해소되었다. 친한 동료들과 이야기를 나누며 등산로 입구까지 올랐다. 잠시 기념촬영을 했다. 대기하는데 쪼그려 앉으란다.

"잠시만 기다렸다 갈게요. 앉아주세요."
"걸어가는 건 이젠 익숙해졌는데 쪼그려 앉는 걸 어디서 할까?"

속으로 투덜거리며 쪼그려 앉았다.

'아, 다리 아퍼.'

멀쩡할 때도 쪼그려 앉기는 고역인데 지금의 나에겐 더 심하지 않
겠냐는 말이다. 이내 주저앉고 말았다. 상당한 시간을 대기하고 있었
기 때문에 속편하게 앉아버렸다. 그러자 주변에서도 한둘씩 퍼질러 앉
기 시작했다.

"자자, 앉은 번호!"
'아놔, 애들도 아닌데 무슨 앉아 번호냐고'
"하나"
"둘"
" … "

두 차례나 인원을 세어보곤 산을 향해 출발했다. 화장실에서 잠시
늦게 나오는 바람에 후미군에 속했다. 늦게 시작했기에 늦게 도착했고
조금 더 쉬었다.

"자, 이제 올라가시죠. 김과장님 언제 출발하십니까?"

이렇게 나를 재촉한다. 만반의 준비로 여러 벌의 옷을 겹쳐 있었다.
시작부터 온 몸이 후끈 달아올라서 옷을 벗어서 정리하면서 시간이 제
법 걸렸다. 나보다 몸 상태가 더욱 안 좋은 동료 덕(?)분에 나는 여유롭

게 산을 올랐다.

"안녕하세요."
"김과장님, 산 타실만 하세요?"
"뭐, 그냥 가는거죠, 하하하"

이러면서 다들 나의 안부를 물었다. 생각보다 컨디션이 좋았다. 원래부터 산을 좋아했으나 트라우마로 인해서 멀리했기 때문에 산이 정말 오랜만이었다. 얼마나 반가웠을까? 물 만난 고기, 나무 만난 원숭이라는 말을 바로 이럴 때 쓰는 것이 아닐까? 다리가 예전처럼 편하진 않았으나 너무 즐거웠다. 어딘가에 소속되어 있었으나, 그네들을 신경 쓰면서 함께 하지 않아도 되기에 더욱 자류롭게 산을 헤치며 다녔다. 산다람쥐처럼, 때론 스무 살처럼 그렇게 뛰어다녔다. 최후미에서 시작했으나 최선두를 잡고 싶단 생각까지 들었다. 그렇게 쉽지 않을꺼란 생각은 했지만 해보고 싶다는 생각에 달리기 시작했다. 평지까지는 아니더라도 수많은 사람들을 제치며 달렸다. 산은 길만 있는 게 아니라 돌이나 줄을 잡으며 오르는 곳이 있었고 그런 곳에서는 손힘으로 더욱 쉽게 속도를 붙였다. 최선두를 따라내진 못했지만 어느 정도 빨리 올라 사람들과 인사를 나눴다.

"햐, 김원제 과장님, 다리 괜찮아요?"

"산 타실만 하신가 보네요."

"김과장이 나보다 낫네, 나아"

여기저기서 탄성이 나왔다. 불편한 줄만 알았던 내가 그렇게 헤집고 다녔으니 정말 놀라지 않았을까 싶다. 꼭대기에서 막걸리 한잔과 김밥 그리고, 음료 등을 먹으며 바람을 쐬었다. 그 바람에 나를 옥죄고 있던 트라우마를 함께 날려보냈다. 지난 시절의 산을 타던 능력의 80 퍼센트 정도는 되는 것 같다는 판단을 했다. 그러면서 내 안의 깊은 곳에 움츠러 있던 자신감이 살며시 올라왔다.

다시 건강해지다

나만의 기준으로 운동을 즐기는 중인데 몇 사람들의 이야기가 들린다.
퍼스널 트레이닝이라고 해서 전문가의 도움을 받으며 부위별 체질별 맞춤 운동을 해야
한다는 말이다. 그 이론에 대해서는 절대 인정한다.

　　그 시간 이후 운동과 여행에 보다 적극적으로 변했다.
등산을 두려워했었다. 가볍게 생각해서 산만 다니지 않으면 되는 거
아니냐 라고 하겠지만 등산을 두려워하다보니 사소하게 걷는 것도 두
려워하게 되었다. 정말 가벼운 산책을 제외하곤 다른 곳의 여행을 두
려워했다. 대한민국의 명소들 치고 약간의 오르막을 포함한 꽤나 긴
거리의 산책로를 포함하지 않는 곳들이 없었다. 사정이 이렇다보니 어
쩔 수 없이 이 핑계 저 핑계를 대며 여행을 거절할 수밖에 없었다. 아
예 바라지 않는 마음이라면 편할 것을 이미 해봤고 하고 싶음에도 불
구하고 할 수 없는 그 자제하는 마음은 담배를 끊는 것보다 힘들 것이
라.

등산 이후 꽤 자연스러워졌다. 다리가 더욱 좋아진 것은 아니지만 마음의 한계를 허물었기 때문에 편해졌다. 여러 여행지나 각종 명소들을 찾아다니기 시작했다. 산에서 나의 한계를 테스트했기 때문에 크게 두려울 게 없었다. 산으로 들로 쏘다니며 친구들과의 여행 약속을 잡고 함께 시간을 보내기도 했다. 그런 시간들이 있었기에 2016년도 봄에 외발자전거를 시도할 수 있었던 것은 아닐까 생각해본다.

2016년 5월에 블로그 이웃 글에서 남자 홈트레이닝 글을 보면서 문득 떠오른 생각으로 여름 맞이 운동을 하고 싶었다. 여름 맞이 홈트레이닝, 젖은 흰티, 셔츠 찢기를 목표로 홈트레이닝이라 불리는 운동을 시작했다. 홈트레이닝. 일명 집에서 아령들기라고 할 수 있다. 홈트레이닝은 중고등학교 시절부터 몸을 만들고 싶어서 집에서 많은 연습을 했으나 쉽지 않았다. 정말 열심히 했는데 그렇게 몸이 안 만들어지는 건 내 체질이라 어쩔 수 없었나보다.

그렇게 만들고 싶었던 약골 체력을 군대에 가면서 누가 봐도 '좀 노는 동네 형' 처럼 만들었다는 사실은 지금 생각해봐도 놀라운 시절이 아니었던가 싶다. 정말 밥만 먹고 운동하고 잠을 잤던 것으로 생각된다. 밥 먹고 운동하고 잠자고 운동하고 늘 운동을 했으니 근육이 아니 생길 수가 있었을까? 누구의 도움도 없이 스스로 그런 근육을 만들어

냈으니 지금도 누군가의 도움을 필요치 않게 되었다. 이후 제대를 하고 대학생, 직장인 때 늘 집에서 어느 정도의 관리를 하면서 여름 맞이 트레이닝을 즐기긴 했다. 왜소하다, 야위었다는 단어를 좋아하지 않기 때문에 누구나 봐도 건강하다는 생각이 들 정도로 일부러 찾아서 운동을 하곤 했다. 이런 평소의 기억들과 경험이 있으니 새로운 일은 아니었다.

이번 포스팅을 계기로 새로운 도전을 하게 되었다. 그저 가벼운 운동이 아닌 제대로 된 운동을 하기 시작했다. 알이 배기는 걸 즐기는 운동 습관에 틈만 나면 운동을 했다. 잠자는 시간까지 내어가며 운동을 했다. 나만의 기준으로 운동을 즐기는 중인데 몇 사람들의 이야기가 들린다. 퍼스널 트레이닝이라고 해서 전문가의 도움을 받으며 부위별 체질별 맞춤 운동을 해야 한다는 말이다. 그 이론에 대해서는 절대 인정한다.

틀에 맞춰서 운동을 해야 한다. 틀에 맞춰 운동을 하다가 그 틀에 맞추질 못해서 운동을 포기하는 사람들이 생긴다. 과연 틀에 맞춰 운동하는 것이 옳은 것일까? 그렇다면 그 운동의 틀은 처음부터 '짠' 하고 있던 것일까? '운동의 틀' 이라는 것은 운동을 많이 하면서 연구 및 분석을 하여 보다 효율적인 방법을 만들어냈을 거라 생각된다. 생각이 여기까지 미치면 나는 제도권 교육의 틀과 방식을 대입시킬 수밖에 없다. 다수에게 혹은 특정 무리에 효과적인 방법이 일반적으로 탁월한 방법이라고 생각하는 논리가 불합리 한 것이다. 원래 가진 생각이 별나서 다른 사람과 생각이나 행동의 차이가 너무 커서 스스로도 타인이 불편한 상황인데 굳이 돈까지 내고 시간 내고 장소까지 가서 소모하는 에너지가 과연 합리적인가 라는 사실이다. 나 역시 틀에 맞춰서 일을 하고 생활을 하는 사람으로서 합리적인 틀에 대해 절대적으로 옹호하는 입장이다. 개개인의 특성에 대해서도 충분히 고려해야 한다는 입장 역시 가지고 있기 때문에 무조건적인 PT보다는 사람에 따라 적용방식이 다르다고 보는 것이다.

등산 이후 체력에 확신을 가진 뒤 탁구를 시작했다. 회사에서 점심과 저녁시간을 활용해서 동네 탁구를 쳤다. 군대에서도 쳤기 때문에 아주 초급 정도의 실력은 되었다. 그렇게 탁구를 즐기며 살아가다 어느 날 집 근처에서 탁구장을 발견했다. 기본비용을 지불하고 한 두 게임정도 해봤는데 재미와 효과가 충분한 것 같아서 그 자리에서 바로 등록했다. 처음에는 게임만을 즐기면서 탁구를 쳤다. 며칠 그렇게 원래의 방식만을 고수하면서 게임을 즐기다가 옆에서 받는 레슨에 관심을 가지기 시작했다. 레슨을 신청했고 더 많은 비용을 지불하고 시작한 레슨이었다. 인터넷을 통해서 수집한 자료와 동영상 등에서 배운 약간의 지식을 실전으로 접해보니 그 효과가 확실히 나타나기 시작했다. 이런 경험만으로 비춰볼 때도 레슨은 충분히 필요하다고 본다.

레슨이 충분히 필요하다는 것을 알지만 레슨을 거치지 않는 이상은 엉터리라고 말하는 것 자체가 권위적이라는 입장이다. 이미 배운 사람들의 입장에서 별 생각이 없을 수 있지만 그렇게 까지 레슨을 받으며 게임을 배우고 싶진 않다는 생각이었다. 이야기를 하다가 레슨의 필요 유무라는 주제로 와전되긴 했지만 형식을 배우지 않더라도 나만의 방식으로 이루어진 나만의 운동이라 하더라도 충분히 효과를 낼 수 있다는 것이 나의 의견이라는 것이 그 주제라고 볼 수 있다. 나의 생각으로 인터넷에 널린 많은 자료들을 바탕으로 여름맞이 운동을 계속했으나 다른 것들로 인해 스무날을 기점으로 막을 내렸다.

운동을 잠시 제쳐두고 책에 푹 빠져 살았다. 10월 회사의 단체메일이 왔다. 2016년도 하반기 체육대회로 농구를 한다는 내용이다. 농구. 어린 시절부터 늘 해왔기에 지금 낮아진 체력 말고는 아직 농구에 대한 자신감은 충만했기에 너무 기뻤다. 2012년도 본사에 왔을 때부터 매년 하던 체육대회의 종목이 족구여서 늘 불만이었는데 어쩐 일인지 이번에 농구를 한다고 공지가 온 것이었다.

그 날은 하루종일 농구이야기만 했다. 팀장님께 농구 이야기를 했는데 팀장님도 고등학교 때 농구를 했다는 이야기를 했다. 우리 때 웬만큼 농구를 해보지 않은 사람도 없었다. 그 날부터 점심에 농구를 하고 체육대회 날을 기대했다. 들뜬 기분도 잠시 농구를 즐기던 날도 그 날뿐이었다. 다음날부터 과중한 업무로 농구 생각을 잠시 제쳐두고 있었다. 그러던 어느 날, 체육대회 날이 되었다. 아침부터 잠시 농구를 생각하긴 했지만 할 수 있을까라는 생각이 잠시 들어 운동복과 운동화를 챙겨 차에 실었다. 그리곤 아무 일이 없다는 듯 출근을 했다. 체육대회는 오후부터 시작이었다. 점심을 마치고 회사 족구장에서 체육대회 준비로 분주했다. 대회 참가 유무를 떠나 개회식에는 참석해야 했기에 줄서서 대기했다.

늘 있는 개회사 및 식순 등을 간략히 전해 듣고 대회 선수들을 추렸다. 다들 농구는 별로 좋아하지 않았던 터라 나는 쉽게 출전할 수 있었다. 나를 필두로 나머지 4명을 구성해서 한 팀을 꾸렸다. 주장은 당연히 내가 맡았다. 오랜만에 뛰는 농구대회로 가슴이 설레었다. 며칠 전 준비를 하다만 것과 체력단련이 미처 되어 있지 않아 불안하긴 했지만 어차피 주사위는 던져진 것, 오늘에 최선을 다할 뿐이다.

삑-. 호각은 울렸고 공은 던져졌다. 우리 팀의 선공으로 게임을 시작했다. 오랜만에 잡은 공이었지만 오랜 친구를 만난 듯 정말 반가웠다. 사람들 사이에서 이 공을 이렇게 가지고 노는 것을 얼마나 기다려왔던가. 어린 시절들을 추억들이 몰려와 온 몸에 전율이 일어났다. 그와 동시에 함께 했던 동네 친구들의 얼굴들이 스쳐지나갔다. 그 당시 우리의 우정은 농구였다. 무조건 농구. 그런 농구를 지금 이렇게 하고 있다는 것이 얼마나 놀라운 것이었던가. 시간 제약 없이 11점 선취득점으로 게임을 끝내는 것인데 8:2까지 점수가 쉽게 났다. 그 이후로 체력이 급감되어 쉽게 풀리지 않았다. 그렇다고 나의 체력만 떨어진 것이 아니었기 때문에 11점 득점으로 우리 팀의 승리였다. 그렇게 총 3게임을 하고 우리 팀은 승리했다.

아주 오랜만의 농구경기라 아쉬운 것도 많았지만 추억으로의 여행은 언제나 좋은 것 같다. 별로 친하지 않던 농구팀들과도 금세 친해지고 즐거운 시간이었다. 운동은 나를 찾아가는 진정한 몸부림이다. 그 길에 가이드를 동반해도 좋고 홀로 가는 길이라 하더라도 그 길만으로 충분한 가치가 있다고 생각한다. 그 핵심은 그 무엇을 하더라도 즐기는 마음을 잃지 않는 것, 구속 받는다는 생각의 퍼스널 트레이닝 보다는 자유로운 나만의 산책이 더욱 낫지 않을까라는 생각이 스치는 저녁이다.

나를 찾아 여행을 떠나자!

지금 생각하는 나에게 있어서 여행이란. 여행은 나를 찾아 떠나는 과정이다.
낯선 공간에서 누군가에게 의지하지 않고 나만 오롯이 설 수 있는 공간,
그곳에서 나를 바라보는 게, 여행이 아닐까?

나에게 여행이란 과연 무엇일까? 어린 시절 부모님께
이끌려 다니거나 학교, 학원 등 소속된 단체 이끌려 다닌 여행에서 내
가 가진 느낌은 불편함뿐이었다. 어린 시절, 나를 둘러싸고 있던 틀에
어쩔 수 없이 맞춰 살아가면서 그 틀을 부정하고 살았던 것은 아닐까?
틀을 부수고 뛰쳐나가긴 너무 험한 정글이다 보니 그 힘을 가지기 전
까지만 버텨보자는 식의 눈높이 대응이었다. 싫다는 표현을 하고 불편
한 내색도 계속 했지만 그 틀을 벗어날 순 없었다. 돌이켜보면 어린 시
절의 여행이란 '내 인생을 괴롭히는 또 하나의 불편' 이 아니었을까?

"지나고 보면 이때의 여행이 추억일거다."

라는 말을 간혹 하지만 지금의 나는 기억에 남아 추억으로 삼을 어린 시절의 여행이 없다. 여행의 신남보다는 강제성에 대한 불만이 더욱 컸던 어린 시절이었다.

내 인생에서의 여행은 자각이 시작되고 내가 가고 싶어서 가는 것이다. 스무 살부터 함께 한 많은 여행들. 그 여행들은 술자리의 또 다른 이름이다. 수많은 시간들 속에 술이 빠진 순간은 단 한 순간도 없었기 때문이다. 그 땐 그게 의리였고 우정이었고 사랑이었다. 나 역시 술을 원했으니 무슨 말이 더 필요할까? 경치를 즐기고 여정을 즐기기 보단 술을 마시기 위한 하나의 과정일 뿐이었다. '여행은 기승전, 술이다.' 라는 말로 요약할 수 있다. 게다가 '여행에서 술을 빼면 여행일 수 없다' 는 말도 되겠다. 술은 정말 좋다. 술에 대해서도 정말 많은 이야기를 할 수 있지만 지금은 목적이 여행인 관계로 여행을 추억해보자. 여행을 추억하면 술자리밖에 없다.

나에게 있어서 여행이란, 나를 찾아 떠나는 과정이다. 낯선 공간에서 누군가에게 의지하지 않고 나만 오롯이 설 수 있는 공간, 그곳에서 나를 바라보는 게, 여행이 아닐까? 누군가에게 비춰지는 나라는 모습을 내려놓고 나를 둘러싸고 있던 나이, 직책, 지역, 학력, 지식 등 모든 껍데기를 내려놓은 채 '나' 라는 존재가 홀로 설 수 있는 과정이 바로 여행이라고 생각한다.

진정한 여행은 홀로 가야 한다. 홀로 다닐 때만 내안의 동물적인 본능이 커질 수 있다. 약간의 기댐조차 허용치 않고 배수진을 치고 나를 만나는 과정이다. 내가 처음 맞닥뜨리는 장소에서 나도 모르게 나오는 나의 행동들, 예상치 못한 사람들과 일어나는 일에 대해 반응하는 나의 모습들. 그런 것들을 바라보고 곰곰이 생각해보는 게 소중한 시간이 아닐까?

여행을 떠나기 전 나는 드라마, 영화 그리고 강의 영상들을 보며 여행에 대한 생각들을 한다. 가보고 싶다는 생각 뿐 실제 갈 계획을 세우지 않는다. 앞으로 살아갈 많은 날들이 남았다. 지금 나의 상황은 굳이 여행을 떠나지 않아도 충분히 피로하다. 여행을 가면 얼마나 더 피곤해질 것인가. 주말은 나를 위해 쉬어주자. 평일에는 일을 위해 열심히 일을 했으니 주말만큼은 온전히 쉬어주자. 죽은 듯 누워서 아무것도 하기 싫다. 평일에 엄청난 활동으로 움직였으니 주말에는 정적으로 쉬어주자.

지금 이대로라면 과연 나에게 언제쯤이면 '이 정도라면 충분해. 이제는 여행을 가도 되겠지?' 라는 생각이 들 것인가. 회사의 프로젝트가 끝나가는 시점에 때마침 하루가 남는 샌드위치 데이가 눈에 띄었다. 휴가계를 올리고 여행을 계획한다.

대한민국에서 내가 여행을 갈 곳은 경상도이다. 다른 곳을 가보고 싶은 마음은 있다. 낯선 곳, 정말 낯선 곳, 아직은 그런 낯선 곳이 너무 두려워 선뜻 나서지 못한다. 그나마 조금 아는 낯선 곳, 그래. 낯선 곳 이란 익숙치 않은 곳이라 하자. 그나마 약간의 안정된 느낌을 가지고 경상도로 떠난다.

금요일 오후, 점심을 먹자마자 차를 달린다. 맑은 하늘이 나를 반기 듯 시원하게 내달린다. 한참을 달려 도착한 곳이 바로 울산이었다. 울산에서 유명한 울산 12경을 검색해서 가까운 곳에서 돌아오는 길까지 최소의 이동거리로 최대의 효율을 얻기 위한 여행 루트를 찾아봤다. 바다 바람이라 제법 차갑지만 햇살이 따뜻해서 다닐만했다. 대부분 가족, 친구 그리고 연인들과 함께 하는 훈훈한 풍경이었다. 그 풍경 속에 덩그러니 남자 하나가 있다. 가족들, 연인들의 눈으로 나를 볼 때면 가끔 초라해지는 나 자신을 어쩔 수 없지만, 지금 이 순간을 즐기기 위해 그런 느낌 따위는 뭉쳐서 던져버렸다. 저기 푸른 바다 속으로.

오늘이 마지막인 것처럼 아픈 다리를 참으며 열심히 걸었다. 세찬 바람도 나를 도와주지 않았지만 뒤에서 밀어주는 순풍도 뭐 크게 도움이 되진 않기에 그저 지금 이 순간을 즐겼다. 하늘을 보고 바다를 보고 조각들을 보았다. 하늘과 함께, 바다와 함께, 조각들과 함께 사진의 기록을 남겼다. 함께 있어준 이가 없기에 지금을 기억할 수 있는 건 오직 사진뿐. 세찬 바람에 한손으로 들고 있는 셀카봉이 부러질 듯 휘어져도 사진을 찍어야 했다. 다른 이들에게 추억을 남기기 위한 도구이겠지만, 지금 이 순간에 내손에서 기록하고 있는 사진은 내 인생의 순간들이었다. 그 누구도 기억하지 못할 순간, 나 역시 잊을지 모르는 순간. 그렇기에 사진의 능력을 빌려보았다.

나 홀로 마음껏 외로움에 몸서리치며 하루를 보내고 그리운 누군가를 찾아갔다. 이십대를 부산에서 함께 한 친구이다. 낮에는 외로움에, 밤에는 친구와 함께 지난 시절 추억을 함께 소주 한잔과 함께 할 수 있으니 더 좋을 수가 있을까?

혼자 여기저기 여행하며 밤늦은 시간 식당에 들어가 정식이나 국밥과 함께 하는 소주 한잔도 그리 나쁘진 않다. 그 순간에도 함께 해주는 TV나 스마트폰이 있기 때문이다. 그런 순간에는 차라리 혼자인 것이 하루를 정리하며 돌아보는 시간이 될 수 있어 나을 수도 있다. 영화나 드라마에서 나오듯 낯선 곳에서 맺어지는 인연, 그런 적은 한 번도 없었던 것 같다. 제주도 같은 게스트 하우스 같은 곳은 아니더라도 그저 우연히 지나치며 차 한 잔, 밥 한 끼, 소주 한 잔 정도는 할 법도 한데 그런 기억이 없다는 것도 아쉬운 것 중에 하나인가 보다. 많은 사람들과 함께 하고 싶어 발악하지만 사실상 제대로 혼자이길 바라는 게 아닐까?

이런 걸 보면 한국 보다는 외국이 조금 더 나을 수 있다. 한국의 보수적인 성향보다는 외국에서는 가벼운 눈인사로 다가서기 훨씬 편하다. 사실이 그렇다보니 해외는 당연하고 국내에서도 내국인 보다는 명소에서의 외국인과 마주하는 경우의 눈인사 등이 더 기억에 남는 경우가 많다. 한국에서 일본인이나 중국인 여행객들에게 길도 안내해주는 등도 있는데 더 이상 무언가가 없는 것도 참 아쉬운 것 중에 하나가 아닐까?

지금까지의 여행에서는 꼭 누군가를 만날 계획을 세우고 갔던 기억이다. 아무래도 무계획을 가는 것보다는 하루의 마무리에 계획이 정해져있으니 혹시나 있었을 법한 가능성도 무시하면서 보냈을 법도 있지 않을까? 언제 다시 여행을 하게 될지 모르겠지만 다음 여행에서는 누군가를 만날 약속은 뒤로 미루고 온전히 혼자라는 느낌을 즐겨보는 게 나을 거 같다. 그나마 이런 경우가 낯선 사람들과의 만남이 조금 더 편해지지 않을까?

책을 마음껏 읽으며 밥걱정 하지 않고 살고 싶다. 강의만 하면서 그리 살고 싶다. 여행만 하며 누군가의 협찬 같은 것도 좋은 그런 여행을 하며 책을 쓰는 것도 꽤나 아름다워 보이지 않는가. 여행? 사전적 의미를 살펴보면 '일이나 유람을 목적으로 다른 고장이나 외국에 가는 일'이라고 되어 있으니 자기계발을 목적으로 떠나는 서울행, 각종 경조사로 인한 부산행 역시 여행이라고 볼 수 있다.

부산행, 명절을 비롯한 경조사나 친구들과 가끔 약속을 잡아 내려가는 경우가 대다수인 부산행이다. 부산을 간다. 고향을 간다. 집으로 내려간다. 기차를 타던지 버스를 타던지 책을 읽다가 잠을 자다하면서 어느새 도착하는 것이라 내려가는 중에 특별한 기분은 느낄 수가 없다. 기차나 버스에서 내리면 시내버스를 내린 듯 그저 편한 느낌이다.

부산으로의 여행을 떠올리면 군대시절 이야기가 빠질 수 없다. 그도 그럴 것이 부산을 떠나본 적 없이 유, 초중고 그리고 대학까지 부산 그것도 집 앞에서 다녔다. 그러던 내가 집을 떠나 군대를 갔다. 훈련소는 논산을 거쳐 태어나서 처음 간 경기도 포천이다. 매일 같이 바다를 보며 살다가 바다 없이 산과 들에 둘러싸인 곳에서 살아가려니 답답하다. 100일간의 훈련을 마치고 경기도 산골로 들어가던 그 때 그 느낌은 아찔했다. 마치 납치되어 가는 느낌이다. 시간을 돌리고 싶지만 돌릴 수도 없다. 그렇게 들어간 군대에서 이등병 한 달 정도 하고 고향 부산으로 휴가를 갔다.

'아~ 부산'

상상만 해도 가슴이 뛴다. 내 가슴이 뛰고 있다는 사실이 이제야 느껴진다. 설레는 가슴을 안고 기차에 올랐다. 자다 깨다 자다 깨다 어느새 머리 위 스피커에서 이번 정차 역을 알린다.

"이번에 정차할 역은 밀양, 밀양역입니다. 잊으신 물건 없이 ..."

'아, 코를 찌르는 이 냄새가 뭐지?'
'바다 냄새다.'

온 몸에 소름이 돋는다. 부산에 살 때는 자주 맡던 냄새라 별 반응을 하지 않았는데 거의 6개월을 맡아보지 못하다가 코를 찌르며 들어오는 냄새는 고향이다. 그 냄새 하나로 어린 시절 동네친구들과 놀던 기억부터 대학 신입생 때 MT갔던 송정 해수욕장의 느낌들이 파노라마 필름처럼 '챠라라락~' 하고 지나간다.

'그래. 부산이구나. 이제 부산이구나.'

여태 참았던 아니 참은 적이 없다. 힘들다고 생각한 적은 있지만 슬픈 적은 없었다. 지금 내 눈에서 나와 볼을 타고 간지럽히는 뜨거운 액체는 더 많은 추억들을 떠오르게 도와준다. 이내 흘러내리던 눈물을 손등과 옷깃으로 닦아내고는 창밖을 응시한다.

'저기다. 저기가 바로 내 고향, 부산이구나!'

얼마 지나지 않아 부산역에 도착했고 가벼운 몸으로 부산역 광장으로 나갔다. 한눈에 보이는 부산 도시들하며 시끌벅적한 거리며 사람들, 이곳이 사람이 사는 곳이었다. 나는 잠시 떠나 있었고 다시 돌아왔다. 부산으로.

'자유다. 지금 여긴 부산이다.'

외발 자전거를 타며 인생을 배우다

조립된 외발자전거를 벽에 세웠다.
까만 안장으로부터 쭉 뻗은 다리하며 큼직한 26인치 휠이 너무 멋지다.
탄성이 절로 나온다. 마치 페라리를 본 듯한 느낌이다.

나의 버킷리스트 중에는 전국, 세계 여행하기가 있다.
자동차로 여러 곳을 다녀봤으나 명소를 둘러보는데 만만치 않은 시간
이 소요됨을 느꼈다. 운치 있게 도란도란 이야기나 나누며 산책삼아
다니는 게 일반적이다. 목적에 따라 많은 곳을 가볍게 훑어보기엔 명
소가 생각보다 넓다. 그래서 떠오른 아이디어가 바로 외발자전거이다.
후보군으로는 두발자전거, 외발자전거, 전동휠, 전동킥보드가 있었으
나 안전, 이동성, 공간효율성, 사용시간 그리고 돌발 상황에 따른 변수
등을 모두 따져봤을 때 외발자전거를 선택하였다.

큰 바퀴 하나에 곧게 뻗은 하얀 다리, 끝에 걸린 안장.

새로운 도전을 위해 큰 결심을 하고 구매한 나의 외발자전거이다. 연습용으로 산 건데 가격이 만만치 않았다. 예전에 타보던 게 아니었기에 이제부터 연습을 시작해야했다. 이미 사버렸기 때문에 이젠 정말 외발자전거 타기를 연습해야했다. 그 전에 어린 시절의 두발자전거를 연습하던 걸 잠시 떠올려봤다.

아버지께서 결혼 전에 오토바이를 타신 적이 있어서 교통사고의 위험을 너무 잘 알기에 어릴 때부터 자전거를 못 타게 하셨다. 아들을 사랑하시고 걱정하시는 아버지 덕분에 내 나이가 중학생이나 됐는데 자전거를 탈 줄 몰랐다. 중학교 때 친구들이 타던 자전거가 부러워서 빌려 타기 시작했다. 사달라고 떼를 썼으나 위험하다는 이유로 단번에 거절당해 어쩔 수 없었다. 친구의 자전거를 빌려 연습을 시작했다. 작은 키로 큰 자전거를 타려다 보니 쉽지 않았다. 어느 누구 하나 도와주는 사람이 없어 더욱 심했다. 타고 달리고 넘어지고 수차례를 반복하다 끝내는 달리기를 성공했다. 동네 골목은 물론 도로에 광안리 앞 바다까지 타고 나가선 놀다 들어왔다. 문화회관에 위치한 50개 정도의 계단도 가뿐하게 탈 정도로 실력이 많이 늘었다.

어린 날의 자전거 배우기는 정말 빨리 끝났다. 타려고 조금 연습했는데 금방 타게 된 것이었다. 올라타는 연습을 수차례, 달리는 연습을 수차례 한 것 밖에는 기억이 없다. 거기다 두 발 자전거는 페달을 밟으면 앞뒤로 쓰러지지 않고 앞으로 나아가는 장점이 있었으니까.

지금의 나는 다른 무언가의 새로움을 도전하기엔 체력이나 순발력이 떨어진 시기이다. 하고 싶은 욕구가 일어나는 것을 막을 도리가 없다. 아니 다른 사람들의 경우 그런 마음이 생겼다가 현실을 직시하고는 이내 사라져 버릴지도 모른다.

"오늘만 살자!"
"오늘이 마지막인 것처럼 살자!"

오늘만 살아갈건데 앞뒤를 잴리가 없다. 마음에서 일면 바로 행동으로 옮길 수 있는 장점이다. 외발자전거 도전기는 그렇게 시작되었다. TV 나 사진으로만 봐오던 외발자전거를 택배로 받아 뜯어보니 정말 신기했다. 이런 걸 기꺼이 살 수 있는 지금이 참 좋다. 갑자기 떠오르는 문구 하나가 있다.

"어린 날에는 하고 싶은 건 많고 돈이 없고,
나이 들고 나서는 돈은 충분한데 하고 싶은 게 없다."

지금의 내가 그렇게 돈이 충분하지는 않지만 어느 정도 욕구해소를 위한 돈은 충분하고 그에 따른 욕구는 더욱 넘쳐난다. 지금의 내가 돈을 버는 이유는 자아실현, 욕구해소, 다양한 경험을 위한 것이라 말을 할 수 있지 않을까?

다시 자전거 택배로 돌아가자. 뜯어서 물품들을 죄다 꺼내보니 꽤 단순하다. 설명서도 없이 뚝딱뚝딱 잘도 만든다. 뭐 거창한 거냐며 핍박받을 수도 있을 만큼 뿌듯했다. 가슴이 설렌다. 조립된 외발자전거를 벽에 세웠다. 까만 안장으로부터 쭉 뻗은 다리하며 큼직한 26인치 휠이 너무 멋지다. 탄성이 절로 나온다. 마치 페라리를 본 듯한 느낌이다. 소소한데 만족하며 기뻐하는 나 자신도 뿌듯하다.

외발이와의 첫 만남은 그렇게 시작되었다. 보통의 평균적인 사람보다 운동신경이 꽤나 좋다고 혼자 상상하고 있던 터라 몇 번 왔다 갔다 하면 금세 탈거라 예상했다. 회사를 다니던 중 시간을 따로 낼 수 없어서 점심시간과 퇴근 후 회사 옥상입구에서 연습을 시작했다.

자전거를 벽 쪽에 가져가서 안장을 잡는다. 한 쪽 발은 페달에 얹고 안장에 앉아 페달을 굴리면 그냥 넘어진다. 내가 머릿속으로 상상하던 스토리는 상상일 뿐이다. 오랜만에 느껴보는 아찔한 기분이다. 높이는

1미터 20정도, 이런 높이에 공포를 느낄 수 있다니. 넘어지면 그뿐이지 하고 시도하지만 넘어지면 이마를 찧고 이빨이 깨지는 상상을 하니 생각처럼 쉽지 않다. 벽을 잡고 자전거에 오르기만을 며칠이 걸렸다. 그도 그럴 것이 보호 장구라곤 천 장갑 하나만 끼고 했으니 그 두려움도 더했다.

벽을 잡고 자전거에 오르기 성공이라고 하면 누군가는 웃겠지만 실제로 해본 사람은 그 정도도 쉽지 않다는 걸 알 수 있다. 여기서 알 수 있는 삶의 지혜 하나, 내가 경험해보지 않고 바라보고 생각만으로 판단하는 것들을 행동하는 순간, 이미 가졌던 생각보다 이상 혹은 이하의 경험을 선사한다. 얕은 경험과 지식 등 모든 것을 일반화시켜서 섣불리 판단하는 우매함을 버려야 하는 이유를 찾을 수 있다. 선입견은 세상을 재미없게 살 수 있는 지름길일 뿐이다.

벽을 잡고 자전거에 오르면 그 다음엔 무엇을 하느냐, 벽 잡고 이동하기이다. 안장에 오른 상태로 페달을 굴리는 것이 핵심이다. 하나 더 중요한 것은 양쪽으로 의지할 곳이 있어야 한다. 그렇지 않으면 체중이 한 곳으로 쏠리면서 자전거를 타고 가는 것이 아닌 벽을 잡고 자전거를 끌거나 밀고 가는 형상이 되어버린다. 일례로 아이를 데리고 가는 함께 걸어가는 것이 아닌 아이가 팔에 매달려 질질 끌려가다시피

하는 것을 말한다. 이쯤 되면 자전거 기술이 늘지 않는다.

삶의 지혜 둘, 기본자세가 중요하다. 처음 시작하는 외발자전거이지만 모든 사물, 동물 등의 무게 중심과 이동에 관한 규칙은 정해져있다. 바른 자세와 함께 신체의 중앙에 무게 중심이 위치해야 효율적인 이동을 할 수 있다. 그렇기에 조금 무섭더라도 바른 자세를 유지하려 노력해야한다.

삶의 지혜 셋, 아기 새가 날기 위해 연습하는 중에 떨어지는 것이 겁나서 오르기를 거부하면 날지 못하고 걸어 다니는 닭이 되어버릴 것이다. 그렇다. 벽을 잡고 바퀴를 굴리는데 익숙해지다 보면 내가 어느 정도 타는 느낌을 가진다. 여기서 손을 놓고 바퀴를 굴리며 체중의 이동을 스스로 조절하는 걸 느끼고 즐겨야 한다. 기우뚱 하는 느낌과 함께 넘어지는 두려움 때문에 손을 쉽게 놓지 못한다. 여기서 배울 수 있는 것이 두려움과 발전의 상호보완점이다. 두렵지만 도전을 계속하면 발전을 이루는 것이고 그렇지 않으면 늘 제자리에 머물 수밖에 없다는 책속의 교훈을 자전거를 타면서 다시 한 번 깨닫는다.

어린 시절 두발 자전거를 이미 배워버려 그 느낌이 가물가물한다. 가끔 책이나 시에서 인생을 자전거에 비유할 때는 그저 그런가보다 하고 말아버린다. 외발자전거를 연습할 때에는 늘 외치고 다녔다.

"인생을 살아가는 법을 알고 싶다면 자전거를 배워보라,
두발자전거를 탈 줄 안다면 외발자전거를 연습해보라."

그저 우습게 여기던 광대의 외발자전거에서 인생을 찾게 될 줄이
야. 하찮게 생각했던 외발자전거를 타며 가슴이 두근거리고 뜨거워지
는 걸 느낀다. 내가 처음 외발자전거를 타다 실패하고 타다 실패하기
를 수 십 차례, 연습을 회사 공터에서 하고 있었기 때문에 많은 사람들
이 지나면서 한마디씩 한다.

"에이, 그것밖에 못 타냐?"
"애도 아니고 그런 걸 왜 타냐?"
"왜? 서커스단이라도 취직하려고 그러냐?"
"두 발 자전거도 있는데 위험하게 그런 걸 타냐?"

초록은 동색이다.
가재는 게 편이다.
모난 돌이 정 맞는다.

같은 무리들은 그 속에서 다른 형질을 철저하게 무시하고 배척한다. 동물 뿐 아니라 일반적인 자연의 법칙이다. 변종은 도태하기 일쑤이다. 발전하는 것 역시 변종이지만 유지하는 것은 동종이다. 혁신을 도모하는 것은 변종이지만 몰락을 초래하는 것 역시 변종이다. 위기는 기회이자 기회는 위기의 반대말이다. 모든 일에는 동전의 양면이 있다. 우리는 교육받지 않았음에도 다름을 배척하고 튀는 행동을 본능적으로 하지 않으려 한다. 이것이 자연의 생존법칙이기 때문이다.

사람은 이성적인 동물이며 본능에 위배되는 행동을 일삼는다. 내가 그렇다. 튀는 걸 하고 싶은 게 아니라 조금 다른 것들을 해보고 싶은 거다. 모두가 하는 것도 하고 모두가 꺼리는 것도 하는 것이 내가 원하는 삶이다. 1인 100색, 100가지의 삶을 살아보는 것. 그렇게 수없이 도전해보고 싶다. 나는 아직도 성장하기 때문이다.

타고난 이만 하는 것이 예술이다?

그림을 한번 시도해봐서 '완전 아니다' 라는 정도까지는 아니기에
한번쯤 시도 해봐도 좋지 않을까 라는 생각이다.

내가 생각하는 예술의 범위는 음악과 미술을 말하는 것
이다. 악기 연주, 흔히 아는 스무 살의 기타, 배우고 싶은 우쿨렐레, 오
카리나, 직접 부르는 노래, 요즘에는 손글씨 마저도 캘리그라피라는
형태로 많은 인기를 얻고 있는 것도 사실이다. 악필에서 연습한 글씨
체를 조금 멋스런 표현을 빌릴 수도 있다. 기본적인 정물화부터 인물,
풍경 등도. 부산에 있던 시절 스포츠 댄스 역시 스포츠이면서 예술인
경우가 아닐까? 이제 그 이야기를 해볼까 한다.

음악은 나에게 어떤 의미인가? 어린 시절 초등학교 1학년 때로 거
슬러 올라간다. 어린 시절 누구나 한 번씩은 배웠던 피아노. 동네 친구

들이 배운다는 이유로 나 역시 가서 배운 적이 있다. 매일 갔는지 2~3일에 한번 간 건지 정확한 기억은 없다. 건반 두드리는 연습부터 시작해서 악보를 연습하고 연말에 발표회 한다고 모여서 쿵짝 쿵짝하며 다과를 먹은 기억뿐이었다.

중학교 때 TV에서 보던 하모니카에 빠져서 내 돈으로 직접 산 하모니카. 열심히 연습을 했는데 생각보다 쉽지 않아서 장식용으로 전시만 해두다가 어느 날 쓰레기통으로 들어갔다. 고등학교 때는 우연히 '코러스'라는 합창부에 들어가 화음에 대해서 배우고 실제로 베이스를 맡아 시민합창대회에도 서보는 영광을 가지기도 했다. 스무 살 신입생 때 '택견' 동아리 선배님들께서 치시는 기타를 흉내 내서 쳐보기도 했지만 이내 포기해버렸다.

술만 마시면 찾던 노래방과 대낮에 친구들과 가던 오락실 노래방을 거쳐 어느덧 회사를 다니면서 친구들과 시간이 되면 밴드를 결성해서 함께 연주를 하자고 약속을 했으나 그 누구도 두 번 다시 언급하는 일이 없었다. 이 정도 되니 혼자 즐기는 음악이 하고 싶어졌다. 누군가와 함께 하기에 이끌려 다니기 보단 언제 어디서나 나 홀로 마음껏 즐길 수 있는 음악이다. 취미 삼아 부르는 노래 중 랩을 즐겨 부르는데 한 사람이 '쇼미더머니' 오디션을 추천하기에 한번 고민에 빠져보기도 했다. 시간이 되면 레슨을 받는 것이 가장 빠르겠지만 시간과 비용을 떠나 홀로 유유자적하는 것도 의미가 있어 보이기에 별도의 연습을 가질 계획이다. 그게 악기든 랩이든. 이 글을 쓰는 순간, 잠깐 '쇼미더머니' 오디션을 살펴봤는데 속에서 끓어오르는 것이 한번은 해봐야할 것 같다는 생각이 나를 확 사로잡는다.

손글씨와 캘리 부분. 나는 악필이다. 언제부터였는지 정확히 기억나진 않지만 나는 악필이었다. 그리고 자랑스러워했다. 왜? '천재는 악필이다' 라는 이야기를 들먹이며 악필을 고수했다. 내가 천재인 것 마냥. 악필이라고는 하지만 초등학교 4학년 때 '글씨 바르게 쓰기 대회' 에서 장려상을 받은 수상경력도 있다. 지금 생각해보면 실제로 그러해서 준 게 아닌 격려상 일지도 모른다는 사실이다. 글씨로 밥 벌어 먹고 사는 일이 아닌 컴퓨터를 주로 쓰면서 살아가다 보니 '글씨를 바로 잡아야겠다' 라는 생각만 잠깐씩 스쳐갈 뿐 실제로 행동으로 옮기긴 어려웠다. 나약한 의지를 포장해 줄 멋진 말이 있기에 그저 그렇게 살아왔다. '천재는 악필이다' 이 말을 머릿속에서 지워야 하는데 약간의 의지가 되는 그런 느낌으로 쉽게 포기를 하게 만드는 현상이 일어났다.

글씨를 바로 잡아야겠다는 생각을 하는 순간을 정리해 보면

1. 급하게 필기해놓고 다시 봤는데 정말 중요한 포인트에서 도무지 알아볼 수가 없을 때

2. 연애편지랍시고 열심히 정성껏 써놨는데 도대체가 품격이 느껴지지 않을 때

3. 은행이나 민원센터 등의 업무에서 주소, 이름 등을 적을 때

이런 순간들에서 정말 불편한 순간들이었다. 스스로의 엄청난 자존감으로 살아가는데 앞서 말한 순간들에서는 귀까지 빨개질 정도로 부끄러운 것이다. 그런 것들을 어찌 10년을 넘게 버텨왔는지 참 의문스럽기까지 하다.

기적과도 같은 글씨체 교정도 죽다 살아난 그 사고로부터 일어난다. 사고 전에도 계속해서 글씨 연습을 하려고 시도했으나 옆길로 새고 말았다. 준비하던 기술사 시험이 서술형이기 때문에 글씨교정은 필수였다. 사고 직후 가장 먼저 한 것이 바로 '글씨체 교정'이었다. 두 다리를 못 쓰니 두 손을 최대한 활용하는 아주 효율적인 방법이었다. 일명, 신의 한 수라고 할만 했다. 글씨 교정본을 사서 하나하나 써내려가며 머리에서는 원리를 찾고 몸에서는 글씨의 길을 기억하기 위해 노력했다. 글씨 교정에 대한 노력은 거기서 그치지 않았다. 4개월의 입원기간 후 약 6개월 동안 계속해서 글씨 연습을 했다.

이런 변화의 과정을 거치고 나니 변화된 글씨가 조금 불만이 생겼다. 이내 마음에 드는 다른 글씨도 연습을 하고 새로운 글씨체를 가지게 되는 기적도 일어났다. 변화를 시도해보기 전에는 나와 상관없는 다른 세상이야기처럼 들리고 그렇게 보였다. 변화를 시도해보고 이뤄낸 사람은 비슷한 아니 완전히 다르더라도 변화에 대한 느낌을 알기 때문에 변화가 그렇게 어렵지 않다는 결론에 도달할 수 있다. 요즘엔 손 글씨로 편지까지 써서 나를 정도니 글씨에 대한 자신감 회복은 물론 캘리까지 연습할 기세다. 이 역시 당장의 계획보다는 앞으로의 예정으로만 등록되어 있어 내년쯤에나 시도할 계획이다.

마지막으로 그림이다. 그림이라고 하면 제도권 교육에서 수업을 받았던 때와 슬램덩크가 한창 유행하고 기름종이가 유행할 때 베껴 그리는 걸 즐겼다. 베낀 그림 말고는 다른 그림에서 재능을 찾아볼 수 없었다. 자연히 그림과는 멀어진 것도 사실이다. 많은 책을 접하고 정보들을 접하다 보니 그림 역시 하루 한 장으로 기적을 만들어낼 수 있다는 사실을 2016년 1월에 접하고선 흉내 내서 한두 번 그려보다 크게 끌리지 않아서 그만두고 말았다. 그림을 그리는 것도 엄청난 창조, 창의적인 영역이란 생각에 나 역시 한번쯤 도전하고 싶은 장르이다. 그림을 한번 시도해봐서 '완전 아니다' 라는 정도까지는 아니기에 한번쯤 시도 해봐도 좋지 않을까 라는 생각이다. '하루 10분 정도 투자해서 그림 하나를 그릴 수 있을까 라고 잠시 생각해보긴 하는데 '해볼까, 에이', 라는 판단이 계속 반복되는 것이 조만간 해보지 않을까 싶은 순간이다.

그림을 그리는 실력이 조금 늘어난다면 기본적인 정물은 연습용이고 정물을 벗어나 살아있는 듯한 풍경화와 내 눈에 보이는 모든 것을 스케치 해보고 싶어진다. 지금은 글로써 내 눈에 보이는 모든 것을 풀어낼 수 있다.

내가 늘 사용하는 노트북은 블랙계열의 약간의 펄이 들어간 은은한 광택을 가지고 있다. 외관이 깔끔하게 마무리되어 있고 은색 테두리로 멋스러움을 더했다. 중간 중간 지문의 기름으로 나의 흔적들을 남기고는 있지만 직접 사용하는 부분은 별도의 키보드와 마우스이다 보니 제법 깨끗하다. 화면은 직사각형의 큰 틀이지만 지금 보니 가로 상단이 살짝 곡선의 느낌이 나는 것은 착시인가? 외곽은 라운딩으로 부드럽게 마무리되었다. 스마트폰 화면에 익숙하다 보니 노트북 화면 주변의 베젤이 제법 두껍게 느껴지는 순간이다. 좀처럼 사용하지 않는 상단 카메라가 나를 보고 있다는 것도 느낀다.

엄청난 수준급의 묘사는 아니더라도 글로써 약간의 묘사가 가능한 것처럼 글로 표현하는 것처럼 그림으로 담아내고 싶다. 사실적인 묘사를 거친 후 어느 정도 숙련된 실력을 기반으로 나의 감정을 표현하고 싶다. 하나의 나무에서 파생되는 즐거운 나무, 익살스런 나무 등 그 날의 기분을 담아내고 내가 전달하고자 하는 느낌을 가진 그런 힘이 있는 그림을 그리고 싶다.

하나 더 해보고 싶은 것이 있다면 웹툰이다. 글과 그림을 적당히 섞은 소설도 충분히 괜찮지 않을까? 둘이서 협력해서 교감하며 만들어내는 작품이 아닌 나 혼자 글을 써 내려가다가 삽화로 그림을 넣는 것이다. 그게 익살스런 캐릭터이든 창밖에 보이는 잎사귀든. 걸어가다 달리고, 달리다 수영하고, 수영하다 운전하듯. 할 수 있는 다양한 것들을 한 번에 녹여내 보고 싶다. 그러기 위해서 손으로 할 수 있는 그림이 꼭 필요해 보인다. 그 도전의 날을 계획하며 나는 오늘도 글을 쓴다.

03

[제 3 장]

주말보다 귀한
시간은 없다

일과를 마무리 하는 의미에서 하루를 돌아보면서 일기를 쓴다.
하루의 단순한 기록도 좋다.
그저 하루를 돌아본다는 생각으로 하루를 떠올려본다.

주말이 주는 의미란?

이제야 비로소 주말다운 주말의 시간을 만끽하고 있긴 하다.
과거의 기억을 더듬어 봤을 때 공부를 하던 알바를 하던 주말이란 시간은 큰 의미가 없다.

　　　　　지금까지의 주말 변천사를 기록하며 주말의 의미를 되새긴다. 과거 나의 주말은 이런 식으로 보냈다. 그런 과거의 경험을 바탕으로 보다 효율적인 방향을 모색한다. 주말이란 평일을 끝으로 한 주를 마감하는 것과 동시에 한 주를 준비하는 시간이다.

철없던 시간들이야 주말은 학교를 가지 않는 시간에 불과하다. 고등학교 시절 공부를 조금 할 때는 평일동안 밀린 학습, 뒤쳐진 공부 등을 메우는 시간이다. 대학교 때 주말이란 수업이 없는 핑계로 마음껏 술을 마실 수 있다. 친목을 다지기 위한 여행을 하기도 한다. 각종 총회, 모임을 위한 휴식을 하는 날이기도 하다. 시험기간에는 수업에 상관없이 하루종일 공부할 수 있는 축복받은 날 중에 하나이다. 학술발표, 졸업작품, 국내대회 등을 위한 연구개발을 마음껏 할 수 있는 시간이다.

학교를 다닐 때 쉬는 날을 잠시 떠올려보자. 고등학교 때였다. 매일을 야간 자율학습으로 젊음을 탕진한다는 사실을 모른 채 머리에 들어가지도 않는 공부를 하는 척을 하며 평일을 그저 소비했다. 주말 중 토요일은 오전 수업만 하고 일요일은 쉬는 날이었다. 그럼에도 불구하고 토요일은 조금 일찍 집으로 향하고 일요일은 다시 등교를 했다. 주도적인 학습을 하지 않았으니 왜 해야 했는지 기억에 없다. 책에 있는 내용을 외우고 그것들을 뒤섞어 놓고 맞는 것을 찾았다. 상하 전후좌우 입체적인 학습을 했더라면 조금 더 높은 이해와 효율적인 학습을 했을텐데 하며 지금은 아쉬워하지만 당시에는 하라는 대로 외우고 외운 것을 기반으로 찾아내고 다시 외우고를 반복했을 뿐이었다. 주말에도 이와 같은 과정을 반복한 기억뿐이다. 제도권 교육의 그늘 아래에 있던 나의 고등학교 시절은 암흑천지였다. 주도적으로 하고 싶어서 한 기억이 없다. 온통 쓰고 외우고 푼 기억뿐이다.

이에 반해 중학교 시절은 조금 더 살아있었다. 아무래도 억압을 적게 받다보니 아직은 도마 위의 펄떡이는 물고기가 아니었던가한다. 중학교 때는 매일 놀았다. 시험기간에 공부를 하긴 했지만 많이 논 기억이 많다. 방과 후 학원에서도 친구들과 수업을 들었으니 노는 것의 연장선이 아니었던가 싶다. 지금 돌이켜보면 그 당시에는 고교시절보다 적은 스트레스와 자유로 인해 조금 더 학습에 재미를 붙였던 것으로 기억된다. 보통의 일요일은 학원도 쉬었다. 우리는 일요일 아침마다 모여 농구를 즐겼다. 농구 동아리 학생들만큼이나 농구를 즐겼으니 할 수 있던 최선을 다했다. 정말이지 지쳐 쓰러질 때까지 농구를 했다. 그 덕분에 체력이 길러진 것도 무시하지 못할 것이다.

중학생 때는 농구 뿐 아니라 자전거 여행도 많이 하고 다녔다. 방과 후는 물론, 주말에도 시간을 내서 자전거를 타고 부산 곳곳을 헤집고 다녔다. 무슨 목적을 위해 달리는 것이 아닌 그저 밟는 게 좋았고 바람을 가르는 느낌이 좋았다. 나를 구속하는 세상에서 벗어나 얼굴을 스쳐가는 바람이 나를 억압하고 있는 짐을 불어버리는 것처럼 사라지는 느낌이 현실을 초월하게 만들어줬다.

처음 페달을 밟기 시작하면 약간의 힘이 들어가면서 더디게 흘러가는 나의 어린 시절과 구속받고 있는 현실의 문제들이 하나 둘씩 떠오르다 점점 빨라지는 페달, 그리고 앞에서 불어오는 바람들이 세차질 때면 무아지경에 이른다. 이미 나는 자전거가 되고 자전거는 내가 되고 너와 내가 없이 그저 달린다는 행위만이 존재한다. 그 순간에 찾아오는 희열이란 내가 느낄 수 있는 최고의 쾌락이 아니었던가.

　대학 때는 어땠을까? 스무 살 신입생 시절 나는 망나니 급이었다. 당연히 집에서 볼 때 그랬을 것이라 추측해본다. 동네 친구들, 학교 선후배, 동아리 선후배들과 함께 술을 마신다고 얼마나 많은 시간을 보냈는지 모른다. 1학년 때는 정말 술 마신 기억밖에 없다. 군대를 다녀와서 2학년 복학하면서부터 제대로 공부를 했다. 2학년 때부터 공부를 하면서 고등학교 때 이렇게 했다면 서울대도 갔을 거란 생각을 수도 없이 하곤 했다. 매일 공부를 열심히 하면서 평일에는 학업에 최선을 다했다. 주말에도 도서관에서 살다시피 했다. 공부하는 재미를 깨쳤기 때문이다. 시험기간에는 학교에서 공부를 하지 않았다. 당연히 많은 사람들이 모이고 이것저것 물어보고 시끄러워서 제대로 집중하지 못하고 에너지 소모가 컸기에 친구와 어울려 피씨방에서 시간을 보냈다. 대학교를 다닐 때는 특별히 주말이라는 시간을 따로 보낸 적은 없었다. 주말이라고 하기 보단 시험 기간과 아닌 기간으로 분류하는 것이 맞지 않을까?

　방학 때는 부산을 떠나 마산에서 주말도 없이 막노동을 했다. 다음 학기의 등록금을 마련하기 위해서였다. 막노동을 하며 용돈벌이를 하

는 중에도 주말이 별도로 있진 않았다. 비오는 날과 맑은 날로 분류가
될 뿐이다.

생각해보면 주말은 과연 누구를 위해서 존재하는 것인가 심각한 고
찰이 필요해 보인다. 이제야 비로소 주말다운 주말의 시간을 만끽하고
있긴 하다. 과거의 기억을 더듬어 봤을 때 공부를 하건 알바를 하건 주
말이란 시간은 큰 의미가 없다. 그 시간들은 온전히 사회생활을 위해
서라는 것인가. 사회 구조가 주말이라는 것을 분류해 놓았음에도 실질
적인 사회인이 되지 않은 상태에서는 주말을 즐기지 못하는 희귀한 현
상이 아닐까?

회사를 다닐 때 한번 생각해보자. 회사에 처음 입사를 했을 땐 주말
은 당연히 출근하는 날이었다. 다시 말해서 '월화수목금금금'의 인생
을 살았다. 특별한 일이 있을 때나 쉬거나 조금 늦게 출근할 뿐 따로
쉬는 날이란 개념이 없었다. 그렇게 대책 없는 열정페이에 시달리던
시절, '열정페이'라는 단어조차도 요즘 나온 단어로 당시에는 신입 및
중소기업 직원들의 아주 당연한 업무 환경이었다.

지금 다니는 회사도 중소기업이지만 이곳은 관련 업계가 상당수 분
포되어있고 수요와 공급이 적정선에서 회전하다보니 직원에 대한 우

대가 크게 나쁘지 않을 정도이다. 이곳에 와서 달라진 것은 주말에 근무를 할 경우 수당이 주어진다 뿐이지 주말에 일을 하는 것은 당연시한다. 심할 경우에는 설 명절이라 샌드위치 데이에 휴가를 내고 열흘을 쉬려고 했으나 팀장의 권유로 열흘 내내 야근과 밤샘으로 수당 가득한 한 달을 보낸 적도 있다.

지금까지의 사례로 볼 때 주말은 그나마 쉬는 사람들 덕분에 출퇴근이 조금 편하게 느껴지는 평일 중에 일부가 아닐까 한다. 주말의 존재이유가 없다는 게 일반적인 견해이다. '월화수목금금금'인데 차라리 모두 같은 경험을 공유하도록 '월화수목금'의 반복이길 바랄 뿐이다.

큰 사고를 겪은 후 일신의 변화와 함께 찾아온 일생의 전환점. 2016년 3월이다. 일명 '칼퇴'라고 부르는 것을 하면서 정시 출근, 정시 퇴근을 통해 일상의 여유를 조금 가지게 되었다. 여유가 생기니 나를 돌아볼 시간을 갖게 되었다. 이러한 계기로 제대로 변화할 수 있는 방법을 찾았다. 지금은 평일 퇴근 후의 시간은 물론 주말 내내 온전한 나의 시간을 가질 수 있었다. 예전에 받던 나의 시간과 맞바꾼 저렴한 수당들을 포기하면서 경제적인 부분이 조금 낮아지긴 했지만 그 정도로 부의 차이가 변하진 않았으니 무시하기로 했다.

대신 지금의 주말은 제2의 인생 또는 나를 위한 온전한 삶이라 표현할 수 있다. 정확히 주말은 토요일과 일요일, 이틀을 말한다. 내가 바라보는 관점은 조금 다르다. 주말을 사용하여 무언가를 할 수 있는 시간이라 규정하고 그 시간은 금요일 퇴근 직후부터 월요일 출근 직후까지이다. 생각과 관점이 다르다보니 그 결과물이 행동이 다른 이들과 큰 차이를 보인다. 어떻게 해석해보면 내가 바라보는 관점에서 주말은 거의 3일에 해당하는 시간이 될 때도 있다.

진정한 휴식이란?

휴식은 삶에서 떠나는 여행이다.
얽매어 있는 요소가 거의 없다보니 생각보다 여유가 넘친다.
연휴가 되면 아니 연휴가 아니라도 훌쩍 떠날 때가 있다.

휴식이란 무엇인가? 휴(休), 나무에 기대있는 사람, 식(息), 자신의 마음을 바라본다. 나무에 기대어 쉬면서 나를 만나는 시간이라 재해석 해볼 수도 있다. 하루를 너무 바쁘게 살아가는 요즘 사람들은 휴식은 그저 쉬는 시간이다. 몸만 편안히 하면서 텔레비전을 즐겨본다. 보통의 사람들은 휴식을 무엇을 하며 보내는가? 휴식이라고 받아들이기 보다는 논다는 표현으로 휴식을 대신할 때가 많다. 먼저 생각나는 건 친구들을 만나 저녁에 술 한 잔 하는 것이 그 중에 하나가 아닐까? 친구를 만나 술 한 잔과 함께 하는 나의 휴식은 어떨까?

누군가와 약속을 잡을 때 나는 보통 24시간 전에 계획을 마치는 편이다. 그렇지 않더라도 저녁 약속은 그날 오후 12시에서 14시 사이에 잡아놓고 계획을 세운다. 그 시간까지 약속을 잡지 못하는 경우는 야근이나 집으로 가는 경우가 많다.

"오늘 경대서 한잔하까?"
"7시에 당구장에서 보자"
"그래. 이따 보자"

간결한 내용으로 문자를 주고받는다. 퇴근 전부터 가끔 불시에 있는 저녁 얘기에는 미리 약속있음을 알린다. 책상 위 물품들을 정리하고 출근할 때 가방에서 꺼내놓은 물건들을 모두 정리해서 가방에 넣는다. 차를 마신 물과 자잘한 쓰레기들도 함께 정리한다. 업무 시간이지만 퇴근 시 시간 소모를 줄이기 위해 화장실에 들러서 나머지 정리와 손까지 씻는다. 퇴근 시간이 되면 바로 나가진 못하고 한 5분정도 산만하게 뭔가를 하는 듯하다 퇴근한다.

"수고하셨습니다."

잰걸음이다. 원래 걸음이 빠른데 경보 수준의 걷기다. 많은 사람들을 제치며 귓가에서 바람소리 나도록 걷는다. 가끔 이상하게 쳐다보는 사람들이 있지만 피해를 입히지 않는 한 무시하며 지나간다. 사람이 많은 거리를 걸을 때도 전방과 조금 더 멀리 바라보면서 나의 자리를 미리 예측하고 움직이는 것이 보다 빠르고 충돌없이 효율적으로 걸을 수 있다. 5분 빨리 가려다가 10분 빨리 갈 수 있으니 잰 걸음을 더 빨리 할 뿐이다. 이동 중에는 나의 걸음과 사물을 살펴야 하기에 귀에 걸린 이어폰의 음악소리를 즐기며 걷기에 집중한다. 걷기에 집중하지만 전방과 측면의 사물들도 충분히 즐겨주는 편이다.

빠른 속도로 지하철에 다다르면 내리는 역의 내가 원하는 출구 방향의 승강장으로 이동하는 건 기본이다. 지하철 대기시간을 보다 효율적으로 사용하는 방법이다. 가방에서 책 한권을 꺼내 오전 출근 시간에 읽던 부분이후로 읽어나간다. 흔들림이 많고 승객의 이동이 빈번한 버스보다는 책읽기에 조금 나은 지하철을 즐긴다. 바닷바람과 거리가 구경하고 싶을 때는 버스를 가끔 이용하기도 한다. 늘 정해져 있는 곳에서 만나기로 한 약속 덕분에 에너지 소모를 최소화해서 적응된 동선을 사용하여 목적지로 향한다. 대부분 내가 먼저 당구장에 도착한다. 들어가면서 공과 장갑 등을 가지고 창가의 자리로 간다. 당구를 칠 때나 쉴 때나 남자들만 가득한 당구장 내부를 보기보단 창밖의 풍경을 즐기기가 좋다. 혼자 공을 칠 때도 있지만 가끔 당구장에서 친구를 기다리며 책을 펼쳐서 읽곤 한다.

"마! 뭐하는 짓이고. 당장 안 넣나."

(이보게 친구, 무엇하는 행동이니, 책을 어서 넣었으면 좋겠구나!)

고개를 들어 바라보면 친구가 저기 입구에서부터 소리치면서 들어온다. 멋을 내기 위해서 책을 펼쳐든다고 생각하니 참 안타깝지 않을 수 없다. 내가 책을 들고 있는 이유는 두 가지다. 멋과 실속, 두 가지를 위한 것이기에 친구를 탓할 생각은 없다. 1시간가량 당구 한 게임을 치고 당구장을 나선다.

먹을 수 있는 종류도 많고 그만큼 가게도 넘쳐난다. 가격이 서로 큰 차이가 없어서 그저 끌리는 것을 먹곤 한다. 나는 먹는데 고민하는 시간과 에너지가 정말 아깝다. 늘 먹던 것을 먹으러 간다. 1차는 내가 먹고 싶은 곳으로 2차는 친구가 먹고 싶은 곳으로 가서 먹고 파하는 분위기다. 친구들과의 술자리는 모인 숫자만큼 가는 경우가 많다. 보통 2~3차 정도가 일반적이다.

술자리를 시작하면 야구이야기, 여자이야기 그리고 지인과 회사 이야기를 나누곤 한다. 그 비중은 야구와 여자라는 주제가 월등히 높다. 친구들을 비롯한 남자들과 만나서 나누는 대부분의 얘기는 가벼운 연예, 정치 등과 여자얘기가 대부분이다. 여자 얘기를 나눌 때만 서로 성향 차이도 인정하고 서로를 존중하는 등 아주 평화로운 주제이다. 가끔 회사 이야기도 하며 상사부터 선후배들을 안주삼아 씹고는 하루를 마감한다.

술을 마시는 휴식의 방법은 사람을 만나 함께 이야기를 하면서 꽤 많은 에너지를 소모함으로써 다음날 업무에 상당한 지장을 일으킨다. 대신 스트레스 해소와 기분전환이 되는 장점은 인정할 만하다.

집에서 보내는 휴식은 어떨까? 휴일이라고 일찍 일어나서 씻고 책을 볼 때도 있지만 뒹굴 거리는 휴일 아침은 또 다른 맛이기에 휴식이라는 글자가 주는 느낌은 후자에 가깝지 않을까? 아침 햇살에 진작부터 깨어있는 정신을 그대로 이불 위에 내려놓은 채 심하게 뒹굴 거린다. 추운 겨울날에는 이불의 포근한 느낌과 여름날에는 아무렇게나 널브러진 느낌이 좋다. 고등학교 때 어머니의 잔소리도 없고 누구하나 날 괴롭히는 느낌이 없으니 핸드폰 시계를 살펴보곤 이내 잠에 빠져든다. 습관적으로 일찍 깨지만 이리 뒹굴 저리 뒹굴, 한참을 뒤척이다 일어나는 시간이 빠르면 8시, 늦으면 10시 정도이다.

눈을 뜨면서 TV방송을 켜놓는다. 이불을 개서 정리하고 주린 배를 채운다. 밥, 라면 등 각종 부식 거리로 가볍게 요리한다. 식사거리를 들고 방에 앉아 방송을 보며 잠시 즐긴다. 다 먹고 난 뒤에는 모두 정리하고 샤워와 함께 양치를 하고 책을 펼쳐든다. 한 주 동안 미뤄놨던 책들, 평일에 가볍게 읽었던 책들도 한 번 더 읽는 시간을 가진다.

아무런 방해를 받지 않는 날에는 10권정도 읽어 내려간다. 이 책, 저 책, 한 책에만 집중하지 않고 읽던 책이 지겨워질 때면 이내 다른 책을 집어 든다. TV드라마나 예능을 보다가도 재미없으면 돌려버리는 채널처럼. 하루 종일 책을 보는 날은 어린 시절 하루 종일 놀이공원을 다녀오거나 방해 없이 게임을 열 시간 정도 하는 느낌이다. 온전히 나의 자유를 만끽한다. 누군가의 가이드나 보조, 설명이 없이 온전히 내 의지로만 이끌어가는 내 삶의 여행이다.

이렇게 하루를 보내면 이동한 곳이나 만난 사람이 없기 때문에 상대적으로 무언가를 하지 않았다는 상실감이 들 때도 있다. 조금만 깊이 책을 대하면 그런 느낌 따위는 사라지고 정말 많은 여행을 한 걸 깨달을 때가 온다. 책이 주는 만족감이란 이루 말할 수 없다는 사실이다.

휴식은 삶에서 떠나는 여행이다. 앞서 말한 휴식과는 또 다른 매력의 여행이다. 얽매어 있는 요소가 거의 없다보니 생각보다 여유가 넘친다. 연휴가 되면 아니 연휴가 아니라도 훌쩍 떠날 때가 있다.

훌쩍 떠날 때조차 기본적인 계획을 가지고 있어서 무턱대고 혹은 되는대로 라는 식의 여행은 해보지 않았다. 최소 하루 이상의 시간동안 전체 일정과 각각의 숙박과 만날 사람 그리고 구경할 장소까지 거의 한 시간 단위로 일정을 계획하기도 한다. 계획대로 하지 않을 때가 많지만 뭘 할지 고민하다가 시간을 보내는 아쉬운 경우보다 낫지 않을까?

일주일 전부터 사전 계획을 세운다. 블로그와 웹사이트를 통해서 온갖 정보들을 수집하고 내가 여행할 곳들을 구글 지도에 표시하는 노력까지 한다. 텍스트로 적어놓으면 지도 위에 매칭하기가 어렵기 때문에 구글 지도의 서비스를 이용해서 목적지를 지도 이미지위에 설정한다. 각 장소별 유명 음식점과 명소들은 당연히 필수 요소다. 여기다가 각 지역별로 위치해 있는 지인들의 위치까지 결합한다.

한 번의 여행으로 멀리 떨어진 지인들과의 만남도 빼놓을 수 없는 여행의 재미가 아닐까? 지인을 만나서는 근처 여행지를 나열해놓고 순위를 부탁하기도 한다. 그런 자료를 바탕으로 나의 하루하루 여행은 시작과 끝을 만난다. 오랜만에 만난 지인을 통해서 사람의 소중함을 배우고 명소를 돌아보며 자연이 가지는 신비와 그 힘에 푹 빠져본다. 오랜 시간 살아온 자연 앞에 한없이 초라한 나를 느끼고 애욕으로 둘러싸인 나의 때를 조금이나마 벗겨보기도 한다. 여행은 그렇게 나를 찾아가는 많은 길 중에 하나이다.

활력이 넘치게 살자!

활력소가 되는 휴가란, 현재에 충실 하는 것이 가장 활력소가 되는 휴가가 아닐까?
당장 이번 주말을 위해 삶의 활력소가 되어줄 휴가 계획을 짜보는 건 어떨까?

　　　　　배터리가 방전되는 충전을 하듯 충전하는 개념으로 휴식을 들 수 있다. 정수기의 필터처럼 온 몸에 누적된 노폐물과 스트레스 덩어리를 죄다 비우고 신선함으로 가득 채우는 게 휴식의 묘미다. 여러 가지 휴식들을 통해 삶을 살아갈 때 어떤 방법들이 삶의 활력을 가져다주는 걸까? 아니면 이미 활력을 잃어버렸다면 어떻게 활력을 찾을 것인가? 무턱대고 즐기는 경우에는 에너지가 소모가 크다. 그 이유로 삶의 활력소를 찾으려다가 더욱 무기력해지기 십상이다. 활력 넘치는 삶이라, 과연 어떤 것이 활력 넘치는 삶일까? 행동에서 얻기보다 마음가짐이 우선이다.

대학원을 다닐 때였다. 이번 주말 등산을 간단다. 프로젝트며 과제 발표 때문에 몇 날 며칠을 밤을 샜다. 연인과의 달콤한 데이트는 고사하고 집에서 푹 잠이나 자고 싶다. 그런 나의 마음 아니 우리 모두의 마음을 뒤로 한 채 반강제적인 워크샵 일정이 나왔다. 온갖 핑계를 대며 빠지고 싶지만 여태 빠진 것도 많아 더 빠지기도 곤란해서 일단 참석하기로 마음먹었다.

워크샵 관련 행사나 일정, 장소 등을 모두 계획하는 것이 학생들의 몫이다. 어차피 위와 아래 모두 있어서 이런 쪽에는 한발을 뺀 채로 구경하는 편이다. 그렇지 않아도 가기 싫은 워크샵인데 굳이 간섭하고 싶은 생각은 없다. 이번 주 워크샵만 생각하면 온 몸이 아프다. 당장 내일 아니 오늘 저녁에라도 어딘가 부러지는 상상을 한다. 그렇다면 내 의지와 상관없이 끌려가다시피 하는 상황이 일어나지 않을 것 아닌가. 군대를 제대하면서 군대와 같은 느낌을 또 받을 거라는 상상을 누가 했겠냐. 제대를 하고 살아보면 생각보다 많은 경우가 발생한다는 것도 군대를 다녀 와봐야 느낀다.

그나마 주말 직전 금요일이라는 꿀 타임이 존재한다. 힐링할 수 있는 포인트이다. 당연히 친구와 약속을 잡고 술을 마신다. 퍼 마시고 못 일어나면 버틴다는 생각을 하고 술을 마시시지만 생각처럼 술이 안 들어간다. 철부지 어린이가 아니기 때문에 내일에 대한 걱정은 나를 떠나지 않는다. 그래도 술을 마시는 중이기 때문에 교수 욕부터 시작해서 워크샵에 대한 불만을 마구 토로 한다. 불만을 토로 하다보니 짜증나는 기분이 점점 더 생긴다. 친구의 가벼운 말장난이 장난이 아니다. 분명 워크샵 때문에 일어난 불만과 짜증인데 지금은 친구 때문에 일어난 짜증이다. 맞받아친다. 분위기는 자연스레 험악해지면서 별로 좋지 않게 자리를 일어선다.

결국은 워크샵 때매 친구하고 사이도 별로가 되어버렸다. 그러니 워크샵은 더 골칫덩어리다. 이대로 집에 들어가자면 내일 어쩔 수 없이 워크샵을 가야한다는 억울함에 발길을 집으로 향하기도 쉽지 않다. 걷는다. 터벅터벅 걷는다. 걸으면서 좋지 않은 기분들을 조금 털어낸다. 그렇다고 내일 있을 워크샵이 없던 게 되지 않아서 속은 편하지 않다. 그렇게 정처 없이 걷다 지쳐 택시를 타고 집으로 향한다. 집이다.

'에라이, 내일은 어찌 되겠지'

라며 잠에 든다. 악몽 같은 평일이 지나고 꿈에 그리던 주말이다. 신나는 주말이다. 아니 신나지 않다. 미리 싸놓은 짐을 들고 집을 나선다. 맘이 편하지 않아서 집에서도 불만을 한가득 퍼붓고 나온다. 그 덕분에 마음은 더 불편해진다. 집합 장소에 왔는데 그들의 표정도 별로고 짜증 투성이다. 짐을 옮겨야 하는데 서로 밀고 있다. 속이 안 좋다는 핑계로 화장실에서 연거푸 담배만 피워댄다. 어제 먹은 술과 연거푸 빨아 당긴 담배 연기로 속이 메스껍다. 속이 이렇다보니 짜증을 낼 기력조차 없다 정말 실려서 가야할 판이다.

'악몽의 워크샵', 딱 이번주와 오늘을 그릴 수 있을 내 인생의 영화 제목이 아닐까 싶다. '머피의 법칙'으로 둘러싸인 일정을 마치고 워크샵이 끝이 난다.

활력소가 되는 휴가란, 현재에 충실 하는 것이 가장 활력소가 되는 휴가가 아닐까?

아무것도 모르던 대학원생 신입시절이다. 아니 들어오자 마자 겨울이다. 신입생 환영회 겸 워크샵을 떠난다. 이제 막 시작하는 연구실 생활이라 즐거운 연구 활동과 발표 등으로 가득한 푸른 꿈이다. 이런 꿈을 시작함에 앞서 나를 반겨주는 워크샵이라니 이렇게 반가울 수가 없었다. 이제 들어와서 발언의 기회나 의사 등이 전혀 반영되지 않고 일방적인 워크샵 일정을 통보받았다. 메일로 날아온 일정에 그저 행복하다. 날짜와 시간대별 이동 장소를 보며 혼자 신났다. 삭막한 책과 컴퓨터에서 벗어나 자연으로 간다. 얼마나 아름다운 일인가.

워크샵 날 아침이 밝았다. 조금 서둘러 연구실에 도착했다. 이미 와 있는 선배들의 짐과 단체 짐들이 눈에 들어온다. 등산에 사용할 김밥과 야채 그리고 각종 부식들을 나눠담고 있다. 나도 얼른 도와서 일을 나눠서 한다. 내가 먹을 것이기도 했지만 이제 신입이니 내 열정도 보태는 게 당연지사가 아닌가. 운전대는 선배가 맡고 나는 봉고 뒷 칸에 몸을 실었다. 많은 이야기들을 나누다 차만 타면 자던 습관 때문에 먼저 잠이 들었다. 중간 중간 휴게소에 들러 맛 나는 간식과 실컷 자고 일어난 뒤의 담배 한 모금이 얼마나 좋은지 모른다. 그 시절에는 운전을 못했지만 지금 생각해보면 운전을 하지 않고 뒤에 실려 왔다는 사실 역시도 큰 복이 아닐까.

어릴 때 살던 집이 산동네에 있었기 때문에 기초체력이 넘쳐났다. 등산을 시작했고 그런 기초체력을 뽐내지 않고 뒤에 쳐져서 여자 후배들을 도와주며 천천히 걸었다. 산 정상을 거쳐 내려올 때는 너무 지루한 느낌에 마구 뛰어다녔다. 한참을 달려 내려가는데 저 뒤에서 교수님께서 부르신다.

"원제야!"

"넵. 교수님."

"너가 힘이 남아 도니까 저기 밑에 주차되어 있는 차 좀 몰고 이쪽으로 와라."

"네 알겠습니다."

먼저 산을 내려와서 주차된 곳의 차를 가지고 하산로 끝으로 가져간다. 뒤로 옮겨타고 숙소로 향한다. 모두들 샤워를 마치고 저녁 일정을 시작한다. 바로 '신입생 오리엔테이션', 남자들만 가득한 연구실이라 술이 빠질 수 없다. 나 역시 술을 정말 좋아하고 잘 마시기 때문에 크게 문제 될 건 없다. 심지어 담배까지 피우기 때문에 양말 짠 물은 물론 담뱃재 따위는 아무런 거부감의 요소가 아니었다.

"원 샷! 원 샷!"

"꿀꺽, 꿀꺽, 꿀꺽, 캬~"

"와~~~~"

"그래. 이제 소감과 각오 한번 들어보자"

"제 소개를 따로 드릴 필요는 없어 보입니다. 적당히 살아도 되는 인생이지만 이번 연구실에 들어온 만큼 죽을 각오로 공부 한번 해보겠습니다."

이런 엄청난 말을 하고 말았다. 취기에 말한 게 아니라 계속해서 생각하고 있던 내용이라 후회한 적은 없었다. 정말 이러다 죽을지도 모른다는 생각으로 밤을 새며 공부를 했으니까. 걸어서 30분, 버스로 15분 거리의 집에도 거의 가지 않은 채 공부를 했었다.

서로 다른 워크샵을 예로 삶의 활력소가 되는 느낌을 전달해보았다. 모든 것은 마음먹기에 달려있다. 그 상황조차도 충분히 고려할만하지만 아무리 좋은 상황이라도 내 사정에 따라 불편해지는 건 순간이다. 삶의 활력소가 되는 휴가를 위해서는 자신의 성향에 대한 분석이 우선이다. 나에 대한 분석이 끝나면 거기에 따른 목적, 장소 등을 정하고 나머지 계획을 수립하는 것으로 휴가의 절반은 이미 시작한 거나 다름없다. 당장 이번 주말을 위해 삶의 활력소가 되어줄 휴가 계획을 짜보는 건 어떨까?

주말이 인생을 바꾼다

여행 역시 즉흥적이거나 당일치기도 좋지만 1박을 함께 하는 여행은
그 만의 여유와 새로운 경험을 선사해 줄 수 있으니 심적으로 이런 여유로움을 가진다면
그 시간의 에너지는 얼마나 넘칠까?

내가 살아가는 인생에 대한 가치는 관에 누웠을 때 충분
한 만족을 가지고 후회와 아쉬움 없이 갈 수 있을까? 하는 생각이다.
매일 같이 일하는 삶, 일을 함에 있어서 그 속에서 즐거움과 만족을 모
두 가진다면 자기 성취를 이루는 삶은? 과연 내가 추구할 것은 무엇인
가?

어렵다. 주말이 인생을 바꾼다. 바꾸는 인생을 위해서 주말을 사용
한다. 평일의 시간과 주말의 시간의 차이가 주는 의미는 어떻게 다가
오는 걸까? 평일이 주는 시간에 비해 주말은 편안함을 가져다준다. 정
해진 일에 대한 압박이 없다. 오로지 내 생각만으로 짜여진 일상이다.

나의 의사와는 상관없이 정해진 틀에 수동적으로 맞춰야 하는 상황과 순수한 의지로 구성된 하루를 대함에 있어서 마음만 두고 볼 때도 큰 차이가 있음은 누구도 부정하지 못하리라.

　주말을 위해 평일을 정말 열심히 산다. 빠르면 금요일 점심부터 주말은 시작된다. 보통의 주말 오전은 늦잠으로 보낸다. 늦잠 자고 일어나서 씻고 밥을 먹으면 오후 12시가 족히 넘는다. 주섬주섬 옷을 챙겨 입고 집을 나서면 빨라도 12시에서 1시쯤이 되지 않을까? 금요일 오후 반차를 사용하면 거의 3일이라는 체감 주말을 맞이한다. 2박 3일이 주는 의미란 조금 과장된 표현을 빌리면 매주 휴가를 즐길 수 있는 상황이다. 심적으로 이런 여유로움을 가진다면 그 시간의 에너지는 얼마나 넘칠까?

　피로한 한 주라면 24시간 잠을 청해보자. 잠을 자면서 TV를 보는 멍청한 행위는 접어두자. 차라리 눈을 감고 가만히 앉아 있자. 시각적인 정보가 주는 스트레스는 무시할 정도가 아니다. 쉬고 싶어 보는 텔레비전에서 얻어가는 노동이란 TV Free를 해보면 남는 시간과 체력을 더욱 가질 수 있을지도 모른다. 나는 TV를 보지 않는다. 내 기준에서 TV는 시간 죽이기 측면이 크다. 정보의 획득이 주는 의미는 적다. 차라리 인터넷 검색을 통한 기반 자료 수집 및 정리된 동영상으로부터 얻어낸 정보의 양과 질이 월등히 뛰어나다. 사실이 이렇다 보니 TV의 전원뿐 아니라 리모컨의 배터리도 빼놓는다. 이런 불편한 요소들을 군데군데 심어 놓다보면 실수나 습관적으로 TV를 켜는 일은 없다. 가끔 보고 싶은 충동이 일어나더라도 미리 중간 중간에 배치해 두었던 충동 절제요소들 덕분에 최종적으로 TV를 보는 단계로 가기는 그리 쉽지만은 않다. 이렇듯 TV를 내 삶에서 제외하고 나면 책과 글, 영화, 음악 등과 함께 집에서 보낼 수 있다. 그저 바라보고 느끼는 것도 충분히 좋다. 스치는 생각과 느낌을 다시 한 번 정리한다면 생각의 발전과 정리 측면에서 점점 성장하는 걸 확인할 수 있다.

책을 볼 때는 앞뒤를 대충 훑어보고 내용을 유추해본다. 예전에는 저자 소개를 통해서 글을 생각해봤다. 저자에 대한 생각이 글에 대한 선입견으로 작용하는 경험 때문에 저자소개는 넘기고 글을 바로 보는 경우가 많다. 그 후 저자 소개를 보면 끄덕이며 볼 수도 있다. 실제 내용에 들어가면 서문과 목차를 지나 전체 내용을 가볍게 1독 한다. 가볍게 훑으면서 스케치를 하듯 전체 글의 윤곽을 그린다. 스케치 한 배경에 색을 채워 넣듯이 재독을 통해 내용을 정리한다. 전체 그림을 모르고 부분을 보다 보면 서로의 관계를 놓치는 경우가 많기 때문이다. 이런 전체 그림을 위해 목차를 제공하기도 한다. 실제 목차만으로 내용을 알기는 쉽지 않거나 잘못 짚고 있을 때도 있다. 이런 경우 전후 글의 조합이 어색해지기 때문에 매끄러운 독서가 어려운 게 사실이다. 앞서 언급한 다양한 방법으로 가벼운 통독 후 섬세한 재독으로 독서의 재미와 효과를 마음껏 누리며 주말을 보낸다.

책을 읽고 난 후에 서평을 통해서 내 생각을 정리해본다. 책을 모두 읽은 듯한 느낌을 가질 수 있으면서 책을 읽고 싶게 만드는 매력을 전달하는 것이 내가 생각하는 서평이다. 또한 사실적인 전달보다는 책에 대한 감상자의 경험과 생각이 많은 걸 즐기는 편이다. 책의 사실은 책이나 다른 서평에서도 충분이 접할 수 있다. 서평의 큰 차이는 결국 감상자의 경험과 느낌이 조합된 새로운 글이라는 창작물에서 비롯되는 게 아닐까?

영화의 경우에도 주인공 측면에서 충분한 감정 이입을 통해서 색다른 경험을 할 뿐 아니라 연출 및 감독 입장에서 바라보면서 전체 그림을 살펴보는 능력 그리고 작가 시점에서 전체 스토리 전개 등을 그려보는 것도 많은 도움이 되지 않을까 한다.

집에서 충분한 휴식을 취했다면 이번 주말에는 바깥으로 나가보자. 컴퓨터 속 스마트 한 세상에도 너무나 많은 정보들이 넘쳐나지만 살아있는 정보들을 겪어보자. 수많은 특강들과 수업들, 가격이 그리 싼 편은 아니지만 나를 위해 그 정도 보상은 해줄 수 있지 않은가? 큰 비용을 수업을 바로 들어보기 전에 관심 있는 수업이나 강사의 특강을 한 번 들어보자. 특강은 본 수업의 요약 또는 머리말 같은 개념으로 짧고 간단하면서 핵심을 가지고 있으므로 전달하고자하는 내용과 강의 스타일 그리고 분위기 등을 미리 파악해보고 수업에 대한 후회를 미연에 방지하는 것 역시 제대로 된 주말을 즐기는 방법이 아닐까?

여행 역시 즉흥적이거나 당일치기도 좋지만 1박을 함께 하는 여행은 그 만의 여유와 새로운 경험을 선사해 줄 수 있으니 나를 위한 에너지일 거라 믿어 의심치 않는다. 정보가 가득한 인터넷 덕분으로 너무 많은 준비를 해버린 여행은 여행의 설렘이나 두려움조차 없애버리기 때문에 오히려 적당한 준비가 필요해 보이는 요즘이다.

주말 만을 꿈꾼다고?

퇴근 후 가벼운 산책도 즐기고 가벼운 독서를 한다.
일과를 마무리 하는 의미에서 하루를 돌아보면서 일기를 쓴다. 하루의 단순한 기록도 좋다.
그저 하루를 돌아본다는 생각으로 하루를 떠올려본다.

　　　　주말을 중요하게 생각하지만 평일에도 주말 못지않은 효율 얻을 수 있다. 주말만을 위해 살아가는 일주일. 과연 어떤 느낌인 가? 주말을 위해 살다보면 일주일 한주가 너무 힘들지 않을까? 주말을 위해서 살아간다면 월요일부터 피로해질지도 모른다. 주말 쉬었던 후유증이 아니라 일주일을 버텨야 한다는 생각에 스스로를 괴롭히는 것일지도. 어차피 한번 사는 인생이라면 평일과 주말을 나누어 괴로운 평일을 보내고 말 것인가? 그런 생각이라면 전체 인생을 100이라 보면 주말은 7분의 2 이니까, 대략 30%를 무시한 채 70퍼센트만 바라보고 산다는 이야기이다. 그 중에 잠을 자는 시간이 1/3이니까 42% 의 인생을 사는 게 된다.

그런 주말을 위해 사는 것도 중요하지만 소중한 평일을 보내는 것 또한 나를 위한 진정한 배려가 아닐까? 평일을 소중하게 보내기 위해서는 나의 일과를 분석한다. 그 기본이 규칙적인 수면활동이다. 나 역시 잦은 장거리 여행으로 아주 불규칙한 생활을 하지만 저녁 10시부터 새벽 02시까지 수면시간을 가지려 노력한다. 수면시간을 그리 정한 데는 효과적인 수면시간이라는 과학적인 사실에 기반을 둔다. 보다 과학적인 사실을 살펴보면, 멜라토닌은 밤 10시 전후로, 성장 호르몬은 밤 10시 전후와 새벽 4시 전후로 분비되는데 깊은 잠이 들었을 때가 성장 호르몬 분비가 가장 높다.

이렇듯 수면 시간에 대한 정리 시간이 끝나면 하루 생활을 큰 항목으로 분류해봐야 한다. 기상, 아침, 출근, 업무, 점심, 업무, 퇴근, 저녁, 취침 등으로 나눠볼 수 있다. 특별한 저녁 약속이 있는 날은 예외적인 사항으로 분류를 한다. 아침을 포함한 출근 준비 시간과 저녁을 포함한 저녁시간은 1시간 정도로 생각한다. 기상에서 아침까지, 출퇴근 하는 대중교통, 그리고 저녁에서 취침까지의 시간을 활용할 수 있을 거라 판단된다. 에너지가 남는 분이라면 점심식사 후 시간도 충분히 활용하면 도움이 되지 않을까?

기상부터 아침까지 두뇌활동이 가장 활발한 시각이라 보통 글쓰기를 추천하다. 잠에서 깨어난 직후이므로 육체적인 활동을 하기엔 무리가 있는 시간이다. 조금은 정적이면서 생산력이 높은 활동이 유리한 시각이다. 그러므로 글쓰기나 책읽기 정도로 분배하면 좋지 않을까?

출퇴근 시간을 활용해서 할 수 있는 것들을 분배해야 한다. 독서, 강의, 음악, 인터넷 서핑, 게임, SNS 등을 할 수 있다. 비생산적인 인터넷, 게임, SNS 등은 제외하기로 하자. 하루의 피곤을 조금 녹여 줄 음악을 들으며 눈을 감고 가거나 그게 아니라면 독서와 강의가 조금은 더 도움이 되지 않을까? 이동 중에 독서는 내가 즐기는 방법이다. 우선 이어폰을 두 귀에 꽂아 음악을 들으며 주변의 소음을 차단한다. 주변 소리에 민감한 스타일이라 꽤 많은 신경을 소모한다. 그런 방편으로 음악 청취를 즐긴다. 음악이 지겨운 날에는 라디오나 인문학 강의를 듣기도 한다. 읽는 책의 종류에 따라 가사가 없는 경음악을 듣기도 한다.

개개인의 특성마다 다를 수 있지만 이동 중에는 심독은 하지 않는 편이다. 전철 이동 중에 깜빡하고 내리지 못하는 경우도 있기 때문에 그런 불합리한 요소보다는 차라리 심독을 하지 않는 편이 좋지 않을까? 언어학습. 수많은 학습법이 존재함에 각자의 편의대로 선택한다. 나의 경우 음악을 듣는 것처럼 회화 강의를 듣는다. 원어만 따로 듣는 날도 있다. 언어학습의 경우 자리 잡고 몇 시간을 투자하기엔 거기에 소모하는 시간과 에너지가 너무 아깝다는 생각이 크다. 언어의 특성상 단시간 집중으로 얻어내는 효과 보다는 반복 훈련에 따른 성과가 크므로 반복에 집중한다. 주말 5시간 투자한다고 생각하면 하루에 1시간 아니 30분이라도 반복하는 것에 집중한다. 또한 아침에만 하는 것보다는 아침과 저녁, 그리고 점심까지 익숙한 환경으로 만들어 가는 것도 효과적이다. 아침, 점심, 저녁 즐겨 듣는 음악처럼 회화를 듣고 회화 강의를 듣는다. 언어 책을 펼쳐들고 강의를 들으면 보다 효과적일 수 있지만 출퇴근 길 휴식도 겸하기 위한 방법으로 눈을 감고 들어보자. 잠에 빠져들면 할 수 없지만 잠에 빠져 들지 않고 눈을 감고 있는 것만으로 충분한 휴식의 효과를 가져다준다. 또한 귀로 들리는 강의 내용을 눈으로 떠올리는 연상 작용까지 겸하니 그 학습효과 무시 못 할 것이다. 눈을 감는 것과 동시에 온 몸을 스트레칭 하는 것 역시 출퇴근길에 얻을 수 있는 휴식의 효과를 누려보자.

퇴근 후 가벼운 산책도 즐기고 가벼운 독서를 한다. 일과를 마무리 하는 의미에서 하루를 돌아보면서 일기를 쓴다. 하루의 단순한 기록도 좋다. 그저 하루를 돌아본다는 생각으로 하루를 떠올려본다. 기상부터 출근 준비, 출근, 업무 등 순차적으로 떠올려본다. 내 삶을 여행하듯 눈을 감고 명상을 하듯 영화를 보듯이 그렇게 하나씩 떠올려본다.

마지막으로 내일 해야 할 일들을 간략히 적은 후 잠에 든다. 잠자기 직전의 할 일에 대한 생각 정리는 내일에 대한 명확한 이미지를 제공한다.

04

[제 4 장]

토요일과 일요일,
나는 이렇게 살아간다

주말을 위해 사는 것도 중요하지만 소중한 평일을 보내는 것 또한
나를 위한 진정한 배려가 아닐까?
평일을 소중하게 보내기 위해서는 나의 일과를 분석한다.

학창 시절, 나는

초등 시절에는 학교를 다닌다는 생각에 대한 개념이
정확하지 않았던 것으로 생각한다. 동네에서 친구들이랑 놀다가 학교에서 친구들과
노는 정도로 생각하며 그렇게 살았던 기억이다.

그 어느 때였더라도 같은 시간을 보냈을 텐데 초등시절
의 기억은 많지 않다. 평일과 주말의 구분 역시 적다. 평일 학교를 마
치고 친구들을 끌고 집에 컴퓨터 게임을 하러 갔을 정도니 주말에도
게임을 하며 놀지 않았을까? 동네 아이들과 뛰어 놀았다. 숨바꼭질이
나 얼음땡 같은 놀이를 즐겼다. 어린 시절 구슬을 가지고 놀고 딱지치
기, 달고나 등을 즐기며 놀았다. 그 와중에도 시험기간에는 공부를 했
었다.

중학교에 진학해서 동네 오락실에서 오락하는 걸 즐기긴 했지만 오
락보다는 농구를 더욱 열심히 했다. 1학년과 3학년 때 같은 담임선생

님을 만나서 수학경시대회 준비도 하긴 했지만 주말에는 온전히 집과 학원에서 친구들과 어울렸다. 주말만 되면 농구공을 들고 학교 운동장으로 달려가기 일쑤였다. 함께 할 친구가 있었고 던질 농구장이 있었기에 그저 좋았다. 농구코트가 2군데로 4개의 농구 골대가 있었다. 많은 학생들과 게임으로 인해 자리가 없을 경우도 있었지만 제법 긴 시간을 기다려가며 농구를 즐겼다. 다섯 명이서 각각의 포지션 별로 역할을 숙지하고 역할 분담, 공격과 수비하는 재미에 흠뻑 빠졌다. 함께 상대편을 파쇄 하는 느낌, 거기서 오는 희열 등이 그 나이에 쉽게 경험하기 힘든 것들이었다.

고등학교 때는 누구나 그렇듯 '기승전 공부' 였다. 매일 같이 공부를 했기에 그게 공부였는지 공부하는 척이었는지 조차 의문이 갈 정도이다. 딴에는 머리가 좋다는 생각으로 공부를 열심히 했다 생각했는데 방법을 제대로 깨치지 못한 것이 사실이다. 책과 문제집을 공부했으나 전체 그림과 핵심을 정확히 볼 줄 모르니 공부 시간은 많이 걸리고 성적은 나오지 않는 공부의 연속이었다. 그 당시에는 시간의 투자와 노력의 부족이라 생각했다. 그저 책만 보면 되는 거라 책만 봤으나 책을 봤을 뿐 전체 내용을 분석 할 줄을 몰랐으니 어찌 보면 아주 당연한 결과가 아니었을까? 고교 시절 주말에는 공부만 했다. 월화수목 금금금으로 학교에서 공부를 했다. 공부를 했지만 점심시간에는 농구를 즐겨

했기에 그 여파로 낮잠도 심심찮게 많이 잤던 기억이다. 가끔 동네에서 친구들과 어울려 농구를 하던 때도 있었지만 그 시절의 주말에는 공부만 했다. 상시 시험 중이라는 생각으로 아무 생각없이 하라는 대로 그렇게 살아왔다.

공부의 그늘에서 벗어나 대학생이 되었다. 공부를 제대로 하지 않았음에도 구속받은 시간에 대한 보상으로 고삐 풀린 망아지처럼 마음껏 뛰어다녔다. 마음껏 이라는 개념이 술을 마음껏 마신 것뿐이라는 사실이 지금 돌이켜보면 정말 아까운 시간으로 기억된다. 평일은 학교 친구들과 어울려, 주말에는 동네 어릴 적 친구들과 어울려 정말 열심히 술을 마셨다. 그 당시에는 술값도 저렴했고 술과 안주 등을 저렴하게 찾아 먹고 마셨으니 자주 마신 술값이라도 크게 문제되지 않았다.

1학년 학기 중에도 카페 알바를 해보긴 했지만 군대 제대 후 '바다이야기' 같은 오락실에서의 야간 알바와 복학 후 방학 기간에 막노동 알바는 내가 겪어본 일 중에 가장 힘들었다. 막노동을 하면서 적지 않은 돈을 손에 쥐어봤던 나는 정말 공부의 편함을 깨치고 최후의 보루로 막노동까지 생각한 적이 있었다. 야간 알바와 막노동을 거쳐서 공부에 대한 생각을 완전 고쳐먹었다. 공부를 하기 위해 앉아 있는 시간이 좋았다. 누군가에 의한 강압적인 학습이 아니기에 생각도 자유로웠고 마음껏 실험적인 학습을 했다. 다양한 시도 끝에 바른 길을 찾아갔고 나만의 학습법을 터득했다. 그렇게 즐기듯 열심히 한 공부의 결과는 All A+, 4.5, 학과 수석에 전액 장학금으로 나타나니 더욱 공부를 즐길 수 있었다.

2학년 복학 이후부터는 늘 공부를 즐겼다. 술은? 술도 당연히 즐겼다. 낮에는 시끄러운 환경에서도 노래가 흘러나오는 이어폰을 귀에 꽂은 채 계속해서 공부를 했다. 해가 지면 단대, 학과, 동아리, 기타 선후배 술자리 등을 죄다 찾아다니며 술을 밤늦도록 마셔댔다. 그리곤 다시 낮엔 공부에 열중했다. 평소엔 학교에서 정말 열심히 공부했다. 시험기간 중에는 조금 일찍 학교를 나와 친구와 피씨 방에서 게임을 즐겼다.

시험기간에는 내가 즐겨하던 도서관이 공부하려는 학생들로 엄청 붐벼서 너무 시끄럽다. 거기다 앉아서 공부 좀 하려고 하면 다들 몰려와서 문제를 물어보는 통에 내 공부를 하기 힘들어 일찍 쉬어준다. 1학년 공부를 못하던 때는 시험기간만 되면 밤을 새서 공부했는데 2학년부터 공부를 할 줄 알면서 평소에 열심히 하고 밤샘 없이 규칙적인 생활을 했다. 시험기간에 집중 안 되는 시간을 활용해서 다른 학우들의 열악한 과목 등을 집중 지도하기도 했다.

초등 시절에는 학교를 다닌다는 생각에 대한 개념이 정확하지 않았던 것으로 생각한다. 동네에서 친구들이랑 놀다가 학교에서 친구들과 노는 정도로 생각하며 그렇게 살았던 기억이다. 중등 시절에도 공부보다는 농구에 빠져 살았다. 시험 땐 공부를 하기도 했는데 정확한 이해보다는 끼워 넣기와 암기식의 방법을 반복하여 효율이 아주 낮은 생활의 연속이었다. 고등 시절에도 역시 암기 위주의 학습에 빠져 허우적거렸다. 방법을 모르고 공부를 하는 체만 하니 시간만 투자할 수밖에 없었다. 그리 허우적거린 때도 지금에서야 나를 만들 수 있는 자양분이 아니었던가 생각한다.

회사에 충성을 다했다

놀아도 회사에 와서 논다는 생각이었고 회사에 와서
논 것이라곤 식사시간 즈음해서 당구 한 게임, 커피 한잔 정도의 여유가 전부였다.
나머진 일에 전념했다.

10년이 넘는 회사 생활 동안 내가 주말을 찾긴 시작한 것
은 이제 1년 정도 되어간다. 그 전까지 나는 과연 어떤 회사 생활을 했던
가 돌이켜 본다. 대학교를 졸업하고 중소기업을 들어갔다. 면접을 볼 때
그 설렘과 두려움이란 이젠 다신 느껴볼 수 없을 신선함이 아닐까?

사나이 가는 길 품생품사(品生品死), 내가 회사를 다닐 땐 회생회사
(會生會死)가 아닐까? 회사에 목숨을 걸었던 이유는 무엇인가? 나는
회사에 목숨을 걸었던 것이 아니었다. 맡은 일이 좋았고 그 일에 최선
을 다했을 뿐이다. 다시 말해보면 사생사사(事生事死)라고 말할 수 있
을까? 정말 일에 대한 보상보다는 일을 할 수 있으면 그걸로 충분한

시절이었다. 일과 집 그리고 가끔 퇴근하고 친구와의 술 한 잔 정도는 즐기면서 매일을 즐기며 살았다. 나는 일을 사랑했고 일을 할 수 있었고 그것만으로 충분했다.

예전에 다니던 회사에서 프로그램을 하는 사람이 단 한 사람, 나뿐이었다. 국가 과제 위주로 업무를 진행하였으며 다수의 프로젝트를 동시에 진행하였기에 시간적인 여유가 없었다. 하나를 쳐내고 나면 하나가 아니 두 개가 기다리는 식이다. 모든 일정은 밤새 일하는 것을 기본으로 구성되어 있었다. 놀아도 회사에 와서 논다는 생각이었고 회사에 와서 논 것이라곤 식사시간 즈음해서 당구 한 게임, 커피 한잔 정도의 여유가 전부였다. 나머진 일에 전념했다. 블로그 활동이나 SNS 활동을 거의 하지 않던 때라 자리에 앉기만 하면 업무 진행과 기술 검토, 분석, 동향 조사 등의 업무 관련 사항만 수행했다. 회사업무를 두고 쇼핑이나 단순한 인터넷 서핑 등을 아주 경멸하던 나였다.

평일 하루의 시작을 살펴보자. 전날 술 한 잔으로 기상이 그리 편하거나 쉽진 않다. 하지만 아침 수영 강습이 계획되어 있으므로 5시에 일어난다. 아침을 가볍게 먹고 자전거의 페달을 밟고 달린다. 자출사(자전거로 출근하는 사람들)라는 카페에서 활동하며 매일 자전거로 출퇴근을 한다. 아침에는 수영강습이 있어서 새벽 5시에 자전거를 타고 6시 강습을 받으러 간다. 1시간 강습 후 샤워를 마치고 나오면 7시 15분 안팎이다. 아침 햇살을 받으며 다시 페달을 밟고 9시 출근인 회사로 출근을 한다. 출근 시각은 보통 7시 30분에 45분 정도가 된다. 가끔 회사로 가는 길에 주변 공원을 들렀다 가기도 하듯 아주 자유롭고 평화로운 영혼이다.

충분하지 않은 잠과 아침 수영, 그리고 자전거 출근으로 인한 피로 누적으로 9시 정도에 졸음이 몰려온다. 잠을 깨우기 위한 노력을 한다던지 그런 행동은 없었다. 그저 잠이 오면 잠을 잤다. 식사 시간을 제외하곤 잠이 올 땐 잠을 자버렸다. 잠을 깨운다거나 졸린 채 일을 하는 것은 업무적인 효율측면에서 절대 도움이 되지 않았다. 평균적으로 15분에서 30분 정도 자고 일어나면 개운하게 업무를 진행할 수 있다. 두뇌를 사용해서 일을 하는 작업이고 단순한 노동이 아닌 생각으로 만들고 풀어나가는 업무이므로 피로는 절대적인 적일뿐이었다. 이러한 이유로 졸음이 쏟아지면 잠을 자고 잠으로 피로를 풀고 나면 일의 효율이 올라가는 경우가 대부분이었다.

이 때는 담배를 필 때였기 때문에 업무 중에도 담배를 피곤 했다. 업무 중에 피우는 담배는 단순히 잠깐의 바람과 함께 니코틴을 충전하기 위한 일시적인 행동으로써 친분이나 잡담 등의 소통에는 크게 관심이 없었다. 다 같이 나가서 커피 한잔과 함께 하는 담배타임을 즐기지 않았다. 걸어 나가는 길에 불을 붙이고 빨아 댕겨서 흡연장에 도착해서 빨아 당겼던 연기를 내뿜고 이내 두세 번 연달아 빨아내고 나면 담배 필터 언저리까지 타들어갔다. 담뱃불을 끄고 다시 사무실로 들어왔다. 화면보호기가 채 동작되기도 전에 아까 하던 일을 계속했다. 졸리거나 다른 생각이 침범하지 않는 한 내가 생각하고 있는 걸 그대로 유지하며 업무를 진행하는 스타일이므로 타인의 간섭을 상당히 꺼리는 편이고 이를 확실히 알렸다. 직접적인 업무 성과와 진행으로 나타나기 때문에 나 역시 어쩔 수 없는 부분이기도 했다.

당시에는 일, 술, 잠 등 3가지 관심사뿐이었다. 일을 하는 동안에도 식사시간이 그렇게 아까울 수가 없다. 가끔 바로 앞 편의점에서 간단한 식사를 해치우고는 하던 일을 마저 했다. 워낙 혼자만 일을 하는 스타일이라 그 누구도 간섭이 없었다. 전체 회의나 외부미팅을 제외하고는. 보통 업무는 제한이 없었다. 느낌이 좋은 날은 밤새도록 일을 할 때도 있었다. 보통 밤 11시 정도 되면 퇴근하기도 하지만 새벽 2시 정도까지 할 때도 일상다반사였다. 잠에 대한 피로를 크게 느끼지 못하기 때문에 밤새도록 일을 하고 새벽에 잠시 눈을 붙였다가 아침 강습을 받고는 다시 일과를 계속하곤 했다. 보통 점심을 마치고 술 한 잔의 약속을 확인하고 그날 오후의 업무를 정리하기도 했다. 일이 급할 때도 술 한 잔은 미루는 법이 없었다. 술을 마시고 들어오면 유입된 고칼로리 덕분에 에너지가 넘쳐서 더욱 손쉽게 밤을 샐 수 있기 때문이었다.

좋은 말로 하면 나의 프로그램 작업은 창조를 하는 일이다. 무에서 유를 창조하기도 하는 작업이다. 억수로 꼬인 실타래를 풀어내는 작업이다. 수많은 시간을 투자한 결과를 해결할 수도 있지만 투자한 시간에 비례하지 않는 업무 진행이며 성과이다. 이런 이유로 앉아 있는 시간보다는 업무에 임하는 컨디션이 훨씬 중요하다. 컨디션에 따라 일을 할 뿐 억지스레 일을 한 경험은 거의 없었다.

컨디션을 좋게 하는 방법을 위해 내가 한 일은 과연 무엇이 있을까? 어린 시절부터 산동네라는 특수성을 가지고 그곳에서 뛰어 놀고 학교를 오가는 동안 길러진 기초체력은 지금까지도 정말 감사하지 않을 수 없다. 모든 생활 그리고 활동에 필수적인 체력은 웃으며 긍정적으로 살기에 필요한 부분이다. 체력이 따라 주지 않는데 웃고 싶다고 웃을 수 있을까? 한 예로 약물치료 중인 병원에 입원해 있는 사람이 웃기가 쉬울까 하는 것이다. 어린 날부터 자연스레 길러진 체력은 인생의 보물로 쓰일 것이라고 나의 경험을 비추어 강력히 말할 수 있다.

또 하나의 방법은 스트레스를 받지 않는 것이다. 혹자는 나에게 무시

한다는 단어를 적용하곤 한다. 그런 말을 듣는 나의 성격 중 하나는 좋지 않은 말을 들은 것을 쉽게 잊어버린다는 사실이다. 이렇다 보니 업무 간 불편한 지시나 말, 그리고 소문 등을 듣더라도 그리 오래 가지 않는다. 불편한 감정은 금세 사라지고 내가 해야 할 일만 남으니 불평이 쌓일 일이 없다. 억지스레 나를 만들어내지 않고 자연스레 그리 살다보니 스트레스가 없다. 더욱 건강하게 살 수 있다. 가끔 누군가 웃는 게 너무 억지스럽다는 표현을 한다. 불행하지 않은 것이 행복한 것은 아니라고 말하는 사람들이 있듯이 나는 불행하지만 않다면 지금 이 순간은 절대 행복하다고 말하는 입장이다. 불평을 해소하기 위해 행동을 하고 그렇지 않다면 불평하지 않을 방도를 모색하고 최선이 아니면 차선을 걸어가면서 그 상황을 불평하지 않는 것이 지금 내 인생을 살아감에 있어서 최선이 아닌가. 차선이 아닌 차차선을 가더라도 내가 선택할 수 있는 환경에서 최선이라면 최선이다. 다만 최선이라 생각하는 부분이 현실에 안주하기 위해 내가 만들어낸 것이 아닌지는 항상 돌아볼 필요가 있다.

스트레스를 받지 않기 위해 자연적으로 학습된 차선책에 대한 습관이 나의 발목을 잡고 현실에 안주하게 만들기도 한다. 나는 부산에서 일을 했다. 서울, 경기 지역과 비교해서 급여가 절반 이하에 업무량은 비슷하거나 더 많았다. 그럼에도 불구하고 내가 부산에서 일을 한 이유를 생각해보자. 첫 번째 이유는 변화를 두려워하였다. 누구나 변화를 두려워하겠지만 나의 경우에는 다른 이들에게 늘 도전을 위해 살아야 한다고 강조하면서 나 스스로는 변화에 대해 두려워하고 지금 있는 현실에 만족하며 살았다. 두 번째 이유는 도전을 생각지 않았다. 부산 인근에서만 이직을 알아보았기 때문에 적당한 곳이 없었다. 프로그램 개발 업무라는 것이 서울, 경기 지방을 가야지 그나마 수요와 공급이 원활한데 부산에서는 찾을 수 없는 것이 당연한 것이었다. 셋째, 고향이 부산이다. 가족과 친구 그리고 대부분의 지인들이 부산에 있다. 내 인생 중 과거에는 큰 역할을 했지만 실제 지금의 인생에서는 크게 영향을 주지 않는 사람들임에도 나 스스로 그들을 생각하며 부산에 있길 원하고 있었다. 여러 가지 이유를 핑계로 부산에 살고 부산에서 일하고 나를 아주 당연하게 생각하고 하루를 살고 있었다. 그렇게 부산에 살고 있으면서도 더 큰 물로 나아가길 원했고 더 열심히 살아야 한다고 스스로에게 말하고 있었다. 엄청나게 모순된 삶을 살아가고 있었다. 마지막으로 원하는 일에 최선을 다하면 돈이 따라온다는 것을 믿고 있었다. 이런 삶을 살다보니 다른 길을 스스로 모색하는 것이 가까이서 만나는 사람들에게 그런 플러스 영향을 기대하고 있었는지도 모른다. 그에 따라 사람들과의 관계가 그리 건강하지 못할 수도 있다는 사실이다.

부산을 벗어나 서울로 가려고 했으나 같은 연봉의 조건에 기숙사를 제공한다는 조건에 나는 천안에 머무르는 것을 택했다. 거의 두 배 정도의 연봉으로 근무를 시작했다. 부산에서는 내가 프로젝트의 주축이 되어 거의 모든 일을 스스로 일을 했다. 팀 단위로 업무를 하지 않은 것 역시 이직을 고려하지 않은 이유로 들 수도 있다. 천안으로 이직을 하고 얼마간 적응을 한 후 중국 프로젝트에 속해 중국으로 출장을 갔다. 연봉이 상승됐는데 중국으로의 여행도 상상할 수 있어 정말 좋은 기회였다. 천안에서도 연고지가 없어서 회사와 기숙사만을 오갔는데 중국은 어땠을까? 난생 처음 중국을 갔고 지금도 그렇지만 중국에 대한 인식이 그렇게 좋지 않았다. 거주하는 곳, 공기, 사람 등에 대한 온갖 루머들이 가득했다. 그런 두려움을 안고 중국행 비행기에 몸을 실었다.

아무런 연고도 없이 중국에서 업무를 시작했다. 천안에서도 그랬지만 중국에서는 더더욱 회사사람들의 무리에서 벗어날 수가 없었다. 아침 식사에서부터 퇴근 후 잠자리에 들기까지 늘 함께 있었다. 기본 업무는 한창 바쁠 때였기 때문에 새벽 2시 퇴근에 아침 8시까지 출근이었다. 출퇴근에 소요되는 시간이 30분가량 되었기에 잠잘 수 있는 시간도 적었다. 하루 종일 일만 하고 쉴 수 있는 여건이 안 되어 함께 출장 온 몇 사람들이 불만을 표하곤 퇴직을 하게 되었다. 당시 내가 선택할 수 있는 요건이 거의 없었기 때문에 나는 그저 묵묵히 일을 했다. 아니 퇴직하는 동료들로 인해 묵묵히 일을 하던 내가 더욱 주목을 받았다. 많은 사람들과 함께 있었기에 크게 인정받지 못했지만 몇몇 인원들이 빠져나가면서 나의 입지가 조금 인정받을 수 있었다. 그런 인정까지 누리면서 더욱더 열심히 했다. 내가 처한 상황에서는 일을 열심히 하는 것만이 내가 선택할 수 있는 길이었다. 그렇게 3개월간 올인 하다시피 일을 하다가 한국으로 들어왔고 이후에도 한 달 간격으로 계속해서 중국출장을 계속했다.

빈곤의 악순환. 회사에서 최선을 다하는 모습은 내 능력으로 인정됨과 동시에 보다 많은 업무가 할당된다. 같은 비용 대비 일을 잘하는 사람은 5라는 기준에서 10에 해당하는 일을 할당하는 반면 일을 못하는 사람에게는 2나 3의 일이 할당되는 것을 볼 수 있다. 아주 거시적인 안목으로 볼 때 그런 처사는 절대적으로 도움이 될지도 모른다. 수많은 사람들이 들어왔다 나가고 담당 프로젝트와 팀이 수시로 변화는 환경에서는 그러한 요건이 차후에 보상받으리라는 보장은 결코 없다. 담당하고 있던 팀장이 변경되는 사례도 수차례이다 보니 마냥 최선을 다하는 것은 정말 바보 같은 짓이 되고 말았다.

그럼에도 불구하고 내가 선택할 수 있는 선택지가 없을 경우에는 어쩔 수 없이 하고 있는 일에 최선을 다할 수밖에 없다. 또 그렇게 다른 선택지가 없다는 핑계로 그 삶 속에 동화되어 최선을 다한다. 일에 최선을 다하는 것이 나에게 최선을 다한다는 착각에 빠진 채.

나를 찾고 싶었다

두세 차례 퇴직서 라는 수를 두면서 지금까지 버티고 있다.
이제는 제 시간에 퇴근 후 일상과 주말을 즐기는 생활에 또 다른 도약을
기대하며 하루를 살아가고 있다.?

　　　　　야근과 휴일 근무가 아주 자연스러운 회사생활을 살아
가면서 막연히 '잘 되어야지' 라는 생각이었다. 그러던 중 누군가를 만
났다. 몇 달을 만나오면서 많은 얘기를 나누어오다 어느 날 저녁, 부산
에서 일을 하고 있는 나에 대한 의문을 표현했다. 그 모든 환경보다 지
금 내가 하고 싶은 일을 하고 있다는 작은 만족감으로만 살고 있는 나
를 다시 보게 되었다.

　　'과연 나는 무엇을 위해 사는가?'
　　'지금 이 삶이 내가 원하는 삶인가?'
　　'내가 원해서 이 삶을 살고 있는가?'

'지금 내가 처한 상황에 대한 자기합리화의 결과로 적당히 만족하며 살아가는 것은 아닌가?'

지금까지 나는 부산에서만 살았다. 큰 물에 가서 놀아야 한다는 생각만 했을 뿐 좀처럼 벗어날 생각을 하지 않았다. 적당히 안주하면서 살았다. 그게 편했다. 아니 편하다고 믿고 싶었다. 매일 같이 술을 마셔댔고 그 작은 행위에서 나오는 만족을 최대의 행복으로 생각하고 살았다. 부산의 정말 몇 안 되는 직원으로 꾸려진 회사에서 적은 돈에도 큰 만족을 하며 매일 밤을 술을 마시는 그런 상황에서도 넘치는 자존감이 있었다. 막연히 '나는 잘 될 것이다' 라는 믿음이었다. 그런 상황에서 믿음은 현실이 될 그 어떤 기미도 없었다. 매일 같이 술과 함께 허송세월하고 있었다. 앞에서 한 질문과 함께 나를 조금 더 객관적으로 바라보기 시작했다. 정말 볼품없다. 잘났다고 믿어주는 자존감은 둘째 치고 현실을 직시해야 했다. 현실을 확실히 깨닫고 보니 이곳을 벗어나야겠다고 다짐했다.

몇 년 전부터 준비해오던 자격증을 불과 한 달 만에 취득했다. 향후 내가 가야할 지역을 설정하고 많은 곳을 알아봤다. 여유롭게 시간을 가지고 자세히 그러나 급하지 않게 수많은 곳에 면접을 보고 협의를 했다. 초기 목표는 서울을 가는 것이었으나 지금 이 곳, 천안에서 같은 연봉에 기숙사까지 제공하는 조건에 여기서 머무르는 것으로 결정한다.

이 시점에서 하나 짚고 넘어가고 싶은 것이 있다. 작은 회사 이다보니 흔히들 말하는 가족 같은 회사이다. 각자 집의 경조사는 물론이고 가끔 그들의 집에서 밥을 먹는 등의 친분을 유지하고 있었다. 퇴직을 결심하고 나오기가 참 힘들었다. 사회는 비용에 의한 정확한 계약관계임에도 불구하고 가족 같은 이라는 수식어를 핑계로 사람으로서의 도리를 요구한다. 말을 뒤집어 말하면 '가족 같은' 생각으로 노력에 대해 넘쳐날 정도로 충분한 비용을 지불해주어야 할 것이 아닌가? 이런 생각들은 보통 전자만 당연시 할 뿐 후자에 대해서는 어찌나 많은 핑계들을 가져다 대는 것인지. 이후 '가족 같은' 회사는 기피하는 대상 중의 하나이다.

큰 변화 등을 바라면서 애쓰다가 그 자리에 주저앉고 마는 걸 두고 개구리 우화를 빗대어 말하곤 한다. 변온 동물인 개구리를 물이 담긴 냄비에 넣고 미약한 불을 가한다. 서서히 오르는 온도에 개구리는 즐기다가 뜨거운 물에 삶기고 만다는 이야기다. 나 역시 시작할 당시에는 큰 꿈을 가지고 여러 가지를 노력하지만 이내 초심을 잃어버리곤 적당히 살아가는 내 모습을 발견한다. 초심을 잃지 말아야 할 이유가 바로 이것이다.

새로운 변화를 위해서 천안에 자리 잡아 시작했다. 바쁜 회사일정에 쫓겨 나에 대한 배려 따위는 내려놓고 회사를 위한 나의 업무에 최선을 다하는 것이 나를 위한 사랑이자 자기계발이라는 착각에 빠져 주말도 없이 일에 빠져 있다. 밤샘쯤은 우습고 2박 3일간 업무를 계속하는 것 역시 취미로 할 정도 이다.

다들 적당히 피곤하다며 쉬면서 하는 것을 보면서도 스스로는 모든 에너지를 끌어올려 업무에 임한다. 그렇다고 회사에서 주는 것은 '잘한다' 라는 말뿐인 칭찬이라는 사실도 미처 깨닫지 못한다. 같은 임금에 비해 일을 못하는 사람은 적은 일을, 일을 잘하는 사람은 더욱 많은 일을 하고 있는 황당한 일이 아주 자연스레 일어나는 게 현실이다.

한 프로젝트를 회상해보자. 신규 프로젝트에 참여해서 중국에 일주간 셋업을 지원하기로 했다. 난생 처음 가보는 중국이라는 사실에 마냥 들떴다. 일을 해야 하는 상황이지만 해외라는 특수한 경우, 거기다 처음 가보는 중국이었으니 기대는 최고였다. 먼저 다녀보았던 직원과 함께 중국을 향해 인천공항에서 중국행 비행기에 오른다. 일에 대한 업무 강도 따위는 전혀 생각지 않았다. 아무런 계획 없이 단순히 중국이라는 단어 하나에 그저 설레던 때였다.

중국에 도착해서 일반 승용차로 3시간을 더 운전해서 숙소에 도착했다. 내가 처음 간 때는 6월이었다. 한국의 여름보다 더욱 더운 날이다. 한국에서 도착한 날은 오후 2~3시 경이었는데 짐을 풀고 쉬었다. 다음날부터 있을 업무의 강행군을 위해서. 오전 7시부터 준비해서 8시에 출근해서 업무를 수행하며 새벽 2시까지 업무를 한다. 그 시간에 퇴근을 하고 집에 가서 씻고 다시 7시에 나오려니 잘 수 있는 시간이 너무 적다. 차라리 그 수고를 덜고 조금 더 자고 싶은 생각에 집에 가지 않고 휴게실에서 잠을 청한다. 업무를 더 열심히 한다는 인식과 나는 나대로 조금 더 많은 휴식을 가질 수 있어 그런 생활을 한 달 정도 했다.

한 달 정도가 지나니까 초기의 벅찬 일정은 점차 줄어들고 약간은 안정된 분위기로 업무를 할 수 있었다. 실제 양산에 사용하는 장비인 관계로 실질적인 양산을 하는 낮 동안에는 작업할 수 있는 시간이 극히 적었다. 밤에도 양산으로 인해 설비를 사용하지만 야간인 관계로 낮보다 쉬는 경우가 많았다. 이런 환경을 이용하기 위해서 밤샘근무를 하며 업무를 보곤 한다. 별로 피곤하지 않은 내색을 하지만 몇날 며칠을 밤샘근무를 하는데 피곤하지 않을 이유가 어디 있을까? 밤새 근무할 때는 아무런 이익 따위 생각지 않고 단순하게 일만 생각하며 일을 했다.

그렇게 3개월이 지나 한국으로 복귀했다. 다시 출장을 가기 위해서 잠시 휴식을 취하기 위함이었다. 초반 여행가는 마음에서 비롯된 설레는 마음 따윈 진작 없어졌다. 반복되는 해외 출장으로 불만이 점점 쌓여 갔으나 초기에 최선을 다하던 모습이 남아 있었으므로 그 기대치에 충족하며 해외 업무를 보기는 쉽지 않았다.

'배려가 계속되면 권리라고 생각한다.'

라는 말처럼 내가 최선을 다하고 싶은 마음에 자의적으로 밤을 새며 일을 했던 과거의 이력들이 지금 내가 근무하는 일정 편성에 고려가 되고 있는 것이다. 처음부터 내가 야근이나 밤새서 일을 할 거라는 예상으로 일정을 구성하다보니 그 업무에 대한 부담은 나날이 커져지는 게 일반적이다. 끝도 없는 굴레에서 벗어나는 일은 없다. 현실적인 대안은 퇴직서 라는 한 수 뿐이다. 두세 차례 퇴직서 라는 수를 두면서 지금까지 버티고 있다. 이제는 제 시간에 퇴근 후 일상과 주말을 즐기는 생활에 또 다른 도약을 기대하며 하루를 살아가고 있다.?

내 삶을 위한 진짜 공부는?

삶에서 내가 아는 것을 제외하고 나머지 모든 것은 내가 배워야 할 것들이다.
나를 위한 공부. 모든 것에 대해 배운다는 걸 의미한다.

지금까지 공부와 나를 위한 공부, 공부란 무엇인가? 다
시 한 번 돌이켜 봐도 어린 시절 했던 공부는 공부가 아니었다. 단순한
시간 때우기의 의미가 더 크게 와 닿는다. 큰 그림을 그리지 않고 그저
바로 앞의 것만을 보고 따랐으니 발전을 할 수 있을 리가 없다. 이젠
오롯이 나를 위해 내가 주도적으로 나의 공부를 할 수 있는 시점이 되
었다. 아니 그 시점을 내가 만들었다. 환경을 내가 조성했다.

삶을 위한 진짜 공부, 한번 시작해볼까? 공부? 우리는 어린 시절부
터 억압하고 강요받았던 공부로 인해 나는 공부라는 단어를 즐겨 사용
하지 않는다. 그저 즐길 뿐이라고 노는 것이라고 말하곤 한다. 인생에

서 공부의 끝은 없다고 하듯 죽을 때까지 학습은 끝나지 않는다. 삶에서 내가 아는 것을 제외하고 나머지 모든 것은 내가 배워야 할 것들이다. 나를 위한 공부. 모든 것에 대해 배운다는 걸 의미한다.

배우는 것에 대한 예시로 책을 읽는 것을 가지고 설명할 수 있다. 영화에서 정원으로 된 미로를 본 적이 있을 것이다. 정원의 전체 그림을 한 번 보고 미로에 임하는 자세와 눈 앞에 수풀을 시작으로 하는 미로풀이는 시작에서부터 엄청난 차이가 생길 것이다. 바둑은 잘 두는 편이 아닌 관계로 승률이 우세한 장기를 예로 든다면 전체 게임의 흐름을 우선 파악하고 각 요소 별 기능에 따라 상황에 맞게 적용하는 게 능력이다.

전체에서 세부적으로 파고 들어가는 느낌으로 모든 일에 임한다. 전체 그림을 그리지 못한 상황에서 진행을 하면 진행 도중 만나는 벽에 대해서 해결할 방법을 찾기 힘든 경우가 많다. 이에 반해 전체 그림을 그리고 있는 경우에는 벽을 만나더라도 그 다음을 전혀 모를 때와는 다르게 예측이나 유추 가능하다는 점이다.

책을 처음 집어 들면 제목, 부제목, 카피 등 책의 전면에 대해 살펴보고 후면까지 보고 나서 책의 전체 그림을 그려본다. 내가 써낸 책은 아니지만 겉 표지에 있는 정보들로부터 어느 정도의 추리가 가능한 사실이다. 이를 기반으로 저자 소개, 서문, 목차들로 앞서 유추한 내용이라는 스케치에 나름의 색을 입혀본다. 책의 본문 한 두절 정도를 읽어보면 책의 스타일에 대한 분석이 가능하게 된다. 기본적인 성향 분석이 끝나면 내가 원하는 방향으로 책을 읽어 내려간다. 원하는 부분만 읽는다던지, 가볍게 훑어보듯 읽거나 진지하고 자세히 살펴보거나 하는 방식으로 읽으면 된다.

앞서 설명한 것처럼 책을 살펴보듯 모든 문제에 대한 접근방식을 적용할 수 있다. 내 삶을 위한 공부는 내가 나의 의식을 가지고 깨어있는 모든 순간이다. 이 사실을 깨치기 전의 학습이라고 한다면 학교를 다니며 배웠던 대학원까지의 시간이라고 볼 수 있다. 이전의 학습은 흔히들 알고 있는 공부라고 말할 수 있다. 주어진 책을 가지고 맹목적으로 암기 또는 이해를 반복하는 행위이다. 지금 돌이켜 보면 성적을 잘 받은 것이 오히려 이해가 되지 않는다. 아니 평준화의 위력으로 그나마 인정을 받을 수 있었을 것이라 생각한다. 하지만 그 시험의 결과가 지금의 나를 대변하지 못한다는 생각이 절대적이다.

내 삶을 위한 공부는 아니었지만 대학교 2학년, 군대를 제대하고 스스로 학과 공부를 하면서 실제로 공부를 하는 방법을 깨쳤다. 공부에 대한 방법을 깨치고 난 뒤부터는 맹목적으로 파고드는 것부터 조심했다. 2016년 3월 자기계발의 여행을 시작하기 전 내가 할 수 있고 실제로 했던 공부는 책을 읽는 것이 전부였다. 책을 읽고 난 뒤 책의 내용을 대화에 녹여내면서 책의 내용이 뇌리에 각인되는 효과를 경험하였다.

이런 경험을 하기 이전의 독서는 취미였다. 정보를 얻어내기 위함이고 무료함을 달래기 위함이었다. 책으로부터 살아있는 지식을 얻다. 사람을 바라보고 현상을 바라보는 눈을 얻는다. 세상에 대한 편견 따위 내려놓고 이미 아는 것이라는 것도 없이 모든 걸 흡수하는 스펀지를 연상하고 닥치는 대로 강의고 사람이고 특강이고 만나러 다녔다. 어차피 다녀본 곳도 없어서 그렇게 많이 다닐 곳은 없었다.

나는 까칠남이다. 까도남이다. 까칠한 도시의 남자. 하고 싶어서 한 것이라기 보다는 이성적으로 살아가려다보니 긍정의 의사를 펼치는 것보다는 모두가 박수를 칠 때 반대의사를 표현하는 것이 더욱 주체성이 있어 보여 그리 했던 것일까라는 의문이 든다. 그 시작은 어떤 의미로 시작했는지 기억이 나지 않는다. 어느 순간 자각을 하고 보니 나는 엄청 까칠한 사람으로 살고 있었다. 누군가 이야기하면 공격적으로 그 사실에 대해 옳고 그름을 따졌다. 업무적으로 컴퓨터 프로그램을 하다

보니 문제에 대한 분석방법이 조목조목 따지고 들어가는 것이다. 현상을 0과 1로 나누어 분석하고 해결해 나가는 것이 나의 일이다. 내가 하는 일의 특성인데 이것을 나도 모르게 삶에 일치시키고 있었다. 대부분의 사람들은 의견에 대한 반대나 문제점에 대한 지적보다는 호응을 바랬으나 나는 그러지 않았다. 아니 그러지 못했다. 현상에 대한 문제만을 찾아내어 해결점을 제시했으니 그걸 누가 좋아했겠냐는 말이다.

지금 이 특성은 함부로 바꿀 수가 없었다. 이미 삶에 일체화가 되었다. 업무를 진행함에 있어서는 너무 쉽게 일처리를 할 수 있다는 장점으로 작용한다. 내 삶에 있어서 크게 중요하지 않은 사람들과 그 사람들을 만나는 몇시간 안되는 순간을 위해 나의 특성을 변화시키기에는 나의 손실이 너무 컸다. 이런 장단점에 의해 나는 내 스타일을 고수하기로 마음먹었다. 일만으로 살 수 없는 인생이지만 일을 위주로 하는 인생이라는 핑계로 나는 변화를 두려워하고 내 스타일을 유지하며 살았다. 냉철하고 사리분별이 뛰어나다는 수식어로 만족하며 살았다.

책을 하나, 둘 접하면서 내가 가고 있는 길이 잘못된 길일 수도 있다는 생각을 스스로 하게 되었다. 가랑비에 옷 젖듯이, 책에서 이야기하는 내용을 나와는 상관없다고 무시하며 지나감에도 한번, 두번 반복될수록 나도 모르게 동화되어 버렸다.

'비평가는 기억되지 않는다.'

'까칠함은 사랑받지 못한 표현이다'

'부정적인 시각이 부정적인 일을 불러 일으킨다.'

'반대를 위한 반대를 하고 있는 것은 아닌가'

오롯이 나를 위해 살아가고 나를 사랑하는 길이라 여겼던 모든 것들이 한꺼번에 무너졌다. 내 주위를 둘러싸고 있던 나만의 벽들이 한 번에 사라졌다. 간단한 감사인사를 아주 잘 하면서 살았지만 살아감에 있어서 정말 감사하지 않았다. 아니 감사할 필요가 없었다. 크진 않지만 적지도 않은 나의 능력과 환경은 오롯이 나로 인해 만들어진 것이라 여겼기에 감사할 게 없었다. 한 책에서 읽은 구절이 있다.

'감사하다는 말을 습관적으로 하지 말고 지금 바로 5분 후에 죽는 상황에서 부모님께 말 한 마디만 할 수 있다면, 과연 어떤 말을 어떠한 마음으로 할 것인가, 그런 마음으로'

실제 감정이입을 하고 상황을 가정해보니 마음에서 우러나오는 '감사합니다' 라는 느낌을 제대로 느낄 수 있었다. 이 순간 이후부터 감사일기가 끝나가는 시점에는 다시 한 번 떠올려 눈물이 날 듯하고 소름이 끼치는 느낌으로 매 순간 감사함을 느낀다. 어찌 감사하지 않을 수 있으며, 지금 감사할 수 있음에 그저 감사할 따름이다. 이런 순간들에서 감사한 마음과 이유를 깨치는 것이 공부다.

나는 정말 이기적인 삶의 표본이었다. 그렇게 멋지고 잘난 삶은 아니었지만 지금 이 정도만이라도 충분하다는 생각으로 나만을 위해 이기적으로 살았다. 다른 이들이 나의 삶에 끼어들어 불편함을 전해주지 않았으면 하는 생각으로 나는 그저 나를 위해 살았다. 가족들과 친인척, 친구들을 위한 삶 조차 나에게는 시간 낭비이자 에너지 낭비였다. 그 모든 사람들과 순간들이 감사함으로 다가오는 기적을 깨달았다. 나를 대하는 사람들의 마음이 이해가 충분히 되고 그들의 눈으로 나를 보는 느낌을 알게 되었다.

'거울은 먼저 웃지 않는다.'

웃으면 좋은 일이 생긴다. 늘 웃어야 한다. 생각만으로 하고 살았다. 늘 웃고 다녔고 큰 일을 제외하곤 밝게 살았다. 진정으로 밝거나 긍정적이기에 그리 행동한 것은 아니었다. 웃으면 좋다니까 웃고 다녔다. 머리와 마음 속으로 철저하게 플러스와 마이너스를 심각하게 고민하면서도 얼굴에는 미소를 띠고 있는 폼이었다. 그렇게 만면에 미소를 띠고 있으면서도 나의 외부에서 나에게 일어나는 일에 대해서는 불평과 불만이 존재했다. 당연히 지금도 존재하긴 하지만 이전에는 정도의 심각성이 아주 심했다.

어느 날 책을 읽었고 책으로부터 내 눈앞에 일어나는 모든 일이 내 탓이라는 사실을 알았다. 알았을 뿐 실제로 그렇게 생각하거나 삶에 녹여내진 못했다. 글자를 읽고 머리로 이해했다는 뜻이다. 하늘은 푸르다. 파란색이다. 라고 믿고 생각하고 살았을 뿐이다. 그러던 중 어떤 한 모임을 나갔다. 모임에 한 분을 만났다. 많은 말을 나눴지만 그 중에 하나를 기억한다.

"카페에서 내 앞에 있는 직원이 나에게 쏟는 커피도 모두 내 탓이다"

머리를 뭔가로 얻어맞는다. 그게 이 느낌이 아닐까? 내 앞, 그리고 나를 향한 나의 모든 일들이 나로 인해 일어난다는 생각. 좋은 일이든 좋지 못한 일이든 나로 인해 일어난다.

'모두 그러할 만 해서 일어나는 법이다'

이전에도 '새옹지마', '호사다마' 라는 말을 즐겨 사용하면서 악재에 대해 호재를 기대하는 삶을 실천하긴 했다. 좋지 않은 일에 대해서 좋은 일이 일어날 수도 있다고 생각하는 것과 악재가 나로 인해 일어난다는 생각은 완전히 다른 생각이다. 내 눈 앞에서 벌어지는 악재가 나로 인한 것이라는 생각을 인정하는 것이 쉽진 않았다. 하지만 지금까지 읽었던 책의 내용과 내 앞에 벌어지던 일들이 한꺼번에 스쳐 지나가면서 '아' 하는 순간이 찾아왔다.

좋지 않은 일 역시 나로 인해 그럴만해서 일어난다는 사실이 내 삶에 찾아왔다. 너 때문에 나에게 이런 일이 생긴 것이 아니라 나로 인해 네가 나에게 이런 일이나 행동을 한다는 사실이다. 여기에 덧붙여 더욱 감사할 수 있는 방법도 배웠다. 그럼에도 불구하고 감사합니다. 불평과 불만을 할 수 있는 상황에 감사하는 방법이다. 예를 들어, 출퇴근 시간 복잡한 지하철에서 충분히 짜증을 낼 수 있다. 이런 상황에서 짜증을 내는 것보다는 이런 환경에서 출근을 하고 갈 수 있고 일을 할 수 있음에 감사하는 방법이다. 운전하는 길에 차가 너무 막혀 짜증은 나겠지만 지금 운전할 수 있는 차가 있음에, 운전을 해서 갈 수 있음에 감사하는 방법이다. 내 삶을 위한 진짜 공부는 더 이상 타의에 의해 내가 원치도 않는 게 아닌 '가랑비에 옷이 젖듯이', '아!' 하는 깨침에서 매일 매일 배우고 익히는 삶 자체가 아닐까 생각해본다.

누군가를 만나며

내가 바라는 만남의 최선은 그냥 만나는 것이다.
아무런 준비도 기대도 없이 그냥 만나는 것이다. 단순히 차 한잔 하는 느낌으로
사람 대 사람으로 만난다.

배움에 있어서 가장 좋은 것은 사람을 만나는 것이다. 시간과 공간의 제약에 따른 불편을 해소하고자 차선으로 강좌 동영상과 책이 존재하는 것이다. 그러니 배움에 있어서는 단연 사람이 최고의 배움이라 감히 말할 수 있다. 만남에 있어서 정해진 시간이 있기 때문에 현실적으로 사람에게 배우기란 아주 제한적이다. 학교에 다닐 때 선생님이나 교수님을 통해 배울 수 있는 환경에서는 최적이 아니었을까 되뇌어본다. 정작 최적의 환경에서는 사람에게 배우는 것이 아닌 또 다른 공부를 하고 있었으니 사람으로서 만날 시간이 없었을 뿐이다.

누군가를 만난다는 것은 그 사람으로부터 기운을 받는다던지. 그 사람의 책이나 블로그 등 SNS로부터 기본 정보를 얻고 난 후에 만나는 것이 훨씬 많은 것을 빠르게 익힐 수 있다. 일주일이란 정도의 시간이 주어지지 않은 이상에는 단기간 아니 단 시간에 한 사람에게서 원하는 것을 얻어내기란 어렵다. 인간적인 요소는 떨어지지만 효율적인 만남을 위해서라면 인터뷰를 준비하는 것이 효과적일 수도 있다.

내가 바라는 만남의 최선은 그냥 만나는 것이다. 아무런 준비도 기대도 없이 그냥 만나는 것이다. 단순히 차 한잔 하는 느낌으로 사람 대 사람으로 만난다. 그런 관계에서 굳이 서로가 서로에게 뭔가를 하려 하는 게 아니다. 편하게 만나서 한두 마디를 나누면서 서로를 알아간다. 서로의 교류가 일어나면 점점 깊은 대화를 나누는 것이고 그렇지 못한 관계라면 가볍게 서로를 알게 되는 것만으로도 충분한 앎이 아닐까?

정보가 넘쳐나는 것만큼 관계 역시 넘쳐나는 세상이다. 오프라인의 관계가 모자라 온라인으로 하루에 수십, 수백 명과 관계를 맺는 지금이다. 이런 현실을 살아가면서 관계가 주는 의미에 대해 곰곰이 생각해 볼 필요가 있다. 필요한 사람은 취하고 그렇지 않으면 버린다는 그런 개념으로 말하는 게 아니다.

만남은 그 사람을 안는 것이다. 얻기 위한 관계란 아주 실리적인 관계로 상점에 물건을 사러 가서 물건을 사고 가격에 맞게 지불하면 끝나는 것과 같은 관계이다. 그런 관계로 끝내는 것인가? 계속해서 교류하면서 서로가 서로에게 좋은 영향력으로 함께 성장하는 것이 좋은 만남이 아닐까? 스승과 제자처럼 일방적인 관계가 아닌 서로가 서로에게 배우고 베푸는 그런 관계가 더 효과적이지 않을까 하는 말이다.

나의 경우를 살펴보자. 내가 사람을 만난다. 내가 만나는 사람들은 누구일까? 혈연으로 묶인 가족과 친인척, 지연과 학연으로 묶인 동기, 동창들, 친구들, 그리고 지금 만나는 세계의 사람들. 책으로 묶인 사람들. 또 하나 회사로 관계된 사람들로 나눌 수 있지 않을까?

가족을 만날 때 임하는 나의 생각은 특정 짓는 게 없다. 어머니를 만난 때만 조금 다를 뿐이다. 어머니께서는 오래 전부터 영업관련 업무로 많은 사람들을 만나오셨다. 배움이 모자랐던 세상을 살아오셨기에 내가 책에서 배우고 학교에서 배운 많은 것들을 어머니와 나누며 살았다. 어머니와 얘기를 나눌 때면 특별한 주제를 가지고 있지 않다. 일상이 주제이다. 어제 혹은 근래의 이야기들을 하나 둘 나누다 보면 그런 일상 가운데 대화를 나눌 거리가 생긴다. 정말 사람 대 사람으로 만나 서로가 서로, 아니 어머니께서는 자신의 생각을 나에게 주입하려는 성향이 강하시긴 하다. 나는 그저 어머니의 입장을 배려하며 대화를 나눌 뿐이다. 무언가를 얻어내기 위함이 아닌 그냥 만난다.

학연은 어떤가? 같은 학교에서 배우고 익히며 지난 시절을 함께 했다는 교집합이 있을 뿐 크게 무엇인가를 얻기 위함이 아니다. 그저 존재함으로써 존재의 가치가 아닐까? 모인 모두가 같은 생각일거라 생각할 순 없지만 그냥 친구로서 생각하는 많은 사람이 있지 않을까 하고 철없는 생각을 해보기도 한다.

앞에서 관계를 살펴본 이유가 지금 만나는 관계를 살펴보기 위한 비교의 대상이 아닐까 한다. 지금 내가 만나는 사람들은 글쓰기라는 같은 방향을 보는 사람들이다. 또는 한 사람이 말하는 강의를 들으러 오는 사람이다. 강의를 하는 사람을 만나러 오는 것이다.

초기에 나는 이런 분위기 자체를 배우고 익히기 위한 이유가 컸다. 지금은 내가 이런 강의를 다니는 이유는 사람을 만나기 위해서이다. 강의를 하는 사람을 만나기보다 사람을 만난다. 같은 생각이나 비슷한 생각을 가짐으로 그것에 대해 이야기를 나누어도 좋고 굳이 나누지 않더라도 함께 하는 그 느낌만으로도 충분히 힘을 얻고 그 힘으로 또 다른 무언가를 할 수 있는 에너지를 얻을 수 있다. 그것이 아주 선한 의도의 만남이 주는 장점이 아닐까? 기대도 실망도 없이 그저 낡은 옷 하나 걸치고 헤진 신발 하나 끌고 가더라도 전혀 부끄럼 없이 가벼운 대화를 나누며 이야기 할 수 있는 사이. 친구가 아니라도 만나서 친구가 될 수 있는 그런 만남이 좋다.

함께 같은 목표를 위해 연구나 계획을 펼쳐도 좋다. 그렇지 않아도 함께 하는 것만으로 서로가 만들어내는 에너지를 믿는다. 긍정의 발전적인 생각만으로 가득 찬 사람들이 만나면 굳이 계획하고 있지 않다 하더라도 단순히 나누는 대화만으로 그 속에서 엄청난 계획들이 알아서 만들어질 것이라 믿기 때문이다. 아무런 기대, 바램, 계획 없이 만나 가져가는 에너지란 내가 살아가는 이유이기도 하다.

성장하기 위한 나의 자세를 돌아보다

같은 책을 수백 번을 보는 것도, 같은 강의를 수백 번 듣는 것이나
모든 것은 내가 임하는 자세에 따라 배우고 익힐 수 있는 것이 달라질 수 있다.
어차피 한번 살아가는 인생이라면 조금 더 즐겁게 살아가고 싶다.

　　　　누구나 그렇듯 나 역시 어린 날에는 하루라도 빨리 어른이 되고 싶었다. 그렇다고 어른 흉내를 내거나 하는 그런 일은 없었다. 중고등학생 시절에도 내 입장에서는 할 일이 많았기에 굳이 어른들의 역할 놀이가 크게 궁금하진 않았던 순수함에 감사한다.

이미 커버린 날에는 중고등학생 시절이 모자라 초등학생 그 이전 유치원 시절의 삶까지 꿈꾸고 있는 지경이다. 돌이켜 다시 살아보고 싶은 날들이 너무나 많았다. 지금도 여전히 타임 슬립 영화를 보고 나면 따라 하기도 한다. 그런 내가 일주일마다 성장한다고 말하는 것은 가능할까? 결론부터 이야기하자면 가능하다. 지금 나의 성장을 감히

논할 수 없지만 시간이 얼마간 지난 시점에서 나를 돌아보면 성장해있음을 깨달을 수 있다고 감히 말해본다.

'생각대로 살지 않으면 사는대로 생각하게 된다.'라는 말은 책의 제목으로 사용할 정도로 유명한 말이다. 내가 하고자 하는 말은 이런 글귀로 특정지어 말할 성질의 것이 아니다. 깨어있는 삶을 살지 않으면 바다 위에 떠다니는 쓰레기 조각이랑 별반 다를 게 없다는 사실이다. 사람은 본능적으로 신경계에서 대부분의 활동을 관장한다. 뇌를 직접적으로 사용해서 매 순간 판단하며 행동하기에는 소비되는 에너지와 소요되는 시간이 길어서 생명을 위협할 수도 있기 때문에 본능적으로 신경계에 학습이 되고 얼마간의 학습이 끝나고 나면 신경계에서 반사적으로 행동을 한다. 아침에 눈을 뜨고 일어나서 씻고 옷을 입고 집을 나서는 순간에 뇌의 판단력이 끼어들어 상황을 제어하고 있는 지점에는 과연 어떤 것이 있을까라는 생각이 필요하다. 우리가 살아가는 매 순간은 단순한 신경계의 반사적인 행동일 뿐이다. 나의 생각과 의지대로 행동한다고 착각을 하고 있을 뿐 이미 학습된 본능에 의해 살아간다.

어린 날에 너무 큰 강압과 강박에 의한 학습으로 성인이 되고 자신의 일을 하면서 정작 뇌가 깨어 직접적인 판단을 하며 자신의 의지로 살아가는 순간들은 점점 없어지고 만다. 살아가는 날이 늘어날수록 겪어온 일이 많기 때문에 벌어지는 일에 대한 반응과 행동 역시 학습되어 있는 대로 뇌의 직접적인 간섭없이 행동하기 때문에 나이가 들수록 시간이 빨리 간다고 느끼는 것도 같은 맥락이다.

내 삶이 소중하다고 여긴다면 익숙해지는 것들을 버려야 한다. 함께 하는 것에 익숙해지지 말아야 한다. 익숙해진다는 것은 세포들에게 학습이 된다는 사실이다. 새로운 행동, 사고 등이 학습되는 과정에서는 피로도가 상승하고 행동에 많은 시간이 소요된다. 시간이 지나서 학습이 완료되고 나면 언제 그랬냐는 듯 아주 빠르고 편하게 행동으로 옮길 수 있다. 이미 학습되어 있는 방식으로 행동하기 때문이다. 익숙해지지 말아야 한다는 것은 다시 말해서 늘 학습되는 피곤함을 즐기라는 말이기도 하다.

늘 하지 않던 말과 행동으로 그런 현상을 개선할 수 있다. 조금은 불편하더라도 살아있고 깨어있는 삶, 나를 위해서 내가 해줄 수 있는 최소한의 배려가 아닐까? 보다 많은 것들을 컴퓨터가 하고 로봇이 해낼 수 있는 지금의 이 세상은 나는 오로지 나의 의지만을 깨우면 되는 아주 편리한 세상을 살고 있다. 나의 정신을 깨우지 않는 한 시간이 지날수록 어린아이 혹은 아기처럼 모든 것을 로봇이 해주는 세상에서 모든 것이 퇴화되고 심장 위의 부분만 유지하는 삶을 살게 될지도 모른다.

나는 프로그램을 개발하는 사람으로서 사람의 편리를 위해 불편을 개선하는 일을 한다. 그런 사실을 더욱 절실하게 알고 있기 때문에 늘 깨어 있으려 노력하기도 한다. 노력의 한 부분을 들자면 바로 호기심이다. 호기심을 유지하기란 쉽지 않다. 나는 이미 많은 것을 경험해봤다. 오감을 통해서 수많은 것을 경험해보았다. 많은 시간이 지난 후 내 앞에 벌어지는 일들에 대해 무뎌지는 것이 본능이자 사실이다. 생존 본능에 의해 보다 빠르게 적응을 하는 것이지만 적응이 나의 시간을 갉아먹는다는 사실을 자각한다면 조금은 더 소중한 하루를 살아갈 수 있지 않을까?

아날로그 신호를 디지털 신호로 변환하기 위해서 연속적인 데이터를 구간으로 끊어내는 것을 샘플링이라고 한다. 필요한 현상만을 기억하고 나머지는 재편집 또는 삭제 해버린다. 세상에 벌어지는 일들은 모두 다른 일이지만 보는 시각에 따라 비슷한 일이다. 수천, 수만 가지가 넘는 일을 단 수백, 수십 단위의 일로 생각해버릴 수 있다. 수많은 서점들 속에 있는 책들이 그러하고 강연들이 그러하다. 만나는 사람들도 크게 다르지 않다. 이런 관점을 가지고 있다면 세상은 따분하기 그

지없다. 같은 강연이라도 매 순간마다 내가 보는 관점과 관심사만 달리한다면 배울 수 있는 가짓수는 말로 다 할 수 없지 않을까?

　같은 책을 수백 번을 보는 것도, 같은 강의를 수백 번 듣는 것이나 모든 것은 내가 임하는 자세에 따라 배우고 익힐 수 있는 것이 달라질 수 있다. 어차피 한번 살아가는 인생이라면 조금 더 즐겁게 살아가고 싶다. 적어도 나는 그렇다. 편하게 안주하는 것이야 죽으면 실컷 할 것 아닌가? 누가 대신 살아주기를 원하지 않는다. 스무 살 이전에 적당히 살았던 삶을 안타까워하며 늘 되새기며 지금을 살아가기 위해 노력한다.

　책을 보더라도 처음 책을 접하면 흔히 낯가림이라 불리는 현상이 발생한다. 어색한 느낌에서 동물의 본능적으로 거리를 두고 냉소적으로 비판하는 의식을 가진다. 그런 시각에서 책을 보면 책이 정말 보잘 것 없다. 큰 윤곽선을 그리며 책을 읽는다면 다른 책과 별단 다를 게 없다. 이미 옛날이라고 말할 수 있는 시대 때 대부분 말을 전했다. 지금 쏟아져 나오는 책들은 지금의 환경과 작가의 관점에 재편집한 새로운 창조물인 셈이다. 처음 책을 볼 땐 건방지게 봐도 좋다. 대신 한번으로 끝내지 않는다면 책을 통한 새로운 깨달음이 가능하지 않을까 하고 생각해본다.

책을 대하듯 강의 역시 마찬가지이다. 강의 처음에는 강의를 진행하는 사람을 분석하기 바쁘다. 저 사람의 이력, 습관, 발표 자료 등 객관적으로 보이는 부분에 대해 빠르게 분석한다. 강의를 접하기 이전에 내가 만나는 처음 정보들이기 때문이다. 그리고 강의를 듣는다면 조금 이해도가 상승할 수 있다. 강의를 한 번 더 듣는다면 처음 들을 때 듣지 못했고 들리지 않던 내용도 들린다. 사람은 그 편집능력이 너무나 뛰어나서 듣고 싶고 보고 싶은 대로 보는 경향이 아주 강하다. 이런 경우를 개선하기 위해서 스스로 그런 특징을 인정하고 두세 번 같은 경험을 하면 처음과 두 번째가 서로 다르다는 사실을 깨칠 수 있다.

[제 5 장]

05

오늘이 생의
마지막 날인 것처럼
살아라

주말을 위해 사는 것도 중요하지만 소중한 평일을 보내는 것 또한
나를 위한 진정한 배려가 아닐까?
평일을 소중하게 보내기 위해서는 나의 일과를 분석한다.

내 삶의 독감 주사를 맞자!

독감주사를 통해 바이러스에 대한 면역을 키우듯 작은 경험을 통해 큰 손실을
미연에 막는 방법이 보다 과학적인 접근이지 않을까?

주식, 도박, 내 인생의 실패기, 내 실수의 역사들, 초등
6년 수학여행, 중학교 때 짤짤이.

가산을 탕진할 정도의 금액은 아니지만 주식으로 몇백 정도는 날려
봤다. 그 시절이 20대의 추억이라 가물가물했다.

"과장님, 주식 안하세요?"

"어. 난 예전에 많이 날려봐서 안 해도 돼."

"요즘 수익이 좋아요. 다시 한 번 해보세요. 제가 알려드린 대로만
하면 본전은 뽑는 거예요."

일명 스캘퍼라고 해서 초단타 주식매매기법이 있다. 단 1분 1초도 눈을 뗄 수가 없는 상황의 연속이다. 급한 성격에 기다리는 것을 못했다. 회사를 다니는 중에 상시 주식 매매창을 보고 있으려니 일을 할 수 없었다. 그런 식으로 꽤 많은 수익을 얻게 되었다. 급여와는 비교도 되지 않을 정도의 수익이라 일에 흥미를 잃었다. 며칠을 고민하다가 전문 주식 매매를 위해 퇴사를 결심한다. 퇴직을 하려 했으나 국가 과제에 속해 있다 보니 이름은 있는 상태에서 출근만 하지 않았다. 그 시간 동안 정말 주식을 열심히 했다.

주식은 투자라는 긍정의 개념도 있지만 투기라는 부정의 개념도 공존하는 시스템이다. 다르게 보면 도박이라고 볼 수도 있다. 내 인생에서의 도박을 한번 만나보자.

초등학교 6학년 수학여행 때였다. 장소는 정확히 기억나지 않는다. 키오스크, 거치형 컴퓨터처럼 생긴 기기다. 터치모니터에 꾹꾹 눌러서 생년월일을 입력하면 인생의 운세가 나왔다.

'도박에 빠질 위험이 있으니 늘 조심하라'

다른 것들은 하나도 기억이 나지 않는데 이 글귀만 각인되어 있다.

지금까지도 선명하게. 이 글을 보고난 이후부터 늘 도박에 빠질까 두려워했다. 시작조차 하지 않으려고 노력을 했었다.

중학생이 되었다. 도박을 시작하면 안 된다는 걸 알고 있었으나 누구나 즐기던 '짤짤이'를 그냥 지나칠 수 있을까? 중학교 때 쉬는 시간의 유일한 낙이었다. 틈만 나면 짤짤이를 했고 지겨운 수업시간에도 몰래 하곤 했다. 처음 시작할 때는 그리 큰돈이 아니다. 100원짜리로 시작해서 하루에 잃거나 얻는 돈은 1~2천원이 고작이다. 가볍게 즐기던 짤짤이를 어느 순간부터인가 빠져서 했다. 수시로 복도를 순찰하던 일명 '학주'를 감시하며 게임을 즐겼다. 창가에 앉았는데 창문에 작은 거울을 대각선으로 설치해놓고 복도를 보면서 게임을 즐겼다. 그러니 저기 멀리서 보일 때부터 상황은 정리되었고 학교 내에서는 아주 건전한 학생일 수밖에 없었다. 그런 게임을 통해 하루에 3만원을 집으로 가져간 적도 있었으니 도박에 빠질 가능성은 충분했다.

100원짜리 도박이다. 보통 한 번에 내가 딜러가 되었을 때 300~500원 획득, 100~200원 손실, 베팅을 할 경우 100원을 얻거나 100을 잃는다. 확률이 50%라고 생각하면 득실 1회가 지나면 최저 가격으로 봤을 때 베팅을 할 경우에는 본전이며, 딜러가 될 경우 수익은 100~300원이 발생한다. 일반적으로 득실 1회로 봤을 때만 이런 수익이지만 딜러와 플레이어의 공수가 바뀔 경우는 수익이 0원이다. 다시 말해 득실 2회에서 공수가 바뀌는 것까지 고려하면 이상적일 경우 총 4게임당 평균 200원의 수익이 발생할 수도 있다. 4회당 200원일 때, 3만원의 수익이 발생하기 위해서는 600회라는 게임이 있어야 한다. 쉬는 시간 10분당 많아야 10회 정도의 공수가 전환되는 환경이라면 3만원의 수익은 정말 놀랄 정도 아닐 수가 없다.

지금의 나는 한 가지 일에 열정을 가지고 몰입하는 시간이 짧게는 3개월에서 길게는 6~12개월 정도이다. 정말 미친 듯이 몰입하다가 어느 순간이 지나면 언제 그랬냐는 듯 시큰둥한 반응을 보이곤 했다. 어린 중학생 때도 푹 빠져 게임을 즐기다 얼마 지나지 않아 그만두었다. 한껏 몰입했고 시간이 지나서 흥미를 잃었기 때문이다. 중학교 때 잠깐의 짤짤이를 제외하곤 다시 도박에 빠져들 어린 시절이 없었다.

대학을 졸업하고 회사에 취직을 하고 사회생활을 시작했다. 주식이 한창 붐을 일으키던 때다. 솔깃했지만 나의 성향을 잘 알기에 조심했다. 어디 끌리는데 조심한다고 되던가. 또 시작하고 말았다. 정말 처음 시작은 1만원이었다. 계좌를 만들고 연결하고 꽤나 번거로운 과정임에도 불구하고 그 모든 걸 해결하고 시작했다. 정말 값싼 주식은 1주당 500원 이하의 경우도 많았다. 1만원으로 살 수 있는 것도 20주가 넘었으니 약간의 룰을 시험해보기엔 충분했다. 1만원 쯤이야 술 한잔 생각에 버릴 생각으로 마구 했는데 그래봐야 저평가 된 주이기 때문에 등락의 폭이 적어 손실이나 이득 역시 체감할 정도가 아니었다. 기껏해야 1~2천원 정도였으니 별로 느낌이 없었다.

그러다가 금액이 조금씩 커졌다. 1만원에서 5만원, 10만원 급기야 100만원을 투자했다. 앞서 설명한 스캘퍼에 맛들이며 약간의 수익을 얻기 시작했다. 그러다보니 어느 정도 수익 계산을 하고 더 많은 돈이 필요했다. 1만원일 때는 별 차이가 없던 수익이 100만원 단위 이상이 되니 1~20만원의 수익이 우습게 계산이 되었다. 상황이 이렇다보니 일 수익 1%라고 해도 일주일 5일, 한달 20일이라 산정해도 20%의 수익이 발생한다는 결론이다. 일주에 3일만 하더라도 12%의 수익이라면 내가 상환해야할 대출이율에 준하는 금리이니 혹하지 않을 수 없었다. 당시 대출만 해도 10%이하로 할 수 있었으니 남는 장사가 될 거라는 수학적 계산이었다.

때마침 이사를 위해 약간의 돈을 대출했다. 당장 이사를 하기 까지 시간의 여유가 몇 달 발생하면서 문제가 발생했다. 남는 기간 동안 돈을 굴려보자는 얄팍한 아이디어가 떠올랐다. 절반 정도를 넣으니 수익이 더욱 커질 수 밖에 없었다. 쉽게 얻은 것은 쉽게 나간다고 했던가.

한 몇 달간 흥청망청하며 살아보았다. 어느 날이었던가, 매수를 해놓고 있다가 매도를 기다리는 타이밍에서 갑자기 회의가 잡혔다. 2시간이 넘는 회의가 끝나고 보니 이미 바닥을 치고 있었다. 그렇게 큰 손실을 보고 나니 마음이 조급해져서 조금의 기다림도 힘들어졌다. 여기서부터 주식의 진리가 통한다. 내가 산 주식은 떨어지고 내가 판 주식은 올라가는 이상 현상이다. 그런 시절의 실수를 지나 더 이상의 도박은 없었다. 인생이 도박이라 생각하기 때문에 내 인생에 모든 것을 건다는 생각으로 최선을 다할 뿐이다.

갑자기 또 주식이란 두 글자가 주위를 맴돌기 시작했다. 일주일 정도 그냥 그렇게 넘기며 지냈다. 유혹에 노출되어 있다 보니 '조금 해볼까' 라는 생각이 조금씩 올라왔다.

'조금만 해볼까?
'아니, 제대로 손해 봤는데 또 해?'
'에이, 그 때도 재미 좋았잖아, 지금은 더 잘할 수 있지 않을까?'
'안돼. 철저하게 실패했으니 이젠 안 돼.'
'가볍게 조금만 시작해봐.'

하루에도 몇 차례 머리를 어지럽히던 주식에 대한 욕구였다. 환경이란 이래서 중요하다. 나 역시 흔히 말하는 산전수전, 공중전까지 겪어봤다 할 수 있지만 정확한 근거가 자리하고 있지 않는 이상은 흔들릴 수밖에 없었다. 그러던 어느 날 또 시작을 하고 말았다. 단돈 몇 만원만 해볼 생각이었다. 10만원을 넣고 시작했는데 이내 50만원까지 이내 늘렸다. 때마침 대출 해약 건이 발생해서 여윳돈이 더 생긴 것이었다. 조금 빼서 투자에 쏟았다. 아침 출근해서 10분 만에 15만원이라는 수익을 팀원들에게 자랑하고 있는 내 모습이 눈에 들어왔다. 이런 마약 같은 끌림 때문에 도박에 빠져들고 나는 조심해야만 했다.

지금의 자기계발 여행을 시작한 단계였고, 책과 자기 마음 수련 등을 계속 하던 때라 이성을 쉽게 놓칠 때는 아니었다. 주식매매를 위해 스마트폰을 조작하면서도 그런 행동을 하고 있는 나를 발견하곤 했다. 그런 모습을 보지 못하고 마냥 즐기기만 할 때는 빠져 나오기가 쉽지 않다. 지금 내가 즐기는 것이 무엇인지 계속해서 반문하는 단계라면 그건 빠진 것이 아니라고 판단하기 때문에 조금은 안전하지 않을까? 시작한 지 며칠이 지나서 시도때도 없이 계속해서 빠져있는 나를 발견했다. 약간의 손실이 발생했다. 손실에 대한 만회를 하고 싶어서 더욱 심하게 빠져드는 것이 도박의 원리이다. 이번에는 손실에 대한 만회 욕구보다는 내가 투자하고 있는 시간까지 함께 고려하면서 전체적인 가치를 따져보게 되었다. 지금의 많은 시간을 투자하면서 마음 졸이는 것이 과연 가치가 있을까? 제법 많은 시간을 두고 고민을 하다가 모든 계정을 정리했다.

남자가 조심해야 할 것 중의 하나가 바로 도박이다. 그런 도박의 위험에 대해 아주 어렸을 때부터 경고를 받았다. 점차 커가면서 당연히 유혹을 만났고 실제로 경험해봤다. 지금은 장단점을 확실히 알고 멀리한다. 이쯤에서 하나의 질문을 던져볼 수 있다.

"도박? 처음부터 하지 않는다. 아니면 조금의 맛을 보는 것이 낫다. 과연 어느 쪽이 좋을까요?"

세상의 모든 경험은 다 해보는 것이 중요하다. 해보지 않고 듣고 배워서 하지 말아야 할 것이라고 규정지은 채 살아간다면 그건 불확실한 삶이라고 볼 수 있지 않을까? 분명히 나쁘다고 들었지만 사람은 개개인의 특성에 따라 좋은 무언가가 일어날 수 있지 않을까? 무조건 나쁘다고 해도 직접 체험을 통해서 깨닫는 것이 삶에 녹아있는 경험이 아닌가 하고 생각한다.

그저 '나쁜 것이니까 하면 안돼' 라는 식의 개념은 내 삶에 적용하기 어렵다. 정확한 근거 자료를 바탕으로 생각하고 행동하는 습관에 의해 이해되지 않는 것에 대해서는 순응하지 않는다. 아니 순응하려야 할 수가 없다. 과거의 좋지 않은 경험이라도 잠정 역시 함께 존재하기에 다시 한 번 시도 했었고 그 결과 보다 확실한 성향을 알게 되었다. 정말 치명적인 부분만 아니라면 독감주사를 통해 바이러스에 대한 면역을 키우듯 작은 경험을 통해 큰 손실을 미연에 막는 방법이 보다 과학적인 접근이지 않을까?

02

나는 얼마나 더 성장할 것인가?

인문고전학습을 통해서 내가 얻고 싶은 것은 나에 대한 깊은 성찰이다.
사람은 본디 자신이 아는 것만 생각하고 그 범위에서만 생각을 할 수 있다.
고로 그 생각의 범위를 넓히고자 인문고전 학습을 시작하려 한다.

　　　　어제는 '습관만들기'가 100일을 맞이하는 날이었다. 100일 미션 완료를 기념하여 새로운 100일 미션을 시작하려 한다. 지금까지의 100일 미션은 제목 그대로 습관만들기이다. 책을 읽고 강의를 듣고 살아가다가 문득 스치는 생각들, 그런 것들에서 영감을 얻어서 하고 싶은 것들을 모두 습관으로 만들고 싶었다. '해야지, 해야지' 마음만 먹고 있다가 때마침 활동하던 까페에서 습관프로젝트란 것을 시행했다. 처음엔 아주 일반인들이라 내가 나서지 않는 게 좋겠다는 생각을 했으나 이런 까페 이벤트에 참여하는 것도 좋을 거 같다는 나만의 자기 합리화가 발동한다. 그렇게 신청을 하고 9가지의 습관으로부터 시작한다. 중간 중간에 필요한 것들을 추가해서 마지막에는 15가지의 습관만들기로 막을 내렸다. 수많은 다양한 습관들. 크게 보면 독서, 외국어 연습, 뉴스 정리, 뉴스 낭독 등 서로 연관성이 없는 것들을 하루 만에 하는 것이다. 처음 시작하는 목표는 한 가지를 수행하는데 걸리는 시간은 불과 5분 정도에 의미를 뒀었다. 습관만들기라는 프로젝트를 시행하기 직전에 읽었던 책들에서 힌트를 얻어서 시작했다. 《시간의 마법》이라는 책에서 하루 10분이 가져다 줄 10년 뒤의 우리의 미래, 《어머니, 저는 해냈어요》에서 하루 한자의 영어 문장으로 외국인 고객을 대응하는 얘기. 이 두 가지 스토리가 만나서 습관만들기라는 프로젝트가 탄생하게 되었다.

서로의 상관관계가 없는 너무 많은 것들을 모아놓아서 시작할 땐 다소 불안했다. 그 시작이 까페의 벌금을 내놓고 시작하는 것이라 마음의 부담감은 더 심했다. 차라리 하지 말까? 조금 축소하고 시작을 할까 라는 많은 생각을 했다. 고민거리는 아주 현실적이었고 습관의 시작은 이상적이었다. 이상과 현실은 서로 맞지 않아 당연한 것이었겠지만 어차피 마음먹은 것, 벌금을 날려보자는 심정으로 시작했다.

습관만들기의 핵심은 1분 아니 시도를 하기만 하자는 뜻의 프로젝트이다. 다시 말해서 독서 1분이라는 목표를 정해놓고 아니면 독서 1페이지 혹은 한 줄이라는 목표를 설정한다. 그리곤 한 줄을 그냥 읽는다. 나의 경우에는 한 줄이 그 이상을 간다. 즉 다시 말해서 1분 시도하고 끝내는 것을 목표로 하는 미션들이 시작은 1분이 목표였지만 실제 소요시간은 적게는 3분, 많게는 10~20분을 넘어간다. 한 줄만 읽어도 미션은 성공이다. 그렇기 때문에 미션에 대한 도전 수위와 진입 장벽을 낮춘다. 그렇게 시작만 해놓은 도미노처럼 나머지가 알아서 일어나는 그 효과를 노린 것이다.

이미 시작부터 경험을 토대로 계획되었던 미션이었기에 초반의 걱정은 기우일 뿐이었다. 며칠 후 3박4일의 전라도 여행길에서 미션을 수행할 만큼 아주 만족이었다. '습관만들기'라는 프로젝트는 그렇게 탄생하게 되었고 매일매일 미션을 수행했다. 추가된 것도 있고 사라진 것도 있지만 각 미션들이 가진 불합리가 없는 상태였기에 힘들어도 계속 수행할 수 있었다.

지금 나의 입장에서 지난 100일을 돌이켜볼 때 하찮은 항목들이 없다. 수차례 고민하고 테스트해본 결과 습관만들기 항목에 추가한 것이기에 필요한 것들이며 행동하기 어려운 것은 거의 없었다. 화살대 하나를 부러뜨리긴 쉬울지 몰라도 그것들을 뭉쳐놓으면 어렵다고 했던가. 간단한 습관들을 뭉쳐놓으니 어느 순간 짧게는 한 시간, 길게는 두 시간을 훌쩍 넘어버리는 습관만들기가 되어버렸다. 그렇다고 이미 시작한 것을 그만둘 수는 없었고 지금까지 해왔던 것이다. 그러니 나 스스로 충분히 잘했다고 많은 칭찬을 아끼지 않는다.

　과거의 100일 미션, 힘겨웠던 미션을 발판으로 새로운 미션을 시작하려 했다. 바로 오늘부터였다. 감사일기 미션도 끝이 나는 시점이 다가온다. 가까운 시일 내에 무언가를 리마인드 한다는 것은 그 에너지의 크기부터 효용 범위까지 아주 불합리하다는 판단이 섰다. 오늘부터 계획하고 있었던 새로운 미션을 잠시 보류했다. 며칠 뒤 감사일기 미션완료 이후 새롭게 시작하기 위해서다.

　습관만들기. 말 그대로 습관만들기이다. 제목 자체는 찰스 두히그가 지은 《습관의 힘》에서 가져왔다. 습관에 대해 아주 과학적으로 풀어놓아서 지금까지도 뇌리에 남아있는 책 중에 하나이다. 이미 한 두 가지의 미션을 통해 습관만들기를 시도했었다. 하지만 그 하나 하나가 주는 의미가 점점 작아져서 중간에 그만두는 사례가 연이어 일어났다. 그래서 고안해낸 것이 다양한 여러 가지 것들을 한꺼번에 수행함으로써 지루함도 없애고 미션 달성의 효과도 높이는 방법을 택했던 것이다. 이렇게 수많은 것을 하다보니 솔직히 정말 넓은 땅을 파는 느낌이 없지 않았다. 주변에서 집중이라는 단어로 조언을 하곤 했다. 나의 특성과 성격 등을 근거로 진행 중인 습관을 유지할 것이라 말했었다. 혼자만의 시간을 가지고 생각을 해본 결과 이 많은 습관들을 하나하나 최선을 다해본 적은 없었다. 해보지 않아놓고 안된다고 하는 것 역시 있을 수가 없기에 이번에는 하나만 목표로 시도해보려고 하는 것이다. 그것이 바로 이번 미션의 목표이다. 100일 동안 하나만 하는 것. 바로 All in One 프로젝트이다.

올인원 프로젝트의 대상이 되는 것은 내가 할 수 있는 모든 것이다. 애초에 정해놓았던 2016년 올해 안에 완독을 목표로 삼았던 홍익출판사에서 나온 슬기바다세트 12권의 고전 인문도서와 60권의 한국 및 세계 문학전집 등의 독파를 해볼 생각이었다. 1차 목표는 100일동안 동양 철학에 대해 독파할 계획이었다. 고전 학습이란 것이 단기간에 가능하지 않은 것을 알지만 많은 시간 그리고 오랜 시간을 매달려 있을 순 없기에 100일이라는 시간 동안 독파하려 했었다. 그 이후 한국 및 세계 문학 독파 그 뒤를 이어 내가 하고 싶은 것들, 관심을 가지던 분야, 취미생활, 특기 등등의 많은 분야를 100일 동안 한번씩 빠져보는 것이 목표였다. 예를 들어 마라톤, 악기다루기, 외국어 등이 있다.

오늘부터 시작예정이었던 동양 철학 독파. 지금 가지고 있는 서적은 논어, 맹자, 대학, 중용, 명심보감, 채근담, 몽구, 안씨가훈, 손자병법, 육도, 삼략, 법구경, 부모은중경 그리고, 시경이다. 한 두 달 실행하던 습관만들기에서 명심보감을 읽었지만 원문을 해석한 것은 아니었기에 다시 읽을 목표안에 있다. 인문고전 독파 프로젝트의 제목 〈동양철학 건방지게 읽기〉이다. 논어를 하루 만에 본다는 것은 있을 수가 없다. 그 이유인즉슨 한 문장을 가지고 곱씹고 곱씹는 과정을 거쳐 완전한 나의 문장으로 만들고 깨치는 데 그 목적이 있다고 보통의 사람들은 말할 것이다. 하루를 읽어서야 어디 그 뜻을 헤아리겠는가? 그래서 나의 제목은 '건방지게'가 핵심이다. 오역이라도 상관없을 이미 번역된 내용을 가볍게 훑어낸다. 차후에 원문으로 다시 읽어낼 생각이기에 번역한 작가의 생각까지 알 필요는 없다. 다만 가지고 있는 생각은 충분히 이해해야 한다는 입장이다. 한 두 차례 소설을 읽듯 가볍게 읽는다. 읽을 때는 당연히 문맥과 상황 등을 충분히 고려하면서 읽는다. 그렇게 모든 책의 번역서를 읽는다. 그 이후 원문을 탐색하며 재독하고 필요한 부분은 프린트해서 내용을 추가하는 것이 나의 목표이다.

이미 주해천자문을 조금 해봤기에 그 일이 쉽지 않은 것은 충분히 알고 있다. 한자 4자로 이루어진 천자문, 4자만 따져본다면 그리 어렵지 않을 순 있다. 하지만 4자의 천자문에 담긴 그 뜻을 풀어놓은 주해천자문은 정말 무궁무진하다. 최초 천자문을 시작했던 것 자체가 한자를 익힐 바엔 옛 선조들이 시작한 천자문부터 학습하고자 했던 이유 때문이다. 천자문을 시작하고 보니 단순한 문장 뿐 아니라 그 단어들까지 수준을 훌쩍 넘는다는 것을 깨달았다. 어차피 이미 시작한 것, 돌이킬 수 없어 계속해오긴 했지만 그 수준은 상당했다는 걸 이제야 깨닫는 사실도 참 부끄럽다.

　지금의 인문도서를 학습할 이유를 찾은 것 역시 그리 오래되지 않았다. 많은 책들을 읽는 중에 인문도서의 중요성을 말하는 것을 많이 접했다. 그런 문장들을 접할 때마다 그 원류를 공부하고 학습하고 싶었다. 우연찮게 습관만들기를 통해서 책을 읽던 중 명심보감을 접했다. '《명심보감》 참 좋은 책이야.', '《탈무드》 같은 이야기?', 정말 좋은 내용들을 담아놓았다고 알고 있었다. 그렇게 펼쳐 본 책이다. 책을 펼치는 순간 나는 깨달았다. 명심보감을 읽은 적이 없다는 것을. 나는 명심보감이라는 유명한 책 제목을 알 뿐이지 그 내용 중에 천분의 일, 만분의 일을 알까, 이유야 어쨌든 내가 접한 명심보감은 나의 뻣뻣한 목이 숙여지기에 충분한 진리를 담고 있었다. 그런 진리가 담긴 책을 읽어 본 기억은 커녕 손에 쥐어본 적도 없는 것 같았다. 말 그대로 책의 제목만 알고 있던 것이었다. 명심보감. 밝을 명明, 마음 심心, 보물 보寶, 거울 감鑑. 마음을 밝게 비춰주는 보물같은 거울이라는 뜻의 책이다. 책을 읽는 내내 중간 중간 스치거나 들어보거나 했던 내용들이 있긴 했지만 내가 전체 내용을 한번에 읽은 적은 확실히 없었다. 어느 정도 나이가 들어서 읽지 않은 것이 부끄러울 수도 있지만 내가 그 책을 읽어본 결과 읽지 않은 것이 부끄럽지 않았다. 아니 읽지 않은 것이 부끄러웠다. 앞서 부끄럽지 않다고 표현한 것은 지금에서라도 읽었기에 부끄럽지 않다고 하는 것이다. 명심보감. 과연 내가 이 책을 어린 시절 읽었다면 얼마나 다른 삶을 살았을까하고 생각해본다. 그 어린 시절 책을 보고 마냥 좋은 말이구나 하며 지나칠 수 있는 일이지만 다 커서 접한 명심보감은 나에게 신세계였다. 이 책을 가볍게 읽고 논어와 맹자 그리고 채근담을 잠깐 읽어보았는데 진정한 학습이 필요할 것으로 생각되었다.

그를 시작으로 동양철학에 빠져 들어야 겠다는 생각을 했다. 명심보감을 시작으로 논어, 맹자 등의 책들을 읽고 선조들의 생각을 조금이나마 살펴보길 원했다. 시작 자체만으로는 아주 간단했었다.

습관만들기 미션 안에 1독1행을 제외하고 '인문고전학습' 이라는 항목을 만들어 놓았다. 동양고전에 대해 읽고, 쓰고, 생각하는 것을 정리하기 위한 분류였다. 항목 안에는 천자문과 소학, 논어, 대학 등을 읽고 중간 중간 뇌리에 박힌 글귀들을 뽑아서 올려놓고 그에 대한 생각들을 정리했다.

천자문 역시 여러 방법을 두고 고민했었다. 단순히 한 자, 한 자 써가며 그렇게 익힐 것인가, 한 문장에 담긴 뜻만을 익힐 것인가, 주해천자문을 학습할 것인가 하는 다양한 방법을 알아보고 고민했다. 천자문을 학습한 이유도 처음에는 천자문을 공부하기 위해 시작한 것은 아니다. 수많은 책들에서 인문고전의 중요성을 말하고 있고 그 전에 나 역시 인문고전을 읽어보고 싶었다. 그러던 찰나에 명심보감을 접했고 인문고전의 필요성을 절실히 느꼈다. 그렇게 접하게 된 것이 누구나 잘 아는 인문고전의 첫 걸음, 바로 논어이다. 한글로 해설된 논어를 보다 보니 원문이 눈에 들어왔고 그 원문만 보려다 보니 차라리 한자를 학습해야 한다면 그 이전에 선조들이 했던 방식을 따르고 싶었다. 그래서 천자문을 학습하게 된 것이다.

천자문을 학습하게 된다면 주객이 전도되는 느낌이 생길 수도 있다. 천자문 전체의 한자 양이 그리 적은 것이 아니지만 원본 그리고 원문 등의 기본을 중시하기 때문에 시작했다. 천자문과 병행해서 인문고전의 한글 해석도 함께 읽어나갔다.

이런 연유에서 시작한 것은 주해천자문이다. 4자씩 구성된 한자의 두 구문을 엮어서 해설을 달아놓았다. 주해 역시 한자로 이루어졌기에 최초 하루 8자 학습이란 목표였으나 10자 이상의 한자를 학습하는 폼이 되어버렸다. 단순히 8자가 가지는 의미가 아닌 주해를 들여다보니 천자문에 담긴 사상을 엿볼 수 있었다.

천자문 뿐 아니라 추가적으로 학습한 동양철학은 소학, 논어 그리고 대학 등이었다. 1차로 책의 전체 내용을 한번 훑어보듯이 읽고, 2차로 일반 서적을 보듯이 한글 해설을 읽어낸다. 마지막으로 한자 원문을 보며 그 뜻을 풀어보고 암기하고 낭독하는 등의 것들을 할 계획이었다. 초기에는 1차에 준하는 학습을 수행했다. 책을 읽어 내려가며 맘에 들거나 나를 잡고 흔드는 문장을 뽑아서 거기에 대해서 다시 한번 곱씹어보는 과정을 가진다. 어린 시절에 학습했다던 소학을 읽으면서 내가 어렸을 때 이 책을 봤다면 정말 다른 인생을 살았을 것이라는 생각과 후대에는 반드시 어렸을 때 읽혀야겠다는 생각을 하게 되었다. 또한 과거 나의 행동들이 하나씩 떠오르며 기준이나 도리에 어긋나는 것들이 많이 부끄러워졌다. 누가 권해서 시작했다면 그 반감에 제대로 된 자기 성찰이 이루어지기 힘들 정도로 나의 양심을 건드리는 책이었다. 나 스스로 책을 고르고 읽었으니 온전히 나를 돌아보는 시간을 가지게 되었다. 하루 빨리 한글 해설을 모두 읽고 원문을 접해보고 싶었다.

이와 같은 이유에서 이번 100일 미션은 '동양철학 독파'가 될 것이다. 100일 동안 14권의 책을 모두 읽고 원문을 즐기고 싶다. 처음 한 권씩 읽어나갈 때마다 서평처럼 내용에 대한 느낌을 정리한다. 그 이후 원문에 대해 학습하며 정리하고 싶은 부분을 별도로 포스팅에 남기는 것이 그 목표이다. 그 시작을 지금의 글쓰기와 함께 하는 것도 참으로 놀라운 우연이 아닐 수 없다. 원문을 학습하는 것은 앞서 말한 바와 같이 원문을 읽어보고 이해하고 낭독하고 암기한다. 그렇게 그 속뜻까지 가능한 만큼 수차례 반복해서 암송한다. 다만 한 문장, 한 구절만 가지고 즐길 충분한 시간적인 여유가 없기에 몇 문장이 될 수도 있고 수많은 문장 중 맘에 드는 한 문장만 암송할 수도 있다.

인문고전학습을 통해서 내가 얻고 싶은 것은 나에 대한 깊은 성찰이다. 사람은 본디 자신이 아는 것만 생각하고 그 범위에서만 생각을 할 수 있다. 고로 그 생각의 범위를 넓히고자 인문고전 학습을 시작하려 한다. 결코 자만하지 아니하고 나를 온전히 내려놓고 선조들의 가르침을 받아보려 한다. 이런 생각을 가진 것 역시 그 이유가 있다.

4년전 해외 출장을 가면서 회사에서 주말 이틀간만 다녀오라는 요청을 받고 책 한권만 가지고 출장길을 올랐다. 그런데 일이 잘 해결되지 않아 2개월을 체류하게 되었다. 그 기간 동안 하나의 책만 볼 수밖에 없었다. 그곳은 해외, 중국이었고 내가 가진 한국어 책이라곤 가져갔던 책 한권뿐이었다. 할 수 없이 책 한권만 가지고 2개월 동안 읽고 또 읽고를 반복했다. 그렇게 시간이 흐른 뒤 한국으로 돌아왔고 일상으로 돌아와 생활을 했다. 두 달간의 출장 복귀 후 술을 마시면서 이야기를 하거나 책을 읽을 때 뇌가 해오던 생각의 범위가 완전히 달라져 있었다. 독서의 놀라운 효과였다. 이런 놀라운 경험이 있었기에 이번 인문고전 학습에도 이보다 더한 효과를 기대하고 있긴 하다.

지금까지 습관만들기를 시작한 연유와 시작 단계에서의 마음가짐 이라던지 초기 상황들, 변화과정 그리고 새롭게 시작하는 미션과 그 미션의 첫 번째 주제인 '인문고전 학습'에 대해 알아보았다.

새롭게 시작하는 습관만들기를 위해서 내가 생각하고 있는 것 이상 으로 혹은 다른 방향으로 또는 놓치고 있는 것들을 다시 한 번 살펴보 기 위해 다른 이웃 분들의 의견을 구했다. 다들 놀람과 응원메시지를 많이 남겨 주셔서 참으로 감사한 부분이었다. 딱 한 분이 카카오스토 리에 악기연주와 외국어라고 추천해주셨다.

악기 연주의 경우 대학교 1학년 때 누구나 한번쯤 그러하듯이 동아 리방에 널부러져 있던 기타에 관심을 가지고 잠시 배운 적이 있어 여 운이 많이 남는 악기였다. 이와 비슷한 우쿨렐레라던지 조금 작고 휴 대가 간편한 오카리나 등은 한번쯤 익혀보고 싶은 것 중에 하나이다. 피아노의 경우는 어릴 때 역시 누구나 그랬듯 나 역시 아주 잠깐 한 2 년 정도 쳤던 기억이 있다. 중간에 피아노 앱으로 연주하는 걸 가끔 하 긴 했었다. 중학교 시절 하모니카에 관심이 생겨서 잠깐 시도해본 적 도 있긴 하다.

외국어 중 영어의 경우 나 역시 10년 이상을 제도권 교육 속에서 학습 받았고 별도로 공부했지만 정말 늘지 않는 실력 중에 하나이다. 하지만 해외여행 중 목적한 바를 이룰 만큼 유창하진 않아도 어느 정도 이상의 언어를 구사할 수 있으며 해외여행에서 가끔 영어로 꿈을 꾼 적도 있으니 뭐 그렇게 나쁘지 않다고 볼 수 있다. 요즘 늘 하는 애기로 10년을 넘게 배운 영어보다 2년을 현지에서 배운 중국어가 훨씬 능숙하다고 말한다. 중국어도 조금은 한다. 간단한 안부 인사를 벗어나 업무 진행도 할 수 있을 정도이다. 거기에 가까운 거리에 있는 일본어가 관심이 있고 고등학교 때 제2외국어였던 독일어 그리고 독일어와 세트인 불어까지 이렇게 5개 국어를 익히고 싶은 마음이 있다. 나아가서 베트남, 남미, 스페인, 유럽, 이집트 등 온갖 나라의 언어를 익혀보고 싶다. 가능하다면 히브리어나 라틴어까지 섭렵하고 싶은 욕심이 있다. 외국어 학습은 각 나라의 영화나 드라마를 선정해서 원문, 발음, 번역을 한꺼번에 연구 분석해서 아주 자연스럽게 듣고 말하고 나아가서 읽고 쓰기까지를 목표로 삼고 학습하는 것이다.

다른 것들 보다는 습관을 통해 먼저 달성하고 싶은 것은 독서 분야이다. 동서향 철학은 물론 동서양 문학을 모두 읽어보고 흠뻑 빠져 보고 싶은 것이다. 1차로 동서양 철학에 대해서 심독, 숙독하고 철학에 푸욱 빠져서 열심히 헤엄치고 싶다. 아주 오래 전 살다간 그분들과 많은 대화를 나누며 생각을 공유하고 싶다. 2차로 동서양의 고전 문학을 읽으며 역시 그 시대의 사상과 철학을 살펴보고 싶었다.

이런 독서가 끝나면 역사를 살펴봐야 할 것이다. 철학이나 문학 등은 현실과 동떨어져서 살아갈 수 없기에 그 시대의 사건과 배경에 따라 일어나고 소멸했을 테니 철학과 문학을 보다 깊이 이해하기 위해선 역사에 대한 학습도 충분히 이루어져야 한다고 생각한다. 이런 방향으로 넘어오면 거의 진정한 학습의 의미, 색깔이 짙어진다. 역사를 시작으로 정치, 경제, 물리, 화학, 의학, 생물학 그리고 공학 등을 공부하려는 계획을 가지고 있기 때문이다.

이런 완벽한 학습의 개념은 여기까지 하고 조금은 일반적이고 자기 계발적인 내용으로 습관을 통해 달성하고자 하는 것들을 살펴보자.

학습 부분에 해당하는 내용으로 수학을 빼놓았다. 수학이 들어가는 이유는 수학 역시 철학이기 때문이다. 수에 대한 철학. 생각만 해도 가슴이 콩닥거리고 소개팅을 받는 것처럼 설렌다. 나는 공학인 이기 때문에 수학을 했었다. 제도권 교육 속에서 나는 아주 많은 스트레스를 받는 상태였기에 능력을 제대로 펼치지 못했다. 나의 성향과 능력이 제대로 꽃피기 시작한 시절은 대학교 시절이다. 일단 간단히 대학교 시절을 얘기하자면 대학교 1학년 때는 술만 마셨다. 공부 그까짓 거 우습다. 라고 생각하며 공부를 했었다. 늘 술을 즐겼기에 정신줄을 놓았다. 그렇게 마셔댄 술이었기에 출석 역시 매일 지각이었다. 그래도 결석은 없었으니 어느 정도는 착하다고 해주자. 그렇게 늘 술을 마셔댔으니 공부할 시간이 어디 있으랴. 그러다가 시험기간이 되면 같은 과 여학생들에게 음료수를 사주며 조금 친근하게 다가가 노트를 빌려 복사해서 공부하기 일쑤였다. 노트로 공부한 내용은 분명히 쉬웠다. 시험기간 내내 밤을 새워 공부할 땐 코웃음을 칠 정도로 쉬었다 생각했는데 실제 시험에서는 무슨 문제들이 그리 어려운 것인지. 한 학기의 평점을 3.0을 넘길 수가 없었다. 내가 그렇게 공부를 못하다는 사실에 놀랐고, 내 성적 위에 같은 학과 여학생들이 있었다는 사실에 또 한 번 놀랐다. 대학교 1년을 실컷 술만 마시다가 지우개로 지운 것처럼 살았다. 그 다음해 군대를 갔고 제대하기 직전에 공부를 조금 했지만 큰 변화는 없었다. 이내 제대를 했고 복학을 했다. 복학 전에는 공부를 한다고 했는데 솔직히 머리에 남는 것도 없었다.

2학년 복학을 하면서 세상이 달라졌다. 누구나 그렇듯 복학을 하면서 나 역시 새로운 다짐을 했다. '수업에 충실하고 예습과 복습을 철저히 하자'고 말이다. 하지만 실제는 그렇지 못했다. 라고 쓰여야지 아주 일반적인 스토리이다. 하지만 나는 수업에 충실했고 예습과 복습도 철저하게 했다. 원래 내가 가진 시선이 삐딱해서 수업을 가르치는 교수의 설명이 곧이곧대로 들리지 않았다. 그런 경우에는 수업시간에 진행했던 내용을 가지고 도서관을 향했다. 한 분야에 대해 출간된 여러 책들, 대략 8~10곳 정도의 출판사 책들을 모아놓고 복습을 했다. 각기 다른 출판사이기 때문에 유사한 점도 있지만 다른 점과 잘못된 점들도 발견할 수가 있었다. 여기서 한 문제에 대한 해설만 보고 쉽게 믿는 습관이 없어졌다. 문제를 보다보다 이상한 점이 발견되면 다른 책을 살폈고 역시 잘못되었다는 것을 알게 되었다. 그런 식으로 리포트를 제출하다보니 수업에 사용하는 교재에서도 잘못된 문제를 발견할 수 있었다. 그 문제에 대한 지적을 했고 정정을 요청했다. 그 당시 교수님은 나에게 직접적인 해설을 앞으로 나와서 하기를 지시했고 나는 많은 학생들 앞에서 그 문제를 직접 풀어주며 해설을 덧붙였다. 그 이후 중간, 기말 고사 직전 다른 학생들이 이해하기 어려운 부분들을 한데 모아놓고 설명하는 족집게 수업 같은 것들도 진행한 적이 있다. 수학에 대한 나의 설렘을 표현하고자 지난 시절에 대해 잠깐 언급했다. 제도권 교육 속에서 나의 능력이 차마 펼쳐지질 못해서 악몽 속에서 보냈던 나의 수학책들, 수학의 정석 그것들이 다시 보고 싶어진 것이다. 흔히들 아는 집합부터 시작하는 그 수학. 그것이 다시 만나고 싶어졌다. 내 안에서 꿈틀대는 신기한 현상. 이 기대를 해소하기 위해서 나는 수학을 공부할 것이다.

예전에도 소통전문가 김창옥 교수님의 강의를 듣고 내 생각의 많은 변화를 일으켜 직접 강의를 정리하기도 했었다. 역시 많은 것들을 하던 중이라 곧 정리를 했지만 강의 분석 역시 집중적으로 해보고 싶은 항목 중에 하나이다. 강의에 대한 분석이라 보면, 그 내용은 강의 주제, 배경, 대상, 시간대, 분량, 등의 일반적인 외형적 상황과 강연자의 특성을 나눌 수 있다. 강의에 임하는 강의자의 행동, 제스쳐, 표정, 말투, 악센트, 리듬감, 의상, 컬러, 구두, 헤어 등 많은 것들을 모두 분석하고 싶은 것이다. 요리를 만들 때 필요한 레시피, 소금, 간장 등의 하찮은 듯 하찮지 않은 모든 것들을 정리해놓듯이 말이다.

수많은 재능이 있다고 생각하지만 그리기에 대한 재능은 절대적으로 부족하다고 쉽게 인정하는 나 자신이다. 그렇기 때문에 그 벽을 넘어서고자 일부러 시도할 필요가 있는 부분이 바로 그리기이다. 약간의 스케치 등은 크게 나쁘지 않기에 한번쯤 시도해본다면 나의 또 다른 재능을 찾을 수 있는 분야가 되지 않을까 싶기도 하다. 매일 한 장씩 그림을 그려서 책을 낸 사람이라든가 하는 그런 내용을 볼 때 천재 화가가 되지 못할지라도 대중을 선도할 수 있는 대중화가가 될 수 있을 거라는 착각은 하고 있다.

대한민국 국토 대장정을 위한 체력 단련이다. 1차로 자전거, 2차로 도보로 수행할 계획이다. 이를 100일 미션으로 잡는 것은 준비기간이다. 수행기간인가? 어쨌든 목표를 이루기 위한 기간이다. 그 기간 동안 기초체력을 키우고 수행해나갈 것이다. 정신만을 위해 살아가는 두뇌 노동자이기 때문에 체력에 대한 관리는 아주 필수적이다. 다시 말해서 두뇌가 잘난 것을 인정받기는 쉬울지 몰라도 체력이 뛰어난 것을 인정받기는 쉽지 않다는 것이다. 나의 전문분야가 머리를 쓰는 것이기 때문이다. 그래서 나는 약점을 보완하기 위해서 즐겨 하려고 한다. 자전거를 시작으로 마라톤과 수영까지 섭렵하여 트라이애슬론 경기까지 끝내는 것을 목표로 한다.

올 봄에 여름을 목표로 복근 만들기 프로젝트에 돌입했었다. 역시 다른 것들에 치여 사라졌지만 자기계발의 지표인 몸짱 역시 지성인이 갖추어야 할 멋이 아닐까? 그 멋을 위해 나 역시 노력하고 싶다. 어린 시절부터 셀프 홈 트레이닝을 즐겨 왔던 터라 잘못된 운동 습관 등을 운운하며 개인 트레이너를 추천하는 것을 우습게 여겼다. 그 모든 것이 그렇듯 시작은 개인이었다. 조금 더 잘 하는 사람, 조금 못하는 사람이 있을 뿐이라는 생각이기에 굳이 트레이너 정도야 내 몸을 내가 제일 잘 알고 컨트롤 할 수 있다고 자부하기 때문에 나는 나 스스로 트레이닝 할 것을 초지일관 밀고 나간다. 개인 트레이너를 통한 트레이닝은 비용 뿐 만 아니라 시간, 장소 그리고 번거로움 으로 따졌을 때

꽤 비합리적이라고 판단하는 것이 개인적인 생각이다. 대중탕보다 개인적인 샤워, 독서모임을 자주 나가긴 하지만 스스로의 성찰이 우선시되어야 한다는 관점에서 개인적인 독서, 다 같이 술을 마시는 것도 좋아하지만 혼자만의 사색을 즐길 수 있는 혼밥과 혼술. 병원의 약에 의지한 치료보다는 천연, 자연의 치유력을 상승시키는 치료, 식사, 식이요법 등 혼자만의 삶을 추구하는 입장에서 트레이닝 역시 가능하다면 혼자 하는 것이 자신의 몸을 진정으로 위하는 길이라 생각한다.

타인을 통한 나에게 강제성을 허용하는 것. 그것이 바로 내가 멀리하고 꺼리는 요소이다. 어린 시절의 아주 비효율적인 제도권 교육이 그러했고 가정이라는 울타리에서의 교육이 그러했다. 평준화라는 개념. 어른이라는 개념. 개개인의 아주 특화되지 않는 한은 모든 것은 폭력이라는 생각이다. 그런 폭력을 허용할 바에 차라리 무의 존재가 탁월하다고 생각하는 입장이다. 그런 폭력조차 즐길 수 있는 사람이라면 문제없겠지만 모든 것을 경험해 본 나는 혼자만의 행동을 즐긴다. 혼자만 수행해도 충분하다. 다만 커플로 무언가를 해야 되는 것들에서 잠시 주춤할 뿐이다. 함께 경기해야 하는 당구, 커플댄스, 연애 등이 그러하다.

안 그래도 요즘 뜨고 있는 개인 생활을 조명하는 다양한 책들. ≪미움 받을 용기≫라든지, 혼자 생활하고 단체에 맞추기보다 스스로를 부각시켜야 한다는 책들이 많아지고 있다. 왜 그럴까? 단체 속에서 퇴화되어 버리는 개인의 특성들이 중요하다는 사실을 깨달았기 때문이 아닐까? 단체 속에서 무시되어버리는 개개인의 중요한 창조성 때문이다. 그런 것들 때문일지라도 나는 혼자만의 세상을 강조하며 오늘도 살아가고 있으며, 그런 나의 입장에서는 이런 부류의 책들을 아주 환영할만하다. 개개인의 절대적인 능력을 기반으로 세워진 네트워크가 그 큰 능력을 발휘할 수 있다고 믿으니까.

그렇다고 지금의 단체, 군중, 대중, 여론, 이웃들을 무시하는 것은 아니다. 그런 대중 속에 있는 나를 보기 이전에 그것보다 훨씬 전에 나를 만나야 한다는 것이다. 나를 만나자. 네가 알고 그 사람이 알고 부모님이 알아주는 나 이전에 나를 먼저 알자. 내가 누군지, 뭘 좋아하는지, 무엇이 어울리는지 지식인에 물어보기 이전에 나를 알자.

또 하나의 습관으로 이루고 싶은 것이 바로 프로그래밍이다. 나는 어린 시절부터 컴퓨터 프로그램을 해왔고 프로그램이 아니더라도 프로그램으로 이루어진 게임을 즐겨왔다. 개발자와 고객, 두 입장을 모두 이해하면서 둘 다의 입장을 모두 즐겁게 즐길 수 있는 사람인 것이다. 실제로도 그렇게 생활하고 있는 것도 사실이다. 이런 점을 염두에 두고 지금의 삶에서 필요한 것들이 있으면 나는 항상 만족하지 못한다. 대부분의 것들이 내가 만들 수 있는 것이기 때문이다. 내가 나의 입맛대로 재창조할 수 있다. 그렇기에 내가 사용하는 대부분의 프로그램, 제품 그리고 앱 등은 나의 기대치를 충족시키지 못한다. 그것들은 대중을 위해서 보편적 가치를 목적으로 나온 것이지 나를 위해 나만을 위해서 나온 것들이 아니기 때문이다.

오래 전부터 계속 해왔었고 지금도 하고 있지만 프로그램 역시 학문이라는 틀 속에 수학, 과학, 의학 등의 많은 분류로 나뉘어 있듯이 프로그램 역시 그 범주 속에 아주 많은 항목으로 재분류 되어 있기 때문에 재검토와 학습이 필요하다. 이번 기회를 이용해서 충분히 학습하고 필요항목들을 분석하고 정리해서 원하는 것을 만들어 가는 과정을 정리하고 싶은 것이다. 여러 사람들에게 도움이 될 만한 일이기도 하고. 이 자료를 기반으로 차후 강의를 준비하는데도 도움이 될 거라는 생각을 하고 있기도 하다.

지금은 후회보다는 가야 할 길이 더욱 중요하다

후회는 언제든지 할 수 있다. 후회를 언제나 해도 좋다. 후회를 하면서도 지금 할 수 있는 최선을 찾는다. 어찌 보면 과거를 부정하고 회피하는 것일 수도 있다.

나는 공학인이다. 엔지니어이고 프로그래머이다. 프로그램 개발자이다. 감성적 이기보다 이성적이다. 추상적 이기보다 분석적이다. 원인과 결과에 따른 인과관계 분석에 뛰어나다.

직업적인 특징으로 주어진 현상에 대한 분석이 기본적이다. 현상에 대한 감정적인 반응보다는 이성적인 분석이 우선한다. 회사에서 업무를 하면서 후임이나 타 부서와 관계에서 흔히 볼 수 있다. 사적인 자리에서는 연애할 때 가장 많은 분석이 일어난다. 흔히들 말하는 책임추궁이다. 말꼬리 잡고 꼬치꼬치 따지고 들어간다. 한 번 물고 늘어지면 울고 헤어지자고 말할 때까지 하니 더 설명이 필요할까? 예전의 일을 하나 예로 들어보자.

직업적이고 학습되어진 스타일대로 현상을 대하며 살았다. 과거의 현상을 분석하여 분석한 자료를 기반으로 앞으로의 대비책을 마련하는 게 일반적이었다. 지금 분석하고 대응하는 방법이 잘못됐다고 하는 게 아니라 때와 장소에 따라 달라져야 한다고 말하고 있다. 나는 그러하질 못했다. 언제 어디서든 분석을 수행해야 했다. 수많은 사람들이 모인 자리라도 내 기준에 부합하지 않은 예상치 못한 일들이 벌어지면 감정은 둘째치고 현상에 대한 분석에 돌입한다. 여러 사람들과 함께 하는 자리에서 내가 하는 행동은 충분히 흥을 깨고 분위기를 망칠 수 있다. 그럼에도 불구하고 나만의 스타일을 고집했다.

요즘에 들어서야 독서, 강의 그리고 만남 등을 통해 나에 대한 깊은 반성을 하면서 바뀐 부분이 바로 분석하는 행동이다. 분석은 시간을 정해놓고 아주 차분히 정돈된 환경에서 더욱 심도 있게 한다. 대신 외부에서 활동을 하는 중에는 이미 벌어진 현상에 대한 분석보다는 아니 분석도 한다. 그런 경우의 분석은 5분 내외일 정도 정말 짧게 판단한다. 지난 일에 대한 판단은 잠시 미뤄두고 현재 상황에서 앞으로 나아가야 할 길을 고심하는 스타일로 바뀌었다.

얼마 전에 있었던 창원 모임에 갔던 이야기를 잠시 해보자. 고향인 부산에서 그리 멀지 않은 곳이지만 혼자 가 본 적이 없어 초행이라고 해야 할 정도로 낯선 곳이다. 천안에서 창원까지 기차 편이 마땅치 않아 버스를 타고 내려갔다. 창원행 버스는 마산을 잠시 경유한 뒤 창원에 도착했다. 시외버스터미널에서 나와 시내버스로 갈아타려고 정류장을 향했다. 약속 시간보다 조금 일찍 준비했기에 두 시간 정도의 여유가 있다. 목적지까지 가는데 한 시간 정도 소요되므로 도착하면 한 시간 정도가 남겠다는 생각이 들었다.

'아, 창원은 이런 느낌이구나!'

마음으로는 충분히 가까운 도시임에도 쉽게 올 수 없던 곳에 왔다. 거기다 시간까지 여유로우니 잠시 그 시간을 즐겼다. 하늘의 푸르름, 어디서나 바라봐도 하늘은 푸르다는 사실이다. 해가 저물어가고 있었기에 많은 차들의 헤드라이트 불빛들도 장관이라 할 만큼 아름다웠다. 스마트폰을 꺼내어 사진을 찍어댔다. 왼쪽, 오른쪽, 하늘의 풍경들을 마음껏 담았다. 터미널을 배경으로 나의 모습을 담는 것도 잊지 않았다. 잠시 여유를 즐긴 뒤 버스를 타려고 노선을 확인했다.

'곧 도착하니까 책을 읽어야겠다.'

여행 중 짐을 줄이기 위해 하나의 가방 안에 가득한 짐들을 여기 저기 헤집고서야 겨우 책 한 권을 꺼낸다.

'휴~'
'차라리 들게 많아도 조금 여유로운 게 낫겠군.'

다음 여행준비를 생각을 하며 한숨을 쉬었다. 전국적으로 교통카드가 통합되었다고는 하지만 실제로 써보지 않은 나로서는 약간의 의심이 들었다. 그 이유인즉슨 몇 달 전 서울에서 잘 사용하던 신용카드의 교통카드 기능이 부산에서는 제대로 동작하지 않았던 기억 때문이다.

'설마 창원에서도 교통카드가 제대로 동작하지 않으면 어떻게 하지?'
'카드가 되지 않으면 다른 카드나 현금을 내야한다. 다른 카드나 현금은 지갑에 있다. 지갑은 가방에 있다. 가방 깊숙이 있어서 꺼내기 힘들 텐데. 버스 안에 사람도 많은데 그런 일이 일어나면 정말 난처하겠군.'

이런 많은 생각들을 하며 버스에 올랐고 앞 사람을 보내고 그 다음으로 올랐다.

"삑—"

'아싸~'

'교통카드 찍힌 게 뭐라고 이리 기쁜 것이냐!'

촌사람. 순간 내 머릿속에 떠오른 단어 하나였다. 언제 어디서나 당당하고자 하지만 예측하지 못한 일에 당황하는 것은 아직은 어쩔 수 없나보다. '교통카드'라는 미션을 무사히 마쳤음에 안도하며 자리를 잡고 섰다. 버스를 너무 오랜만에 탔다. 거기다가 창원버스가 아니던가.

'아, 창원버스는 이렇게 생겼구나.'

"찰칵~"

또 사진을 찍어댄다. 버스 안의 풍경을 마음껏 담아본다. 블로그 포스팅을 위해서 많은 사진을 남긴다. 잠시 사진을 찍고는 버스 행선지 앞에 자리를 잡고 손잡이를 잡는다. 한 손으로는 책을 펼쳐 들고 곧바로 읽기 시작한다. 대략 한 시간 정도이기 때문에 지금이 어딘지 확인할 필요가 없다. 버스는 덜컹거리며 자기의 갈 길을 가고 있었다. 제법 시간이 흘렀다. 10분에서 15분 정도가 흘렀을까? 버스 안에서 울려 퍼지는 방송에 내 귀에 익은 지명이 나온다.

"합정동"

"마산역"

'헉, 아뿔싸, 마산이다.'

그렇다. 내가 창원에서 마산으로 와버렸다.

'명색이 창원과 마산, 시와 시 간의 이동인데 뭐가 이렇게 쉬워?'

정말 어이가 없었다. 안 그래도 얼마 전에 마산을 거쳐서 창원으로
들어왔는데 이렇게 황당할 수가 있을까? 재빨리 버스 노선과 스마트
폰 앱으로 현재 위치를 확인하며 지금 상황을 분석했다. 일단 내려야
했다. 다행이 누군가 미리 하차 벨을 눌렀던 상태였고 버스는 정차 역
에 도착해서 문을 열었다. 잘못 타고 시간이 흘렀지만 여유롭게 내렸
다. 버스 안에서 확인한대로 뒤로 돌아서 걷기 시작했다. 걷다가 다시
앱을 실행했다. 지금 가는 정류장이 조금 멀었기 때문에 다시 확인을
했다. 역시 가까운 곳에 역이 하나 더 있었음을 발견하고 발길을 그리
옮긴다. 그리로 가면서 사진을 또 찍는다.

'사진을 또 찍고 있는 걸 보니 조금 서둘렀던 여유시간 덕분에 지금
도 여유가 있나보다.'

'풉~'

하며 코웃음을 쳤다. 해가 완전히 저물어 어두운 시내가 건물 네온 사인과 도로의 차들이 비추는 헤드라이트가 가득했다. 버스 도착 예정 시간을 확인하고는 다시 책을 펼쳤다. 어두운 거리였지만 근처 건물의 밝은 네온사인에 글을 비춰보며 책을 읽어 내려갔다.

중간 중간 실수를 했던 부분들에서 나 스스로를 탓하며 한탄을 했더라면 과연 어땠을까? 최악의 상황에서는 바로 발길을 돌려 천안으로 올라갈 수도 있었다. 모임에 처음 가는 것이기도 하지만, 친분도 거의 없었고 굳이 가야할 이유도 없었다. 그러니 꼬인 일정에 짜증내며 발길을 돌려 천안으로 올라갔으면 그걸로 끝인 거다. 과연 정말 끝인 걸까? 그런 현상에 대한 반응과 행동은 차후에도 동일하거나 유사하게 일어나게 마련이다.

'이번 기회만 지나가고 보자.'
'조금 여유를 가지고 생각해보자.'

이런 안일한 생각으로는 좋은 습관이나 좋은 방법을 실천할 수 없다. 현명한 행동은 그럼에도 불구한 상황에서 나오는 것이 제대로 빛을 발하는 게 아닐까?

후회는 언제든지 할 수 있다. 후회를 언제나 해도 좋다. 후회를 하면서도 지금 할 수 있는 최선을 찾는다. 어찌 보면 과거를 부정하고 회피하는 것일 수도 있다. 인정하자. 현재의 실수를 인정하면 뒤는 더 이상 쳐다보지 않아도 좋다. 그저 내가 가야 할 길을 바라볼 뿐 떠 밀려가는 군중 앞에서 뒤돌아보는 건 의미가 없기 때문이다. 내 앞을 어떻게 더 잘 갈 것인가, 후회와 책망보다는 앞길을 생각하자. 지금은 후회보다는 가야 할 길이 더욱 중요하다. 최소한 나는 그렇다.

후회 없는 삶을 위하여

지금에 최선을 다하며 살았다는 이야기가 퇴색되긴 하지만 결론은 내가
지금 이 순간에 최선을 다하며 살았다는 결론에 도달한다.

나 역시 처음부터 열심히 살았던 것은 아니다. 어렸을
때는 어린이처럼, 중고등학교 시절에는 그 수업과 선생님들을 싫어하
면서 그저 하루하루를 보냈었다. 지금에 와서 생각해보면 수업시간에
그렇게 열띤 자세로 임하진 않았다. 그도 그럴 것이 그 당시의 교육체
계란 상명하복 방식의 단방향 수업이었기에 나에겐 크게 흥미가 없었
나 보다.

이런 생활 속에서 중학교 어느 날, 죽음에 대해 깊이 생각해본 적이
있다. 죽으면 어떻게 될까? 그리고 보면 이 때 어느 책에선가 '오늘이
마지막인 것처럼 살아라.' 라는 문구를 접했던 기억이 있다. 그 문구를

가지고 며칠을 고민했었다. 오늘이 마지막이라면 나는 어떻게 살 것인가? 내 기준에서 볼 때 그 방법론에는 두 가지가 있었다. 하나는 노는 삶, 하나는 일하는 삶. 무엇이 옳고 그름을 떠나서 내가 가지는 일반적인 생각이다.

다시 말해서 내일이 지구의 종말이라 더 이상 살아갈 수가 없다. 그럼 '일은 해서 무엇 하겠는가' 이다. 오늘, 지금 가진 돈을 전부 쓰면서 오늘을 즐기는 것이다. 내가 할 수 있는 모든 즐거움을 위한 것이다. 지금에 와서 생각해보면 어린 시절에 즐거움의 기준, 지금의 내가 지정할 수 있는 즐거움의 범위, 향락? 그런 차이가 있을 순 있지만 그저 즐거운 것들을 하면서 하루를 보낸다.

다른 하나는 일하는 삶. 여기서 일이라고 지칭한 것은 통상적으로 회사에서 하는 일만을 가리키는 것은 아니다. 일이라는 것은 삶의 쾌락이 아닌 가치를 위해 살아가는 모든 행위를 말한다. 회사의 일이나 나를 위한 모든 행위, 가족과 함께 하기, 독서 등을 예로 들 수 있다. 이 두 가지를 놓고 꽤 많은 고민을 했다. 어차피 내일이면 끝나는 삶, 일을 해서는 더 무엇 하겠는가. '노세 노세 젊어서 놀아 늙어지면은 못 노나니.' 라는 말처럼 그냥 놀다 가는 것이다. 이에 반하는 것이 내일을 위해 나무 한 그루를 심겠다는 생각이다. 과연 이 나무를 심는다는 생각은 무엇일까? 도대체 내일이 끝인데 무엇을 위하는 것인가? 라는 심각한 고민에 빠졌다는 것이다. 그 당시 결론은 없던 걸로 기억한다. 중고등학교 시절 특별히 놀거나 즐길 거리는 없이 그저 학교생활이 거의 전부였기 때문이다. 그렇게 답이 없는 채 질문을 머릿속에 넣어두고 살았던 것 같다.

과연 이 답을 정한 것은 언제였을까? 그 날을 내 인생에서 찾기는 힘들 거 같다. 스무살 아니 수능을 친 이후부터 최선을 다해 놓았다. 아닌데, 중학교 시절 수업이 마치거나 방학 때 시간만 되면 동네 친구들과 어울려 농구를 하러 다녔다. 그 당시 농구도 정말 지금 아니면 안 될 만큼 죽을 듯이 열심히 했다. 모든 일에 최선을 다하는 것. 이것이 나의 특성인가라는 의문이 든다. 모든 것에 최선을 다한다. 라는 개념이 과거에 있긴 했다. 농구가 그러했고 연애가 그러했다. 돌아서면 후회하지 않도록 만나는 사람에게 최선을 다하고 친구들과 있을 때는 친구들에게 최선을 다했다. 연애를 시작하면 조금 싫더라도 헤어지기 전까지는 최선을 다하는 모습 그게 나였다. 이런 사실을 바탕으로 이론을 정리해보자.

오늘이 마지막인 것처럼 사는 것. 지금 하는 것에 최선을 다하는 것. 두 가지는 정확하게 다르지만 묘하게 비슷하다. 과거에 나는 '지금 하는 것에 최선을 다하자' 라는 생각으로 하루하루를 살았다. 그렇게 대부분의 상황에서 최선을 다했기에 내일 내 인생의 마지막 날이 온다 할지라도 나는 후회 없는 삶을 살 수 있었다. 오늘이 마지막인 것처럼 지금에 최선을 다하는 삶, 앞의 조건은 떼어놓고 나는 그저 지금에 최선을 다하고 살아왔다. '오늘이 마지막인 것처럼 살아라.' 가 너무 유명한 말이 되어버려서 지금에 최선을 다하며 살았다는 이야기가 퇴색되긴 하지만 결론은 내가 지금 이 순간에 최선을 다하며 살았다는 결론에 도달한다.

그렇다면 내가 '지금 이 순간, 최선을 다하며 살았다' 는 것은 언제일까? 정확하게 기억하긴 힘들지만 스무 살부터 내 삶 속의 연애에서 그 흔적을 찾아볼 수 있다. 스물 살부터 나의 연애는 내가 원하는 이성과의 교제는 거의 없었다. 중학교 시절, 같은 학원에 다니던 여학생에게 거절 당한 이후로 나를 좋다는 사람들에게 거절하지 못하는 현상이 생겼다. 내 옆에 있던 친구나 지인 그리고 다른 사람들이 나를 좋다고 하면 그 어린 시절의 상처로 인해 거절할 수가 없었다. 마음은 정말 싫고 부담이 컸지만 실제로는 사귀는 사태가 벌어졌다. 그러니 그런 만남에서 내가 좋아하는 애정의 표현을 제대로 하겠는가? 이런 분위기에서 상대편을 그걸 헤아리고 헤어지자고 할 때 나는 정말 최선을 다해 그 헤어짐을 무마시키려 애를 쓴다. 지금 생각해보면 도대체 왜 그러는 것인지 이해가 되지 않을 정도이다. 어쨌든 그 시절에는 그랬다.

또 하나는 술을 마실 때이다. 술을 마시는 상대는 중요하지 않았다. 그 상대가 친구이던 학교의 선후배이든 가리지 않고 마시는 순간에 최선을 다하며 죽어라 마셔댔다. 솔직히 그 땐 그게 전부였다. 그게 우정이었고 그게 선후배간의 의리이자 사랑이었다. 그 역시 남자만의 세상에서 살았고 살아왔고 살았기 때문에 남자들만의 언어로 술을 빼놓을 수가 없다. 그렇게 최선을 다해 술을 마셨다. 술은 내 인생에서 큰 의미를 가진다. 스무 살 신입생 때의 술은 그냥 마시는 술이었다. 제대 후 복학해서 마신 술은 관계의 술이었으며 졸업 후 사회생활에서 술은 권력의 술이었다. 나에겐 술은 독이자 악이었지만 솔직하게 말해서 나의 역사임에는 부정할 수 없다.

그 모든 순간보다 군대를 제대하고 대학교 2학년으로 복학하면서 정말 최선을 다했다. 중고등학교 시절 제도권 교육에 적합하지 않아 적당히 했고 신입생 시절에는 술만 마시느라 능력 발휘를 못했으니 2학년 수업을 시작할 때는 각오가 대단했다. 그 대단한 각오에 한 몫한 것이 바로 파친코 같은 야간 오락실 알바와 건설 현장 일용직 즉, 막노동이었다. 일할 당시에는 1학기 학비 마련을 위해 시작한 것이었지만 세상에서 공부만큼 편한 것은 없다는 진리를 몸으로 느끼게 해준 정말 소중한 경험이었다. 이런 경험들을 하고 나서 나는 정말 이렇게 편하게 공부할 수 있다는 것에 고마워하며 최선을 다할 수 있었다.

공부가 세상에서 가장 쉬운 것이라는 것을 알고 난 뒤에는 학업에 열중할 수밖에 없었다. 남는 모든 시간을 도서관에서 보내며 여러 권의 책들과 어울려 이론들을 논해보았다. 한 가지의 책과 과거의 이론에만 파묻힌 교수님들의 학습법에 학생들은 얼마나 지루해 했을까 지금 생각해도 참 안타까운 현실이 아닐 수 없다. 2학년 복학을 하고 수업을 진행하면서 1학기 중반쯤 가면서 깨달은 사실이 또 있었다. 세상에 시행되는 평준화의 폐해라는 것이다. 가르치는 것을 학습하지 않으면서 수업이 어렵다고 하는 것은 말이 되는 것일까? 그것을 학습하지 않았으면서 어렵다고 투덜대는 것은 과연 어린아이인 것인가 라는 의문이 들 정도이다. 당연히 그런 생각을 겉으로 표출하진 않았지만 교수의 입장에서는 그런 친구들의 입장과 지식의 정도까지 배려해서 수업을 해야 한다는 것이 나에게는 아주 불합리한 현실이었다. 그렇게 2학년 1학기 수업을 절반쯤 들었을 때 나는 현 교육의 실태에 회의감을 느꼈고 대학원 진학을 생각했다. 대학원의 내용이야 어차피 졸업하고의 일이기 때문에 당장 중요한 것은 현재 수업과 학습이었다. 실제 수업에서 나의 욕구를 해소할 수 없으니 그것을 해소할 곳은 도서관 뿐이었다. 그게 아니라면 교수에게 직접적인 다른 요구를 해도 충분히 가능했겠지만 내 딴에는 다른 친구들을 배려한다는 명목으로 이미 알고 있는 내용의 수업을 벗어나 도서관에서 혼자만의 세상을 만들어 진정한 학습을 시작했다. 그렇게 예습과 복습을 반복하고 수업에 해당하는 모든 출판사의 책들을 보고 다양한 시각과 여러 관점에서의 문제들을 해결하면서 현실을 바라보는 시각도 키우는 계기를 맞이했다. 나는 그렇게 대학교 시절에 최선을 다했다.

05

포기라는 인생의 한 수!

보통의 빠른 결정과 포기는 단 한번으로 결정 난다.
기본적인 결정에는 해당 항목에 대한 장단점을 모두 분석한다. 해야 할 일에 대해
소요되는 시간과 나의 노력까지 한꺼번에 수치로 산정해서 기록한다.

　　　　인생은 도전의 연속이다. 담배를 끊은 지 1400일을 훨씬 넘겼다. 2012년 12월 12일부터 끊었다.

　포기. 빠른 판단. 포기한 이력. 락독. 기타 모임. 성격판단

'가다가 중지하면 아니 감만 못하다'
'一不做 二不休 (일부주 이불휴)
'愚公移山' (우공이산)

　한 가지 일에 대한 지속성 그리고 노력을 강조하는 명언이나 속담들이 아주 많다. 오죽하면 이런 명언까지 있을까?

'아무 하는 일 없이 시간을 허비하지 않겠다고 맹세하라. 우리가 항상 뭔가를 한다면 놀라우리만치 많은 일을 해낼 수 있다.'

이 명언을 대하는 당신의 느낌은 어떤가 물어보고 싶다. 주입식 교육에 살아오면서 모두가 옳다고 생각하는 행위에 거스르지 않고 함께 행동하는 걸 너무나 당연히 생각하는 오늘이다. 그저 누군가의 명언이라면 다 좋은 말인 줄 알고 있는 것도 같은 이야기가 아닐까? 유명한 사람이 말을 했다 하더라도 잘못된 말일 가능성은 크다. 그럼에도 불구하고 우리는 '권위에 호소하는 오류'를 범하고 만다.

바로 앞에서 언급한 명언을 줄여보면 '뭐든지 열심히 하기만 하면 많은 걸 해낼 수 있다.' 행동하는 것만을 말하고 있다. 행동의 방향성 따윈 고려하지 않고 뭐든지 열심히 하라. 그리 말하고 있다. 과연 어떤 의미로 다가갈까? 삶에서 노력이라는 요소는 정말 중요한 부분이다. 핵심요소이다. 때에 따라서는 무용지물이 될 수도 있다.

'지구 중심을 향해 가는 길에서 수직으로 파지 않고 옆으로 판다면?' '불을 꺼야 하는데 물을 뿌리지 않고 부채질을 열심히 한다면?'

말도 되지 않는 소리라고 할 수 있다. 열심히 노력만 한다면 앞서 말한 그림이 그려지지 않을 것이라고 누가 장담할 수 있을까? 나는 못한다. 그런 일이 일어날지도 모른다. 열심히 노력하는 것이 중요하지만 그 방향도 충분히 중요하다는 말이다.

'방향의 옳고 그름은 누가 정해주는가'

그렇다. 방향의 옳고 그름을 모른다. 지구 중심까지 파봐야 그 방향이 맞는지 확인할 수 있다. 삶에서 절대적인 길이 있을까? 너도 옳고 나도 옳은 길. 또는 너에게 좋고 나에게도 좋은 길이 존재할까? 물론 존재할 수도 있다. 하지만 존재하지 않을 수도 있다. '긍정의 힘'이라는 논리에 빠져 혹시 벌어질지 모를 불편한 상황을 예상하지 않는 우를 범하지 말기를 바란다.

당신에게 바른 길이 나에게는 엉뚱한 길이 될 수도 있다. 그렇기에 주변 사람들은 조언만 하는 것이고 나머지는 온전히 나의 의지로만 나아가야 한다. 그 끝이 잘못된 길일지라도 누구의 탓도 아닌 나의 탓이 아니 나의 덕분이라는 결론을 위해서이다.

정말 엉뚱한 상상을 하나 할 수 있다. 앞서 말한 도박 역시 대체적으로 나쁜 것이다. 누군가에게는 도박이라는 성향이 아주 놀라울 정도의 능력을 끌어낼 수도 있다. 나쁘다고 생각하는 것이 나쁜 게 아닐 수도 있다. 옳고 그름은 그저 지금 세상의 잣대일 뿐이다.

'콜롬부스의 달걀세우기'
'갈릴레오가 주장하던 지구는 둥글다.'

옳고 그름을 떠나서 할 수 있는 많은 것을 해보고 나서야 통찰력이 생길 수 있다. 어리석은 노력을 하지 않는 것이 바로 이런 통찰력을 위해 필요하지 않을까? 예전에야 그 방법이 적고 교류를 할 수 있는 방법이 극히 적었기 때문에 뜻을 이루기 위한 노력이 아주 중요했겠지만 과거의 기준을 지금도 통용한다면 '강가에 지나가던 배 위에서 떨어뜨린 칼'을 찾기 위해 지금 도착한 강바닥을 살피는 것과 같은 행동이 아닐까. 정말 많은 정보들과 기회 속에서 우리에게 맞는 것을 얻기 위해서는 빠르게 선택하는 능력을 키워야 한다. 또한 억압된 환경을 벗어나 자신의 직감을 계발하고 믿어야 한다.

나는 제도권 교육과는 맞지 않는 사람이다. 정해진 틀과 엄격한 규율 속에서는 버티지를 못한다. 강압적인 분위기에서 두뇌회전도 안 될 뿐더러 형식을 따른다는 것 자체가 아주 힘들다. 나쁜 짓 하지 않지만 장난이 심하고 주의 산만한 학생, 이른바 주의력결핍/과잉행동장애

[attention deficit / hyperactivity disorder], 으로 자랐다. 제약을 벗어나 대학생과 회사에서는 그 능력을 인정받아 혼자만의 세상을 구축하며 살아가고 있다. 노력을 하지 않는 것이 아니다. 제대로 된 노력을 하길 원하는 것일 뿐이다.

나는 수백만원에 달하는 수업의 비용도 어느 정도의 심사숙고 후 빠르게 결재를 한다. 돈이 많아서 고민을 짧게 하는 게 아니다. 고민을 길게 한다고 해서 결정이 보다 낫다고 할 수 없다. 아니 차라리 확실한 데이터를 기준으로 직감에 의존한 빠른 결정이 보다 탁월했다고 감히 말할 수 있다. 우리는 동물이기 때문이다. 또한 금액을 지불하지 않고 계획을 세우다 보면 몰입도가 적기 때문이다. 계획을 세우고 내 몸에 일체시키기 위해서 결재라는 행위를 한다.

앞서 계속 얘기해왔던 방향성을 이야기 하자면 언제든 그만 둘 수 있어야 한다는 입장이다. 진행에 대한 판단도 빠르고 정확하게 해야 한다. 결정도 포기도 빠르고 정확해야 한다. 아니다 싶으면 즉시 돌려야 한다. 차라리 다시 가고 싶을 때 가더라도 포기하고 싶다는 마음이 든다면 즉시 포기하길 권한다. 포기를 반대하는 요소가 지금까지 해왔던 노력이라고 변명한다면 더욱더 포기해야한다. 앞서 실행했던 노력에 대한 확실한 보상이다. 앞으로 쏟아야 할 노력의 양이 이전의 양만큼 혹은 그 이상이 아니라고 그 누구도 보장하지 않는다.

자신이 하는 노력에 대해 객관적으로 바라볼 수 있어야 한다. 다른 사람이 5라고 판단하는데 스스로 10이라고 판단한다면 포기는 더욱 힘들어질지도 모른다. 아니 차라리 낮게 평가하도록 하자. 이미 해본 경험이 있기 때문에 한 번 더 하면 더욱 수월하게 할 수 있는 능력까지 덤으로 가져가게 되므로 자유롭게 생각하길 권한다.

보통의 빠른 결정과 포기는 단 한번으로 결정 난다. 기본적인 결정에는 해당 항목에 대한 장단점을 모두 분석한다. 해야 할 일에 대해 소요되는 시간과 나의 노력까지 한꺼번에 수치로 산정해서 기록한다.

게임이 나에게 주는 장점과 단점

장 점	0	단 점	0
게임 내 우월감	1	시간을 빼앗긴다	3
함께 하는 사람과 소통	3	수시로 신경을 써야한다	3
랩업이 필요하다	1	가끔 게임머니를 사용한다	1
캐릭터가 멋있다.	1	게임에 빠져 피곤하다	3
미션해결을 한다	3	자세가 불편하게 바뀐다	3
어려운 보스를 처리한다	2	집중을 못한다	3
몹을 잡을 때 쾌감	2	핸드폰 배터리 소모가 크다	3
이벤트 상이 가치가 있다	3		
총계	16	총계	19
		중요	3
		보통	2
		미약	1

내 인생의 주인공은 나!

내 인생의 마지막에는 내가 결정하는 것이지 옆에서 말해주는 가족이라도 마지막에는
그저 옆에서 바라보는 사람이라는 사실이 가장 중요한 것이 아닐까?

인생은 도전의 연속이다. 담배를 끊은 지 1400일을 훨씬 넘겼다. 2012년 12월 12일부터 끊었다. 어린 날, 어린 시절 집에서도 담배를 피던 시절이 있었다. 내 건강의 좋지 않음을 모두 아버지의 담배 탓으로 돌리며 살았던 적이 있다. 건강은 물론이고 성적이 나오지 않던 것도 모두 아버지의 담배 연기 때문이었다. 아무 힘이 없던 초등학교 때는 그저 말로만, 조금 큰 중학생이 되어서야 방에서 피우던 담배를 화장실까지 몰아내었다. 당시 TV 드라마에서도 담벼락에서 담배를 피우던 남편과 옆집 아저씨를 향해 대야 물을 붓는 등 서서히 사회 분위기가 조성되던 시절이었다. 지금으로 보면 정말 호랑이 담배 피던 시절의 느낌이 난다.

어린 시절의 고난으로 다가 온 담배는 내 인생에서 두 번 다시는 없을 것이라는 다짐의 연속이었다. 아니 다짐의 인생이었다. 중고등학생 시절부터 담배를 피우던 친구들이 몇 존재하던 때였음에도 불구하고 당당히 피우지 않았을 정도로 정말 싫어했다. 그런 인생이 흔들리기 시작했다. 언제쯤이었을까? 스무 살을 갓 넘기고 내년에는 군대를 가야한다는 입영통지서가 집으로 도착했다. 스무 살, 그 해 겨울, 나는 담배를 사서 물었다. 그 전에도 담배를 피우진 않았더라도 담배에 대한 로망이 있었다. '비트'라는 정우성과 유오성 주연에 고소영과 임창정까지 출연했던 젊은 청춘들의 인생을 그린 꿈같은 영화였다. 영화 속에서 정우성과 유오성이 서로 나눠 피우던 담배는 남자들 사이에서 친구끼리의 우정을 대표할만한 담배를 나눠 피우는 장면이었다. 그렇게 가슴에 로망으로 가지고 있었으나 실제 피우지 않았기에 얼마나 하고 싶었을까? 스무 해 겨울, 담배를 피우기 시작하면서 친구들과 실컷 담배 우정을 과시하며 살았던 것도 지나고 보면 모두 추억이다.

그렇게 싫어하던 담배였다. 왜 피웠을까? 어떠한 유혹이나 호기심에서 피운 것은 아니었다. 첫째 나의 결단력을 위한 시험이었다. 스무 살, 이제 막 세상에 발을 내디뎠음에도 나는 엄청난 자신감에 부풀어 있었다. 흔히 말하는 근자감이었다. '근자감'이란 근거 없는 자신감을 말한다. 나의 모든 행동은 근거 모를 자신감에서 비롯되었으며 언제나 당당한 삶을 살았다. 그런 자신감의 시험이라고 할까, 나는 엄청난 시험, 담배라는 관문에 그렇게 발을 내딛었다. 둘째는 군대에서 휴식을 마음껏 즐기기 위함이다. 군대에 간다는 이야기를 접하기 전부터 다녀온 선후배, 형님들까지 많은 분들의 조언이 있었다. 군대를 가면 담배를 피우는 사람이 더욱 많이 쉴 수 있다는 이야기를 들었다. 이런 이유들로 나는 담배를 시작했다.

군대에서 정말 많은 담배를 피웠다. 매일 아침 담배 한 모금의 기분은 정말 좋다. 환상의 꿈나라로 나를 안내해준다. 마약에 취하면 이런 느낌일까 라는 걸 느낄 수 있다. 하지만 얼마 지나지 않아 그런 느낌은 무뎌지고 습관처럼 담배를 피운다. 제대를 하자마자 담배를 끊으려 시도를 했다. 말이 쉬웠지 하루도 못 버텼다. 대학교 때 사귀던 사람에게 담배를 끊었다고 말만 하고선 담배를 피웠다. 담배를 끊은 척만 했다. 복학을 하면서부터 매년, 매달, 매주의 첫날 마다 시도를 했다. 담배를 끊으려 시도했던 일기를 한번 들여다보자.

〈2012년 5월 1일 – 나의 흡연 습관〉
굿모닝 과 함께 1
운전대 잡기 전에 2
출근 하고 커피 한잔 3

업무 시작 전에 차와 함께 4

업무 중간에 5, 6

점심 후 7, 8

오후 업무 중간 9, 10

저녁 후 11, 12

저녁 업무 중간 13, 14

퇴근 하기 전후 15, 16

굿나잇 17

김원제의 인생에서 담배를 끊은 날이다. 스무 살 어느 겨울. 내가 담배를 피우게 된 계기는 군대다. 정확히 말해서 군대에서의 휴식 때문이다. 피우기 전 까지만 해도 집 안에서 피우시던 아버지와 싸웠는데, 담배를 시작하며,

"주위에 두고 봐라! 제대 후에 끊을 테니."

웬걸, 여태 14년 가까이 피워댔다.

"누군가 만나게 되면 끊겠다."
"무슨 일이 있으면 끊겠다."

실질적인 이유는 그냥 끊기 싫었던 거다. 그러면서 매 년, 달, 주 초마다 금연시도를 했었다. 주위에선 담배 사는 걸 끊었다고 할 정도다. 내가 왜 누군가를 위해 내 몸을 챙기나? 온전히 내가 나를 위해야할 텐데 말이다. 그래서 끊어낸다. 나에게서 분리해낸다. 주위의 어설픈 핍박은 사양한다. 담배 대신 다른 거나 찾아야겠다.

〈금연 44 일차〉

긴 호흡을 할 때 확실히 시원함을 느낄 수 있다. 담배 연기에 찌들어 있던 폐가 나쁜 것들을 뱉어내고 있다. 잔기침 과 헛기침도 많이 줄었다. 그 무엇보다 혈색이 좋아졌다. 성격도 좋아진 것 같다. 이젠 참아왔던 시간이 아까워 '한 개비의 마술' 에 걸리지 않으려 더욱 노력 중이다. 이젠 가족 과 친구 그리고 지인들에게도 권유하고 싶다. 같이 죽자고 달려들 그런 나이는 아니지 않는가. 나의 흡연은 스무해, 12월 어느 겨울 시작되었다. 제대 후 보란 듯이 끊으려 했는데 시작조차 하지 않았다. 그리곤 누군가를 사귀면서부터 금연을 '권유' 받고 대가성 행위에 따라 한 개비의 '자유' 를 얻고 그러면서 자연히 '포기' 하고를 반복해왔다. 매년 매달 매주의 시작 때마다 금연을 시도했었고 이젠 자유롭다. 2012년 12월 12일 금연을 다시 시작한다. 어차피 지키지 못할 다짐이라 해도, 작심삼일이라 해도, 또 하나의 의미를 부여하며 오늘도 난 금연을 시도한다. 2013년이 되면 누구나 다같이 시도하기 전에 나 혼자 나만의 의미로 오늘도 난 금연을 시도한다.

　- 1000년에 한 번 오는 날, 12년 12월 12일, 12시 12분 12초 를 기념하며.

　모두들 내가 제대를 하고 담배를 끊을 줄 알았다고 말을 했다. 그런 부담감을 가지고도 계속해서 담배를 피워댔다. 중간 중간 사귄 사람들의 요청으로 잠시 끊긴 했지만 그 역시 얼마 참아내지 못했다. 금연을 시도하면서 하루, 이틀 정도는 충분히 참아낼 수 있었지만 그 이후에는 자연스레 담배를 꺼내 물었다. 금연을 위해 담배를 사지 않기로 마음먹었다. 담배를 사지 않고 회사를 나가고 친구를 만났다.

　"담배 하나만 피우자"

　담배 가격이 지금처럼 비싼 때는 아니었기에 손쉽게 한 개비의 담배를 빌려 피울 수 있었다. 수많은 핍박을 받으면서도 꿋꿋하게 담배를 사지 않고 아니 한 갑을 사주고 한 개비씩 빌려 피웠다. 담배를 끊으려 노력한다는 착각이었을까. 그렇게도 오랫동안 담배를 피웠다. 그러던 어느 날, 2012년 12월 12일을 기념하여 수많은 계획들이 인터넷을 달군 때가 있었다. 나 역시 여러 가지 결심들을 보면서 생각에 잠겼다.

'다른 누군가를 만나면서 그들을 위해서 담배를 끊는다고 말하면서 나는 나를 위해 무엇을 해줄 것인가?'

'그래! 이젠 다른 누군가, 얼마 후 떠날 사람들이 아닌 오롯이 나를 위한 선물을 해주자!'

정말 많은 시도를 해왔던 금연을 다시 한 번 시작했다. 10년 안에 끝내겠다는 결심은 무너졌지만 14년만에 드디어 끊어내었다. 담배를 처음 끊고 나면 주변에서 엄청난 유혹이 몰려온다.

"담배 하나 줄까?"

"담배 하나 펴라."

"심심하다. 같이 한대 만 하자"

"지금 담배를 피우면 내가 한 보루를 사준다."

등등 수많은 회유와 유혹이 넘쳐난다. 나로 인해 자신이 낮아지는 걸 두려워해서 나를 끌어내리려 노력한다. 나 역시 그런 유혹에 많이 넘어갔었기에 그들의 마음을 충분히 이해했다. 6개월 정도가 지나면서 유혹은 정말 유혹이라는 단어일 뿐 나의 심경에 큰 변화를 불러일으키진 못했다. 결심이 습관을 만들고 습관에 따른 생활이 나를 지배하면서 그런 생활에 배신을 차마 하기 싫어서 절제의 삶을 살았다.

시간을 돌이켜 지난날들을 추억해본다. 담배를 함께 피울 땐 정말 좋다. 술을 함께 마시는 것도 같은 맥락이다. 사람과의 교류가 담배를 통해서 더욱 돈독해진다고들 하지만 그런 효과는 미비하다는 것을 실감할 수 있다. 중국 출장을 가면 아직 흡연하는 곳이 많지만 국내에는 흡연할 장소조차 마땅치 않기 때문에 흡연자에 대한 시선은 더욱 좋지 않다. 이런 분위기에 앞서 담배를 끊을 수 있었다는 사실이 얼마나 반가운지 모른다. 금연을 해냈다는 사실은 지금의 내가 가고 있는 새로운 길에 더욱 큰 신뢰감을 안겨 주니 이 또한 큰 보상이 아닌가?

"담배 끊는다고 뭐가 달라지나?"
"그래 봤자, 곧 다시 피울 거잖아."
"혼자 숨어서 몰래 한 갑씩 피우는 거 아냐?"
"나도 끊어봤는데 5년이 지나고 나서도 다시 피웠다."
"저 친구, 얼마 못 갈 거야."

가장 위험한 요소는 수많은 회유와 유혹이 아니다. 바로 나에 대한 믿음, 내가 나를 얼마나 건강하게 믿어주는가이다. 그 시작이 타인의 시선으로부터 아니었음에도 불구하고 내가 하고 있는 행동의 배경에 타인의 시선들이 하나, 둘 자리 잡는 상황이 되어버린다. 내가 의도하지 않았음에도 벌어지는 현상이다. 타인의 판단, 시샘, 시선에서 충분히 자유로울 수 있어야 한다. 인생의 패륜아라는 취급을 받을지언정 내가 원하는 것을 밀고 나갈 굳은 의지가 필요하다.

정말 나쁘고 바르지 못한 길이라도 스스로 깨닫고 판단하기 전까지는 내 길을 가야한다. 내 인생의 마지막에는 내가 결정하는 것이지 옆에서 말해주는 가족이라도 마지막에는 그저 옆에서 바라보는 사람이라는 사실이 가장 중요한 것이 아닐까?

나는 오늘을 산다

오늘만 살다 가더라도 행동하는 가치는
변하지 않는다는데 중점을 둔다. 하루를 살아감에 있어서 최선을 다하든
대충 살아가든 시간은 흘러가고 하루는 기록된다.

중학교 때 이런 고민을 해본 적이 있다.

'내가 오늘만 살고 내일 죽는다면 과연 어떤 삶을 살아야 할 것인
가?'

내일 죽는다. 오늘이 마지막 날이다. 과연? 오늘을 마음껏 즐긴다.
가지고 있는 돈을 모두 사용한다. 그것도 모자라 빚까지 내어 모조리
써보고 오늘을 마감한다. 생각을 바꿔서 생각해본다. 즐기는 것에 목
적을 두는 것이 아닌 보다 발전적이고 생산적인 방향으로 생각한다.
내일 지구가 멸망하더라도 나는 오늘 한 그루의 나무를 심겠다.' 라는

말처럼 오늘이 마지막인 순간을 위해 최선을 다한다. 그게 쾌락을 위한 놀이일 수도 있고 나를 위한 다른 무언가가 될 수 도 있다. 이런 생각을 수차례 해보았다. 답이 없다. 마지막을 살아본 경험이 없기 때문이다. 두 가지 방법 중 최선의 방법은 존재한다. 그 하루의 끝에 하루를 마감하면서 스스로에게 물어본다.

'오늘 내가 한 것은 바른 일 인걸까?'
'내가 한 행동의 가치는 과연 얼마나 될까?'

오늘만 살다 가더라도 행동하는 가치는 변하지 않는다는데 중점을 둔다. 하루를 살아감에 있어서 최선을 다하든 대충 살아가든 시간은 흘러가고 하루는 기록된다. 어차피 흘러가는 시간이라면 그 시간이 누군가를 위한 거창한 생각보다 오늘만 살아가는 게임을 하는 당신이라면 어떤 선택을 하겠는가? 지금 나는 게임을 시작했고 이 게임의 끝은 오늘이 최대이다. 게임의 레벨 및 장비, 지역이나 범위에 해당하는 맵 그리고 미션들은 수백, 수 만개가 존재한다고 가정하자. '치트키' 라고 불리는 무적키 같은 걸 쓴다고 해도 10단계 정도만 하루에 완료할 수 있다. 그렇다면 당신은 어떤 게임을 즐기겠는가? 어차피 주어진 저기 끝까지 갈 수 없다면 지금 나의 레벨, 경험에 맞게 할 수 있는 최선을 다한다. 그 이상을 쫓을 경우 괜한 손실부터 높은 기대치에 따른 더 많은 실망감으로 하루를 흘려보낼지도 모른다.

　내 인생의 전체 로드맵은 백년을 넘어 오백년, 천년의 계획을 세우되 오늘 하루를 살아감에 있어서는 지금에 최선을 다한다. 지금 내가 하고 있는 일과 지금 내가 만나고 있는 당신 그리고 지금 나의 기분을 만끽하며 순간을 느끼고 존재하기 위해 애쓸 뿐이다. 순간순간 최선을 다한 삶이라면 시간을 돌이켜 봤을 때 내가 후회할 지점이 있을 것인가? 이런 수많은 이유들로 나는 오늘을 산다.

　수많은 하루의 계획을 가지고 살아가지만 미처 다하지 못하는 것들이 있다. 그런 것들에 대한 아쉬움 보다는 하지 못한 이유를 분석하고 다시 시작했을 때 반드시 해결할 수 있는 방법을 찾는 것이 오늘에 임하는 나의 자세이다. 한 가지의 실수, 오류, 잘못에 대해 후회나 책망을 한다면 최선을 다한 하루라 하더라도 얼룩으로 물들어버리지 않을까?

　하루는 나의 그림이다. 아침에 일어나 전체를 가볍게 스케치하고 중앙에서부터 혹은 내가 관심을 가지는 부분부터 색깔을 채워나가는 그림이다. 하루에 비록 채우지 못할 그림이라고 처음부터 포기해버린다면 과연 나는 살아가면서 무엇을 할 수 있을 것인가? 내가 한다고 생각지 말자. 한 아이에게 하루의 그림을 그리게 한다고 생각하자. 아이는 그림을 조금 그릴 줄 안다. 하지만 하루에 할당받은 종이는 터무니없이 크기만 하다. 그 종이가 크다고 어린 아이가 과연 포기할까? 아이들은 내일을 생각지 않고 오늘에 집중하는 능력이 강하다. 그렇기 때문에 희로애락이 분명하고 또한 분명할 수 있는 이유가 아닐까? 오늘의 불만 표현이, 즐거움의 표현이 내일에 끼치는 영향 따위는 생각지 않으니까. 지금 내 기분에 충실하고 그 기분을 외부에 당당히 알릴 수 있다. 그래서 더욱 건강한 아이가 될 수 있지 않을까 생각해본다.

세상을 얼마 살지 않은 아이조차 자연스럽게, 정말 푸르른 산 속의 초목처럼 자연 그대로 살아가는 아이들, 그들은 누군가에게 배우지도 않았음에도, 아니 그리 못하게 억압을 받음에도 그 억압을 이겨내고 스스로를 표현한다. 그건 아이의 능력이 아니다. 자연의 힘이다. 자연에 순응하는 힘. 그 무엇의 견제나 억압이 하나의 우주를 억누를 수 없다는 반증이기도 하다. 그런 엄청난 우주가 하나씩 내려놓으면서 현실과 타협을 할 줄 아는 미개한 인간이 되어버리는 현실. 그런 현실을 우리는 살아가는 게 아닐까? 내가 눈치 보면서 비위를 맞춰주는 지금 이 순간은 과연 얼마나 큰 그림을 위한 것일까? 얼마나 많은 사람을 위한 것인가? 얼마나 멀리보고 생각하고 행동하는 것일까? 아마 아닐 거다. 고작 며칠, 몇 달, 몇 년? 많은 사람은커녕 열 명도 아니 될 것이다. 수

십 년의 인생 중에 불과 몇 달, 몇 명의 인간들을 위하여 내 안의 우주를 구속하는 실수를 범하고 말 것인가?

우리는 자라오면서 받았던 수많은 제약들로부터 자연스레 교육되어 어느 순간부터는 그 제약이 사라졌음에도 불구하고 스스로가 스스로를 억압하는 굴레를 뒤집어쓰고 있는 것은 아닌지 스스로에게 물어봐야 한다. 나는 오늘을 산다. 수많은 사람들을 위해 살아야 한다는 터무니없는 생각 때문에 나를 소비하지 않을 테다. 지금까지 그래왔고 앞으로도 더욱 열심히 나를 위해서 살아갈 테다.

내가 삶의 주인공이다. 내가 죽어버린 이 세상에 남은 이들이 나를 위해 살아줄 이가 과연 그 누구인가? 누군가에게 기억되고 추억될 순 있겠지만, 새장 속의 새는 새를 위한 새장이 아닌 새장 주인을 위한 새일 뿐이다. 나는 온전히 나만의 것이고 나를 위한 것이고 나로 살아가기 위해 존재하는 이유일 뿐이다. 다른 그 어떤 이유도 나의 존재를 설명할 수 없고 대신하게 돼서는 안 된다. 진정한 나를 찾을 수 있는 방법이 아닐까?

"싫으면 하지 말고, 하게 되면 최선을 다하라"

나는 이 책을 통해 얕은 지식으로 무언가를 깨쳐주거나 이미 많은 성인들께서 하고 간
좋은 말들을 전해주려 하는 것이 아니다.
크고 빛나는 무언가 보다 내가 경험해 본 몇 가지 것들을 조금 보여주고자 한다.

직장인.

작가.

글쓰기를 사랑하는 직장인.

춤을 즐기면서 댄서로

요리를 즐기면서 요리가로

이곳 저곳 다니는 걸 즐기면서 여행가로

이렇듯

글쓰기를 즐기면서 작가로 거듭나고 나의 생각을 담은 하나의 책이

완성되었다.

수고하셨습니다.
그런 말을 듣고 싶진 않다. 온전히 나를 돌아보는 시간을 즐겼기에 수고라고 표현하는 것은 왠지 나를 돌아보는 시간이 힘들었거란 느낌이 들어가기 때문이다.

잘 놀았다.
오늘도 참 잘 놀았다.

子曰: "知之者不如好之者, 好之者不如樂之者."
자왈: "지지자불여지지자, 호지자불여락지자."
공자왈, 아는 자는 좋아하는 자만 못하고, 좋아하는 자는 즐기는 자만 못하다.
《논어(論語)》옹야편(雍也篇)

책을 읽는 순간에도, 글을 쓰는 순간에도 심지어 일을 하는 순간에도. 그 순간을 즐기는 것이다. 누군가는 그리 말한다. 책을 쓰는 일은 산고의 과정이라고. 글을 쓰는 것이 쉽다고 말하진 않았다. 많은 것들이 그리 하겠지만 글을 쓰는 것 역시 쉽진 않지만 그렇다고 즐길 수 없는 것은 아니다.

싫으면 하지 말고, 하게 되면 최선을 다하라.

어차피 할 거라면 누가 뭐래도 내가 한 것이다. 내가 하는 것이라면 사소한 것이라도 깔끔하게 하는 것이다. 사소한 것은 대충 하고 중요한 것은 깔끔하게 한다는 것 자체가 말이 되지 않는 행동이기 때문이다. 자존감을 높이기 위해서 하는 행동이 아니다. 자존감이 높기 때문에 지금 내가 하는 사소한 일이 소중한 일이다. 아무리 하찮은 일이라 할지라도 지금 하는 일은 내 인생이라는 책 속 어딘가 기록될 것이니까.

지금까지 살펴본 것처럼,

나는 가진 것 없이 건방지게 살아왔다. 지금은 하루를 소중하게 살아가고 있다. 많은 것들 중에 헤매거나 망설이지 않고 지금 내가 할 수 있는 것에 온 마음을 다해 최선을 다할 뿐이다. 뜻하지 않은 사고를 당했지만, 그저 그렇게 주저앉을 수도 있었겠지만 나는 그러지 않았다.

아침에 눈을 뜰 수 있다.
잠자리에서 일어날 힘이 있다.
뜨거운 태양, 세찬 비바람, 차디찬 눈보라를 이겨낼 건강한 신체도 있다.
그 모든 것을 이겨낼 수 있는 뜨거운 심장이 있다.
그리고
사람들을 만나서 나눠줄 수 있는 에너지도 내 안에 넘쳐난다.

저기 저 높고 아름다운 황혼을 위함이 아닌 나는 오늘을 살아갈 뿐이다. 선물로 받은 오늘을 마음껏 살아갈 뿐이다. 당장 내일 이 세상이 끝나고, 설사 끝나지 않더라도 내일은 미련없이 떠날 수 있게 지금 이 순간을 즐기며 살아간다.

하루를 살아내기 급급했던 나였음을 부정하고 싶지만 부정할 수가 없다. 그렇게 살아왔던 내가 있었기에 지금의 내가 존재할 수 있었다.

나는 다치기 전까지 수많은 책을 읽고 나만을 위한 삶을 꿈꾸었다. 가족조차 속하지 않은 나만을 위한 이상을 꿈꾸며 그렇게 이기적으로 살았다.

'오늘이 마지막인 것처럼 살아라.'

고등학교 때 접하게 된 이 명언을 가지고 나를 위해 열심히 살았다. 이젠 내가 가진 것으로 내가 살았던 그런 삶에서 다른 이들을 건져주고 싶었다. 아직은 가진 능력이 너무 미약하다. 포기하지 않는 한 목표한 것을 이룰 것을 알고 있다. 그 작은 시작으로 지금의 이 책이 나왔다.

부끄러운 나의 첫 책을 손에 쥔 당신께 감사의 인사를 전하고 싶다.

"문학을 전공한 것도 아닙니다.
거대한 업적을 쌓은 것도 아닙니다.
그런 내가 글을 쓰고 책을 내었다는 사실,
그리고 그 책을 당신이 손에 쥐었다는 그 사실에 고맙습니다."

나는 이 책을 통해 얕은 지식으로 무언가를 깨쳐주거나 이미 많은 성인들께서 하고 간 좋은 말들을 전해주려 하는 것이 아니다. 크고 빛나는 무언가 보다 내가 경험해 본 몇 가지 것들을 조금 보여주고자 한다. 수많은 책을 읽고 1일 1독부터 강연, 스피치, 특강, 운동, 봉사 등 다양한 자기 관리를 할 수 있는 방법들을 경험해보았다.

글쓰기를 사랑하는 직장인. 너무 큰 변화보다는 조금 열심히 사는 친구이고 싶다. 너무 앞서 나가서 마냥 얄밉고 부러운 대상이 아닌 '그 정도라면 나도 할 수 있겠다!' 기대를 가질 수 있게 해주는 사람이고 싶다. 혼자는 좀 어색하니까 함께 해주는 사람이고 싶다. 나는 혼자서 너무 많은 것들을 하면서 살아왔다. 함께 해줄 이가 없었기에 혼자 했던 것이다. 이젠 함께 하고 싶다. 함께 하고 싶은 모든 것들을 담지는 못했지만 많은 것들을 담았다.

자! 이젠 함께 해보자.

저자 김원제